한 길을 가야 인생이 보인다

2

한 길을 가야 인생이 보인다
2

글·김영철 외／사진·류기성 외

외길인생탐구·2

눈빛

외길인생탐구·2

한 길을 가야 인생이 보인다 2

글·김영철 외/사진·류기성 외

초판 1쇄 발행일 —— 2001년 12월 22일

발행인 —— 이규상

발행처 —— 눈빛

　　　　　서울시 마포구 성산동 572-506호

　　　　　전화 336-2167 팩스 324-8273

등록번호 —— 제1-839호

등록일 —— 1988년 11월 16일

편집·디자인 —— 정계화, 전윤희

제작 —— 최돈환

출력 —— DTP 하우스

인쇄 —— 홍진프린테크

제책 —— 일광제책

값 7,500원

ⓒ 2001, 한국미디어교육센터

ISBN 89-7409-953-5

서문

    신문사에 오래 근무한 언론인들이 제일 잘할 수 있는 일은 역시 취재이다. 사진기자들은 속보 경쟁에서 벗어나 진정으로 자신의 명예를 건 사진을 만들고 싶어할 것이며, 취재기자들은 깊이 있는 글을 써 보려는 뜻을 갖고 있을 것이다. 하지만 그런 욕구가 있다 해도 특별한 계기가 없는 한 스스로 박차를 가해서 결실을 맺기란 어려운 일이다.

    1999년 개설된 한국미디어교육센터는 기자 출신들의 구심점 역할을 하면서 여러가지 언론관계 일을 하였다. 이 사업들 중 사진기자들과 함께할 수 있는 일을 기획하게 되었다. 무엇이든 졸속으로 진행되는 우리 시대의 아마추어리즘과 상업주의에서 벗어나 길이 남길 수 있는 기록사진이 무엇일까에 관한 일이었다. 인간문화재와 한옥이나 사찰건축 같은 전통문화재를 비롯해 한국인의 얼굴을 깊이 있게 담아 보자는 등의 논의가 있었다. 여러 논의 끝에 최종적으로 한 길로 매진한 '외길 인생'을 취재하자는 결정을 보았다. 남의 시선을 의식하지 않고 자기 길을 가고 있는 사람들의 삶을 연대기로 표현하자는 것이었다.

    첫 기획단계에서는 사진만으로 꾸밀 생각이었다. 그러나 일을 진행하면서 사진과 함께 이를 뒷받침하는 글도 함께 수록하기로 했다. 몇 십 년간 취재기자로 활동해 온 중견 언론인들이 이 작업에 참여했다.

문제는 인물의 발굴이었다. 세상에 자신을 드러내기를 싫어하는 그들을 전국 각지에서 찾아낸다는 것은 쉬운 일이 아니었다. 한 주 걸러 한 번씩 모여 그동안 축적한 자료나 주위에서 추천한 인물이 적합한지 격론을 벌이면서 취재원을 선정해 나가기 시작했다. 다행히 참여자 모두가 기획 의도를 공유할 수 있어 전체적으로 통일성을 기할 수 있었다.

　'외길 인생'이란 그 말 자체에는 세월의 무게가 함께한다. 즉 취재원들 대부분이 고령이어서 취재에 상당한 제약조건이 되었다. 반복적으로 만나 취재를 해야만 겨우 소기의 목적을 달성할 수 있었다. 그럼에도 취재과정에서 만난 '외길 인생'들은 삶의 지혜와 활력이 넘치는 면면을 지니고 있었다. 과연 나이를 먹는다는 것은 무엇인가. 정신과 육체가 쇠퇴하는 것인가. 그러나 그것은 사회적 통념일 뿐 어떤 이들은 이삼십대보다 더 젊은 정신연령을 갖고 살아가고 있는 듯했다. 또 그들은 대부분 자신들의 삶을 책으로 엮는다는 사실에 그리 큰 의미를 부여하지 않았다. 더군다나 몇몇 분들은 아예 이런 일에 초연한 듯했다.

　이 작업은 2000년 5월부터 10월까지 6개월간 진행되었다. 취재와 집필 이후에도 여러 사정으로 출판이 늦어지게 되었다. 그 과정에서 이준묵 목사께서 2000년 12월 주님의 품으로 돌아가셨다. 이 책이 나오길 고대하시던 고인께

송구스러울 따름이다.

막상 출판하려니 '외길 인생'의 깊이를 얼마나 드러냈을지 두려움이 앞선다. 또 글의 비중이 높아지면서 사진의 양이 줄어든 것도 아쉬움으로 남는다.

'사람은 희망이면서도 절망'이라는 양극성의 극복을 우리는 이 책에서 찾고자 한다. 우리 사회를 지탱하는 것은 목소리 큰 사람들이 아니다. 자신의 길을 묵묵히 가면서 전문성을 확보해 가는 사람들이라는 것을 우리는 잘 알고 있다. 이번 작업이 그들의 존재를 드러내는 데 조금이나마 도움이 되었으면 한다.

인터뷰에 응해 준 여러 선생님들과 열정적으로 취재한 언론인들 그리고 한국 미디어교육센터의 관계자들과 기꺼이 출판에 응해 준 눈빛 출판사에 다시 한 번 감사드린다.

2001. 12
엮은이

· 차 례 ·

훈민정음연구가

김석연 박사

김석연

국지어음(國之語音), 이호중국(異乎中國), 여문자불상유통(與文字不相流通), 고우민(故愚民), 유소욕언(有所欲言), 이종부득신기정자(而終不得伸其情者), 다의(多矣). 여(予), 위비민연(為比憫然), 신제이십팔자(新制二十八字), 욕사인인이습(欲使人人易習), 편어일용이(便於日用耳).

우리나라 말이 중국과 달라 한자와는 서로 잘 통하지 아니한다. 이런 까닭으로 어리석은 백성들이 말하고자 하는 바 있어도 마침내 제 뜻을 펴지 못하는 사람이 많다. 내가 이것을 가엽게 생각하여 새로 스물여덟 글자를 만드니, 모든 사람들로 하여금 쉬이 익혀서 날마다 쓰는 데 편하게 하고자 할 따름이니라. —「훈민정음」서문

11

우리 모두가 자랑스럽게 생각하는 우리의 글, 훈민정음. 우리 겨레의 빛나는 문화유산 가운데 첫손 꼽히는 훈민정음은 1997년 유네스코(UNESCO)에 의해 세계의 문서문화재로 지정되면서 그 진가가 확인되었다.

지구상에서 여러 민족이 쓰는 대부분의 글자들은 창제의 동기와 목적이 분명하지 않다. 그런데 조선 제4대 임금인 세종은 15세기에 훈민정음을 만들고 창제의 동기와 목적을 분명하게 밝혔다. 이런 점에서 뛰어난 지혜와 밝은 통찰력을 가진 그의 모습이 한결 돋보인다.

한글사랑운동을 펼치는 사단법인 한글재단은 인터넷 홈페이지에서 훈민정음 서문에 담긴 창제의 동기와 목적을 다음과 같이 풀이하고 있다.

"우선 우리나라에는 독특한 배달말이 있으니, 이 말을 적어 내기에 알맞은 글자가 있어야 한다는 것이다. 당시 조선에 알려진 모든 다른 나라가 각각 제 나라 말에 알맞은 글자가 있는데, 우리나라만은 글자가 없어 남의 나라 글자, 한문을 빌려 쓰니, 이는 안타까운 일이다.

남의 글자 한문은 우리말과 서로 통하지 않는 글자일뿐더러, 본디 어렵기 짝없는 글자이기 때문에, 우리 배달겨레에게는 이중으로 어려워 백성들이 다 배워 낼 수가 없다는 것이다. 세종대왕은 하늘이 내린 성인이로되, 선비들도 한학에 정통하는 데는 많은 노력과 세월을 허비하였을 것이니, 시간과 경제의 여유가 없는 일반 대중이야 얼마나 그것이 어려운 일인가 함을 아프게 느낀 것으로 보인다.

일반 서민은 글자를 깨치지 못하였기 때문에 제가 하고 싶은 말이 있어도 그 뜻을 펴지 못한다 함이다. 곧 아랫사람의 뜻이 위에 사무치지 못하기 때문에, 백성이 억울한 일이 많아 정치가 명랑하지 못하니, 어진 정치의 이상에 위반함이라고 생각함이다.

이 새 글은 상하 귀천을 막론하고 누구든지 쉽게 익혀서 일상생활에 편리하게 쓰도록 하고자 하는 것이라 하였다. 곧 민중문화의 보급과 생활의 향상을 꾀함에 그 목적이 있었다고 할 수 있다."

훈민정음을 연구하는 대부분의 국내 학자들이 이처럼 해석을 하고 있다. 그러나 많은 학자들이 무심코 지나친 '정음의 세계화'라는 세종의 꿈을 발굴해서 정음 연구의 새로운 지평을 연 해외 학자가 있어 관심을 끈다.

미국 뉴욕 버팔로에 있는 뉴욕 주립대에는 세종과 정음(훈민정음) 그리고 정음사상을 연구하는 '세종학연구소'가 있다. 1997년 5월 문을 연 이 연구소의 책임자는 현대문학과 부교수 김석연 박사(金昔姸, 1928년생)이다.

그는 박사 학위 논문을 쓰려고 정음 연구를 시작했다가 만능 천재인 세종에게 매혹돼 세종과 정음 연구에 이십여 년을 보냈다. 그는 특히 정음의 음성과학적 연구에 탁월한 식견을 갖고 있다는 평가를 받고 있다.

그 동안 자신이 이국 땅에서 해온 연구 실적을 알리기 위해 2000년 하반기를 국내에서 보내고 있는 그를 10월 어느 날, 서울의 모 호텔에 꾸린 그의 임시 연구실에서 만났다.

뉴욕 주립대 세종학연구소의 김석연 박사는 정음의 음성과 학문적 연구에 탁월한 성과를 보이고 있다. 사진은 2000년 10월 모국을 방문했을 때의 모습.

그는 "과거 2천년이 한자와 로마자 시대였다면 미래는 '정음의 시대'가 될 것이 확실하다"면서 "정음을 재조명하면 도저히 세계화하지 않을 수 없다는 결론에 이르게 된다"라고 운을 뗐다. 세종의 꿈을 펴는 것이 자신의 꿈이라는 그는 인터넷 시대를 맞아 '정음의 세계화' 환경이 더욱 더 좋아졌다며 자신의 연구에 강한 자신감과 자부심을 나타냈다.

정음의 심층적 연구를 통해 그는 세종의 학문사상인 정음사상의 독창적 해석을 이끌어냈다. 예를 들어 훈민정음 서문에 있는 '우민(愚民)' 즉 어린 백성은 15세기 조선의 어리석은 백성을 가리키는 것이 아니라 시공을 넘어 모국어를 글자에 담아서 실어 펴지 못하는 '불쌍한 문맹 일반'을 가리킨다는 것이다. '문맹'이 난문자와 무문자 때문에 생기나 어떤 경우건 퇴치 도구는 성음의 자질과 음가를 합리적·생성적으로 표기할 수 있는 정음밖에 없다. 따라서 수많은 무문자족 또는 난문자족에게 정음으로 표기 수단을 만들어 쓰게 함으로써 세계화를 이룰 수 있다는 주장이다.

그는 세종과 정음을 모르는 한국인이 없으나 제대로 아는 사람들이 드문 현실을 안타까워한다. 또 아는 사람이라도 외국인을 대상으로 정음을 활용하겠다는 생각을 미처 하지 못했던 점을 아쉬워한다.

세종은 천성이 어질고 부지런했으며 학문을 좋아하고 취미와 재능이 다양했다. 집현전을 활성화시켜 학문을 장려하고 많은 인재들을 길러냈다. 1443년 훈민정음을 창제해서 삼 년 뒤 반포했다. 정음은 처음 스물여덟 글자였으나 현재 'ㆍ ㆆ △ ㅇ' 등 네 글자가 쓰이지 않고 스물네 글자만 쓰인다.

김박사는 세종이 새벽마다 기도하면서 훈민정음 창제에 쏟은 혼신의 노력이 학자들 사이에서 과소평가되고 성삼문·신숙주 등 집현전 학사들의 공이 과대평가되는 것이 잘못이라고 지적한다.

"기발한 아이디어는 한 사람에게 떠오르는 것이지 동시에 여러 사람들이 갖게 되는 것이 아니다. 사십대 중반의 세종은 누구의 도움도 받지 않고 혼자 훈민정음을 창제했다. 당시 신숙주와 성삼문은 과거에 급제한 지 얼마 되지

독실한 기독교인인 김석연 박사는 "정음은 글자와 발음기호가 일대일로 대응하는 지구상에서 유일한 글자"라며 미래는 정음의 시대가 될 것이라고 말한다.

않는 스물다섯 살의 젊은 학자들이어서 창제에 큰 공을 세울 수가 없었다."

　그러나 그는 집현전 학사들이 훈민정음의 실용화 연구에서 세운 공은 인정한다. 학사들은 세종이 직접 쓴 예의(例義)를 토대로 삼 년 동안 해례(解例)를 만들었다. 이를 위해 당시 랴오둥에 있던 명나라의 한림학사 황찬에게 열세 번이나 찾아가는 고생을 하면서 음운에 대한 지식을 얻었다. 당시 조선에서 혼란스럽게 쓰이던 한자를 음가대로 바로 적기 위해 중국의 음운서들을 참고해서 훈민정음으로 음운서 『동국정운』을 만드는 수고를 했다는 것이다.

　세종의 열렬한 숭배자인 그는 1928년 부산에서 태어났다. 경남여자고등학교를 졸업하고, 딸 셋을 뒀지만 아들 없는 것을 늘 섭섭해 하시던 어머니를 위해 아들 몫을 하겠다며 서울대에 진학했다. 그는 그곳에서 평생을 함께 한 남편 조가경 박사(1927년생, 미국 뉴욕 주립대 철학과 석좌교수)를 만났다. 그런데 남편을 만난 것을 제외하면 남녀공학을 택했던 것이 잘한 결정이 아니라는 생각이 든다고 그는 털어놓는다.

"물고기는 제 물에서 놀아야 활기를 편다. 여자대학에 갔더라면 그곳의 흐름을 타고 활발하게 살 수 있었을 터인데, 나는 당시 서울대에서 홍일점이었다. 외톨박이 물고기여서 활발하게 살 수 없었다. 다들 지켜보는 것 같아서 얼굴을 들지 못하고 쥐구멍을 찾는 모습으로 학창시절을 보냈다."

그는 대학원에 진학해 석사 학위를 받고 스물여덟 살 때부터 서울대 국어국문학과에서 학생들을 가르치기 시작했다. 시간강사로 출발해 어엿한 부교수가 됐으나 1970년 남편이 미국으로 가자 이듬해 여름 외동딸을 데리고 뒤를 따랐다.

"무위도식하는 것은 사는 것이 아니다"라는 평소 생활철학에 따라 마흔세 살에 뉴욕 주립대 음성과학과 박사 과정에 들어갔다. 강단에서 가르치던 입장에서 다시 배우는 입장이 되자 하루의 절반 이상을 공부에 할애해서 1973년 여름 박사 자격시험을 무사히 통과했다.

그러나 다음 단계인 학위논문 제목 선택에서 예상치 못했던 어려움을 겪었다. 그가 선택한 논문 제목이 다룰 범위가 너무 크고 넓어서 정해진 오 년 내에 끝내기 어려울 것이라는 이유 등으로 교수들이 받아들이지 않았던 것이다. 세번째로 거부당하고 돌아온 날 밤, 그는 힘이 다 빠지고 자신감마저 약해져 있었다.

그러나 새로운 제목을 찾아야 했기에 책상 앞에 앉아 기도를 시작했다. 밤새 기도하자 이른 새벽 무렵 신기한 응답이 왔다.

"갑자기 눈앞에 파란 하늘이 펼쳐지더니 하늘 저 멀리서 가로로 하얀 선이 하나 나타나 점점 굵어지며 가까이 다가왔다. 내 눈앞까지 온 선이 굵은 두루마리가 되어 멈추는 순간 아래로 펼쳐지기에 보니까 한자 넉 자가 적혀 있었다. '訓民正音'"

독실한 기독교인인 그는 하나님의 뜻이라고 생각하고 훈민정음을 연구하기로 마음을 정했다. 거세게 반대하던 교수들도 순순히 허락했다. 그는 삼 년 반 동안 세종의 훈민정음 서문을 원의대로 해석하고 거기에 담긴 '정음의 세계화'라는 세종의 꿈을 읽어내고 이를 해례본과 연결시켜 음성과학적으로 증명하는 연구를 했다. 1977년 「활동 X선 촬영 분석에 의한 정음의 자형(字形)과 조음-청각적(調音-聽覺的) 형태와의 상관관계 증명」이라는 논문을 완성해 박사 학위를 받았다.

박사 학위를 받은 후 캠퍼스를 잠시 떠난 그는 뉴욕 버팔로에 있는 한인교회에 세종한글학교를 세우고 2세들을 지도하는 한편 이들을 가르치기 위한 한글 교재도 여러 권을 썼다. 그의 이런 노력은 훗날 대통령 표창과 국민포상으로 보상받는다.

1981년 그는 뉴욕 주립대에 여러 언어를 가르치는 강좌가 있으나 한국어 강좌가 없다는 것을 알았다. 학교측과 얘기를 해서 한국어 강좌를 개설했으나 강사료가 너무 적게 책정되자 한동안 무료 봉사를 자청했다. 그 기간이 길지는 않았으나 1996년 한국국제교류재단의 지원으로 전임 교수가 될 때까지 그다지 좋은 대우를 받지 못했다. 그때 한국어는 현대어문학과의 정규과에 편입됐다.

변화하는 환경에 대처하기 위해 한국학 프로그램을 확장하려고 세종학연구소 설립 기금을 모으면서 그는 외국 학자들의 한국에 대한 이해 부족을 체험했다. 기금이 웬만큼 모이자 아시아학 주임이 불쑥 기금 가운데 5만 달러를 자기에게 달라고 요구했다. 그런데 그 이유에 기가 막혔다고 한다.

"내 생각에는 돈 쓸 데가 없을 것 같다. 한국은 문화적으로는 중국의 속국이었고 경제적으로는 일본의 속국이었으니, 한국 것이라고 뭐 고유한 것 내세울 것이 없지 않느냐, 인물이 있느냐, 문화적 유산이 있느냐, 그러니 그 돈을 내게 주면 아시아학에 유용하게 쓰겠다." 이 충격을 계기로 그는 세종과 정음에 대한 연구에 더욱 몰두하게 됐다.

우리 민족은 15세기 중엽까지 말이 있으나 글자가 없어 갑갑한 무문자족이었다. 한자를 익혀 쉽게 쓸 수 있는 사람들은 소수의 지식·상류 계급에 불과했고 문맹이 대부분이었다. 이런 풍토에서 자기 뜻을 마음껏 표현하지 못하는

'백성을 가르치는 바른 소리'인 훈민정음이 태어났던 것이다.

김교수는 사람이 소리를 낼 때의 조음 형태와 정음 글자 모양 사이에 상관관계가 있다는 것을 과학적으로 증명했다. 진한 바륨을 먹은 사람의 왼쪽 얼굴에 초점을 맞추고 소리내는 모습을 투시동영상 X선으로 하나 하나 촬영했다. 이 과정에서 자음의 조음 형태와 글자 모양을 1대 1로 비교해서 도려낼 수 있었다.

자음은 발음기관에 따라 목구멍소리, 연구개소리, 혀소리, 앞이빨소리, 입술소리로 나뉜다. 예를 들어 사람이 목구멍소리인 'ㄱ'을 소리낼 때 X선으로 찍으면 발음기관의 움직임에서 'ㄱ'을 뚜렷하게 볼 수 있다. 이렇게 하면 정음은 사람이 조음할 때 발음기관의 모습을 시각화한 글자라는 것을 실감할 수 있다.

그는 "정음은 글자와 발음기호가 1대 1로 대응하는 지구상에서 유일한 글자"라면서 "정음을 영어로 The Orthophonic Alphabet(정음기호)"라고 부른

훈민정음에 대한 연구를 영어로 정리한 『한국의 알파벳, 훈민정음(1446)』이라는 책을 집필했다. 이를 한글로 번역한 『훈민정음 음성과학적 연구』의 국내 출판도 추진하고 있다.

다고 했다.

그는 문화관광부의 의뢰로 1997년부터 삼 년간 훈민정음에 대한 연구를 영어로 정리한 『한국의 알파벳, 훈민정음(1446)』이라는 책을 썼다. 이 책은 그가 몸담고 있는 뉴욕 주립대 출판부에서 출간할 예정이다. 이를 한글로 번역한 『훈민정음 음성과학적 연구』의 국내 출판도 추진하고 있다. 책은 예의와 해례에 대한 탐구·해설, 음성 정보를 가시화한 글자, 훈민정음의 영역과 한역, 정음의 미래 응용성이라는 네 부분으로 되어 있다.

"정음이 전 지구적 표기 수단이 될 가능성이 확실한 글이라는 견해를 증명하고 제시하는 등 정음의 미래 응용성 부분에 각별히 힘을 쏟았다"고 그는 밝힌다.

그가 보여준 책 표지의 중앙에는 시선을 끄는 특이한 그림이 있었다. 이십여 년에 걸친 그의 연구가 압축돼 있다는 '정음도'였다. 수년 전 『세종즈 코리안(Sejong's Korean)』이라는 한국어 교재를 낼 때 미국 출판사에서 한 표지 디자인이 마음에 들지 않아 직접 구상했다는 것이다. 삼재(하늘·땅·사람)와 음양의 체계가 고려된 가장 과학적이고 합리적인 글자인 훈민정음 스물여덟 자의 제자 원리를 한눈에 읽을 수 있다. 정음에 대한 이해를 높이는 강연을 할 때마다 이 그림을 활용하고 세종학연구소의 심벌로도 쓰고 있다.

집현전 학사로 세종을 도운 정인지는 일찍이 훈민정음이 아주 쉽게 배울 수 있는 글자라고 밝힌 바 있다. 예의, 해례, 정인지 발문 등 3부문 33장으로 된 해례본에는 "현자는 하루아침이 다 가기 전에 깨닫고 우민이라 할지라도 열흘이면 다 익혀서 문자생활을 할 수 있는 글"이라고 썼다.

김교수는 이 뜻을 살려 단시간 내에 우민(遇民)을 천민(天民)으로 만들려는 야심찬 작업을 추진하고 있다. 미국에서 가져온 자료로 '50분 내에 익히는 정음기호(Let's Master the Orthophonic Alphabet in 50 Minutes!)'라는 영어 비디오를 서울에서 제작했다. 영어를 쓰는 외국인 열 명 중 아홉 명이 보고 나서 곧바로 정음 글자를 읽을 수 있었다는 좋은 내용이다.

정음의 세계화를 지향하는 김석연 박사는 강연 때마다 정음에 대한 이해를 높이기 위해 노력하고 있다. 사진은 학술대회에서 주제 발표하는 김석연 박사.

　2000년 가을 세종문화회관 컨퍼런스 룸에서 열린 한글날 학술 발표 및 한손 만국자판 시연회에서 그는 이 비디오에 우리말을 입혀 공개했다. 그는 이 자리에서 국내의 각종 표지판들을 외국인을 위해 로마자화하면서 아까운 예산을 낭비하지 말고 정음으로 표기하자고 제안했다. 외국인들에게 비행기 내에서 비디오를 보여주면 공항에 내리자마자 표지판을 읽을 수 있어 관광이나 업무 처리에 크게 도움이 될 것이라는 전망을 덧붙였다.

　그는 비디오 제작의 아이디어를 강의중 중국 학생들에게서 얻었다고 털어놓는다.

　"뉴욕 주립대에서는 학생들에게 제2외국어를 필수과목으로 배우도록 하고 있다. 그래서 매 학기초가 되면 학생들이 쉬운 말을 찾아서 이 강의실 저 강의실을 기웃거리는 풍경이 벌어진다. 대만과 홍콩에서 온 중국계 미국 학생들이 한국어를 듣는 예가 많다. 강의 첫 시간에는 대개 훈민정음 제자 원리를 설명한다. 그러자 어려운 한자를 배워서 문자생활을 하는 것이 요원하니까 중국 말을 쉬운 정음으로 표기하는 것이 좋겠다고 얘기하는 학생들이 있었다.”

삼 년 전 서울에서 열린 세종 탄신 600돌 기념 국제학술대회에 참석했던 그는 한글학회 관계자의 소개로 정음의 세계화에 관심을 보이는 한 컴퓨터 공학자를 만났다. 컴퓨터 만국 자판을 연구하는 경희대 전자정보학부 진용옥 교수였다. 그후 미국을 수차례 방문한 진교수와 뜻이 통해 그에게 세종학연구소의 재한(在韓) 연구소 대표직을 맡겨 함께 일하고 있다. 음향학 전공의 진교수는 현재 한국어정보학회장도 맡고 있다. 컴퓨터 전문가가 등장하자 연구소가 추진하는 과제 곳곳에 '컴맹' 퇴치가 스며들었다. 미국에 있는 연구진이 문맹 퇴치를 하면 국내에 있는 연구진이 컴맹 퇴치에 나서는 체계가 갖춰져 있다.

유네스코에 따르면 1997년 현재 지구상에서 3천5백 종의 언어가 죽어가고 있다. 주요한 원인은 소리를 표현하는 글자, 즉 발음기호가 없기 때문이다. 죽어 가는 언어를 가진 종족에게는 이 사실이 크나큰 불행이지만 김박사에게는 5세기 동안 어둠 속에 묵혀 뒀던 정음의 우수성을 만방에 드러낼 수 있는 호재가 되었다.

일반적으로 문자 제작은 음성·언어 전문가에 의한 대상 언어의 녹음·녹취, 정음기호 체계를 이용한 음성 자료의 전사, 음운학적·문법적 연구를 거친 대상 언어의 음운학적 음소 단위의 설정, 문법 전문가·음운학 전문가들의 조언에 따른 문자체계의 선정, 시범 운용을 통한 문제점 발견 및 제거 등 여러 단계를 거친다.

여기에 사전과 교육용 교재의 편찬, 이중 언어 교육체제의 확립이 잇달아야 하고 정보화 시대에 맞춰 자판과 글편기의 설계, 인터넷 접속을 위한 코드의 설정, 컴퓨터의 보급이 수반돼야 한다. 문자 제작은 결코 단순하거나 쉬운 작업은 아니지만 보람있고 가치가 있는 일이다.

미국 텍사스 주 댈러스에는 하계언어연구소(SIL)라는 기관이 있다. 1919년 창설된 이 기관은 세계의 소수민족 언어를 연구하면서 무문자족들에게 문자를 만들어 주고 있다. 하계언어연구소의 주요 대상은 남·북미 대륙과 아프리카 대륙에 사는 종족들이다. 따라서 김박사가 도울 수 있는 대상은 얼마든지 있는 셈이다.

김박사가 이끄는 연구진은 무문자족과 난문자족을 대상으로 하는 과제 2개의 준비 연구를 하고 있다. 우선 무문자족을 위한 문자 제작 대상으로 미국 원주민인 세네카 인들을 선정했다. 급속도로 죽어 가는 이들의 말소리를 전문가들이 현장에서 녹음·녹취한 다음 정음기호 체계를 이용해 전사하는 단계에 있다.

난문자 가운데 가장 난문자인 중국어의 정보화 과제도 돛을 올렸다. 중국 정부는 공식적으로 문맹율이 75퍼센트라고 하지만 미국 ABC 방송에 따르면 2000년초 중국의 문맹율은 92퍼센트에 이른다. 미국 연구진이 중국 표준어인 만다린에서 21개의 초성, 37개의 운모 등 모두 58개 소리를 찾아내 이를 정음기호로 디자인했다. 국내 연구진이 여기서 나온 결과를 가지고 중국 광시성 구이린시 광시사범대학 학자들과 공동으로 준비 연구를 하고 있다. 중국 학자들 스스로 정음의 우수성을 깨닫고 이를 토대로 발음기호를 만들어 널리 쓰게 한다는 것이 연구 목표다.

김박사는 중국의 소수민족들에게 어려운 한자를 배우려고 애쓰지 말고 쉬운 정음을 갖고 살라고 충고한다. 정음을 쓸 경우 한자 문화에서 소외되는 부작용이 예상되지만 이들이 현재 문자생활을 하지 못하는 관계로 잃을 것이 없다고 보기 때문이다. "십억여 중국인들 가운데 상당수가 언젠가 정음을 쓰게 된다는 것은 의미가 엄청나다"고 그는 말한다.

일부 국내 학자들은 '정음의 세계화'가 아니라 '한글의 세계화'를 꾀해야 한다는 주장을 하기도 한다. 그러나 김박사는 그런 주장이 문화적 제국주의의 발로라며 반대하는 입장을 고수한다. 모든 말에는 특징이 있으므로 서로 비교해서 어느 나라 말이 우수하다고 말할 수 없다고 보기 때문이다. 정음의 세계화를 지향하는 그의 연구는 국제음성기호(IPA)에도 미쳤다.

1세기 전 학자 다섯 명이 모여 전세계의 말을 수집해서 기호화하는 작업을 시작했다. 국제음성기호를 만드는 작업은 1993년에야 겨우 마무리됐다. 그러나 국제음성기호는 모음이 22개, 자음이 무려 1백4개나 되고 발음이 어려울 뿐만 아니라 외우기 어렵다는 단점을 안고 있다.

김박사는 정음의 생성적 특성, 즉 필요에 따라 얼마든지 새로운 글자를 만들 수 있다는 장점을 살려 국제음성기호 각 글자에 대응하는 정음글자를 디자인해 GOPA(Global-Orthophonic Alphabet, 만국정음기호)로 명명했다. 1999년 8월 중국에서 열린 정음과 한국어 정보처리 국제학술대회에서 그 시안을 발표하기도 했다. 만국정음기호가 무문자족을 위한 문자 제작에 국제음성기호보다 우수한 것이 확실하지만 개인 차원에서 이런 내용을 홍보하기에 힘이 부치는 상황이다.

그래서 그는 연구소의 활동과 향후 계획을 알리는 뉴스레터(KOREAN-SEJONG STUDIES, 24쪽)를 2000년 여름 창간했다. 앞으로 연 2회 발행될 뉴

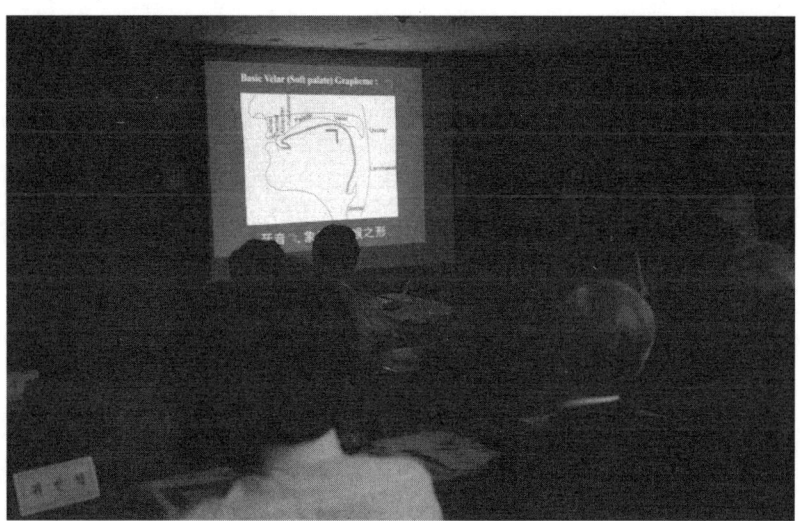

김석연 박사는 "정음은 세계의 문맹을 퇴출시킬 수 있는 가장 쉽고 빠른 길"이라고 말한다. 학술 발표 및 만국 자판 시연회를 자주 개최하고, 비디오를 통해 정음 글자를 보급한다.

스레터에는 의욕에 찬 많은 과제가 한글과 영어로 소개돼 있다.

만민의 소리를 표기할 수 있는 하나의 소리기호(유니코드)로 정음기호를 확장시켜 인터넷에서 통용되게 하는 연구와 정음의 세계화를 위한 후속 조치로 정음 글편기를 설계해 소위 '문맹과 컴맹'을 동시에 퇴치하는 과제 등이 눈길을 끈다.

그는 "첫술에 배부르지 않지만 기회가 오기를 가만히 앉아서 기다릴 수도 없다"면서 "정음의 세계화를 위해 국가 차원에서 정음청을 만들어 필요한 정보를 모으고 '집현전 학자'들을 소집해야 한다"는 주장을 편다.(글·손진옥/사진·윤명남)

천상 농군, 옥수수의 아버지

김순권 박사

김순권

누군가를 한 번 도와주는 것은 어려운 일이 아니다. 그러나 꾸준히 또 실제적이고 근본적인 도움을 주기란 쉬운 일이 아니다. 자기 희생이 따르기 때문이다. 시간과 마음과 물질적 지원, 그리고 나아가 삶의 일부까지도 내줄 수 있어야 하기 때문이다.

'옥수수박사'로 잘 알려진 김순권 박사(1945년생). 그는 굶주리는 이들을 먹일 식량을 도와줄 만한 재산가가 아니다. 대신 그는 자신의 재주와 인생을 내걸고 있다. 한평생 옥수수만을 연구하고 옥수수에 관한 한 세계 최고의 노하우와 열정을 지닌 그는 그 재능과 열정으로 아프리카의 기아를 해결하는 데 큰 역할을 했고, 이어 북한의 식량난 해결을 위한 구체적이고도 실제적인 노력을 기울이고 있다.

김순권은 우리나라는 물론 세계가 인정하는 국제적인 옥수수 전문가다. 개인이 팔천 종이 넘는 종자를 보유하고 있다는 사실은 놀라운 일이다. 그는 그것들을 하나씩 다 수집해 실험해 봄으로써 그 특성과 쓰임새를 구별해 알고 있다. 그는 아프리카에 어울리는 옥수수, 북한 땅에 어울리는 옥수수의 종자를 연구하고 개량해 냈다. 김순권은 기아를 해결하는 데 있어 옥수수만큼 귀중한 작물이 없음을 알고 있기에 아프리카로, 다시 북한 땅으로 오갈 수밖에 없었다.

그의 첫인상은 박사라는 직함이 어울리기보다 농사꾼의 모습이다. 그는 그의 말대로 뭔가에 미쳐 있는 모습이다. 그런데 그가 미친 대상은 그 많은 것 중에 하필이면 옥수수다. 천연기념물도 아니고 별다른 특약작물도 아니요 각광을 받고 유명세를 떨칠 만한 소재도 아닌, 그저 심심하기 짝이 없는 옥수수에 그는 일생을 바치고 있다. 그 이유는 무엇이고, 그에게 있어 옥수수는 무엇일까. 그가 옥수수를 통해 펼쳐 온 일들을 하나하나 살펴보면 그 해답을 얻을 수 있다.

옥수수는 주로 간식거리나 가축사료로 쓰인다. 따라서 쌀처럼 주식(主食) 개념으로는 감이 잘 오지 않는 곡물이다. 그런데 왜 김순권은 하고 많은 작물 중에 옥수수에 미쳐 있는 것일까. 그리고 북한의 식량난은 정말 옥수수로 해결되는 것일까. 그러나 이러한 의문은 그가 아프리카와 북한 지역의 기후와 토양에 맞는 옥수수를 개량, 우수 종자를 개발해 그곳의 식량난을 해결해 나가는 실천력을 보면 절로 수긍이 간다.

북한의 경우 세계에서 옥수수가 가장 잘 자랄 수 있는 토양과 기후를 지닌 곳이다. 옥수수는 단위당 수확량이 가장 많은 작물이라서 북한의 심각한 식량난을 해결하는 데 있어선 다시 없는 소재라고 김순권은 말한다. 북한의 옥수수 재배 면적은 논 60만 헥타르 (정보)보다 더 많은 73만 헥타르. 북한의 기후와 토양에 알맞게 김순권 박사가 육종하고 개량시킨 '슈퍼 옥수수'가 8톤/

헥타르까지만 생산된다면 북한의 식량난 해결은 물론이고 나아가 남한의 곡물 수급에도 크게 이바지하게 될 것이라고 전망한다.

1945년 울산의 한 가난한 농가에서 팔남매의 마지막 외아들로 태어난 김순권은 농어촌의 어려운 형편을 누구보다 절실히 체감하며 성장했다. 가난한 농촌에서의 배고픔이 어떤 고통이며 굶주림의 해결은 그 어떤 가치보다 우위에 있는 것임을 어릴 적부터 체험한 것이다.

가난과 굶주림을 딛고 어렵게 울산농고와 경북대 농과대학을 마친 김순권은 졸업과 동시에 농촌진흥청에 입사, 옥수수과에서 일하게 되는데, 이것이 그가 옥수수와 맺게 된 인연의 출발이었다. 김순권은 옥수수 관련 일을 하고 연구에 빠져들면서, 하찮게 생각했던 옥수수가 세계적으로 매우 중요한 식량임을 깨닫게 된다. 특히 그는 미국이 부강한 나라가 되기까지 그 배경에 옥수수가 바탕돼 있음을 알았다. 그러다 1972년 그는 옥수수 공부를 위해 미국 유학을 간다. 유학생활 동안 김순권은 더 많은 경험과 더 많은 지식을 쌓으려고 밤낮 가리지 않고 공부하고 실험하고 연구하며 일했다. 그는 옥수수를 연구하며 거의 밭에서 살았다. 오하이오 주와 일리노이 주의 그 광활한 곡창지대는 김순권에게 하나의 학교였다. 그는 그곳에서 옥수수에 미쳐갔다. 열정이 크면 그만한 기회들이 계속 이어지는 법. 그의 지도교수였던 세계적인 육종학자 브루베이커 교수가 그의 열성을 소중히 여기며 더 많은 지식과 애정으로 그를 도와주었다.

삼 년 삼 개월 만에 석·박사학위를 따낸 그는, 졸업식에 참석할 여지도 없이 74년 서둘러 귀국해 옥수수의 교잡종 신품종 개발에 전념한다. 한시가 급했다. 우리나라에 빨리 교잡종 옥수수를 심어 질적·양적으로 우수한 옥수수를 대량 수확해 내고 싶었다. 매년 수입에 의존하는 막대한 양의 옥수수를 자체 생산하고 싶었다. 마침내 김순권은 우리 농업역사상 큰 결실인 옥수수 '수원 19호' '20호' '21호'를 개발해 낸다. 그후 그는 정부 명령으로 몇 달간 하와이 몰로카이 섬 옥수수밭에서 교잡종 종자 개발에 성공하고 77년 4월 귀

김순권 박사는 옥수수에 관한 한 세계 최고의 지식과 열정을 가지고 있다. 그는 1974년부터 옥수수의 교잡종 신품종 개발에 전념해 많은 성과를 보여왔다.

국한다. 우리도 이제 옥수수를 수입하지 않아도 되며, 대량 생산으로 굶주림을 면할 수 있을 것이란 벅찬 기대를 안고. 그런데 그는 뜻하지 않은 난관에 부딪친다. 개도국에서는 교잡종이 성공할 수 없다는 선진국 학자들의 논리를 우리나라 농촌지도자와 정책 입안자들이 그대로 수용해 교잡종의 파종 자체를 반대한 것이다. 그뿐만 아니었다. 김순권이가 정부를 속여 공금으로 하와이에서 잘 놀다 왔다는 모함성의 구설수에 올라 있었다.

그는 물러설 수 없었다. 그가 그같은 시비와 구설수에 맞설 수 있는 유일한 무기는 옥수수 연구에 대한 깊은 열정과 자신감뿐이었다. 교잡종 옥수수가 실패할 경우 남은 여생을 감옥에서 보내겠노라는 간절한 요청으로 농촌진흥청장에게 매달리던 끝에 종자 절반만을 파종하라는 허락을 얻어낸다. 결국 특별한 정책이나 배려없이 그는 직접 종자를 차에 싣고 다니며 일일이 농부들을 설득해 파종하게 하였다. 어렵게 하와이에서 육성해 간 교잡종 종자의 절반이 창고에서 썩어 갔지만, 그래도 파종된 절반의 종자가 그해 엄청난 결과를 만들어냈다. '수확량 90퍼센트 증가, 농가 순소득 세 배 증가'라는 대성공을 거둔 것이다. 그 종자는 이십오 년이 지난 지금까지도 우리나라 옥수수 농가에서 가장 인기를 모으고 있는 종자가 됐다. 김박사의 교잡종 옥수수의 성공은 옥수수의 합성종에 머물렀던 수준을 한 단계 끌어올리는 획기적인 사건으로 우리 농업사의 한 획을 긋는 일이었다.

그 이후 이 땅에서 지속적인 연구가 이어졌다면 지금쯤 8백−1천만톤에 이르는 옥수수를 해마다 수입하는 실정은 되지 않았을 것이다. 김박사가 아프리카에서 십칠 년간 활동하는 동안 그 긴 기간 동안 남한의 옥수수 연구는 별반 진전된 바가 없었다.

김박사가 처음 아프리카에 갔을 때 오랜 기간 머무를 계획을 하지는 않았었다. 우선 급한 불을 꺼주어야겠다는 생각이었는데, 막상 도착하고 보니 그게 아니었다. 기아의 근원인 혹독한 환경이 그의 발목을 잡은 것이다. 김순권이 아프리카 기아의 적으로 삼은 대상은 '스트라이가'였다. 아름다운 꽃이지만 질기고 독하기로 유명한 스트라이가(일명 악마의 풀). 100년이 넘게 그 잡초의 방제에 선진국이 모두 손을 들어 버린, 그 악명 높은 풀이 아프리카의 농사를 방해하는 가장 큰 장애물이었다. 이십 년 동안 물이나 영양분을 공급받지 못해도 끄떡없이 살아 기회가 되면 발아하며, 오히려 피폐한 식물에서 더 잘 자란다는 기생잡초다. 벼·옥수수·밀 등 주로 벼과 작물에 기생해 사는 그 잡초는 일단 창궐하면 토착민들은 '신의 뜻'으로 받아들이고 농사를 포기했다. 방제할수록 오히려 더 강한 유전인자로 돌연변이를 만들기 때문이다.

김순권은 농사를 망치고 주민을 굶주림에 빠지게 하는 주요인인 스트라이가와 싸워서 이겨야 농사가 살고 사람이 산다고 생각했다. 그는 이를 해결할 방법을 종자개량에서 찾아낸다. 스트라이가 박멸이 어렵다면 스트라이가의 공격을 받고도 피해를 최소화하는 옥수수 종자를 만들어 해결한다는 것이었다. 박멸이 아닌 함께 살아가는 '공생'의 이치에서 해결책을 찾아낸 것이다. 그는 끈질긴 노력으로 새로운 종자를 개량해 낸다. 옥수수의 영양분을 일부 축내어도 예전처럼 옥수수가 말라죽지 않는 개량종이었다. 그가 개량해 낸 종자의 옥수수는 일정 영양분을 스트라이가에게 따로 내주고도 꿋꿋이 성장했다. 주민들은 이후 제대로 옥수수를 수확할 수 있게 되었다. 그의 이 옥수수 종자개량 방법은 세계를 놀라게 했다. 잡초를 방제하기 위한 노력을 미국·영국·프랑스·독일·네덜란드·구소련 등 여러 국가가 발벗고 뛰어들어 연구해 왔지만 번번이 실패했는데, 김순권은 가난한 아프리카의 사정을 감안하면서 그곳 환경에 맞는, 전혀 다른 시도로 성공을 거둔 것이다.

그가 아프리카의 열대농업연구소(IITA)에서 연구하던 시절, 김순권의 연구 열정은 유별났다. 다른 학자들이 1만 개로 연구한다면 김박사는 10만 개로 교배 샘플을 늘려서 적합한 종자를 찾아냈다. 다른 학자가 십 년 걸릴 연구를 일 년에 해내겠다는 각오로 연구에 몰두했다. 하루빨리 귀국하기 위함도 아니고 유명세를 타보겠다는 생각도 아니었다. 사람들이 굶주려 죽는 사태를 눈앞에서 보고 있을 수 없어서였다.

토요일, 일요일 없이 연구하는 그를 동료들은 휴일에는 밭에도 나오지 말고 연구실에도 나오지 말라고 핀잔을 주기도 하고 항의를 하기도 했다. 그럴 때 그의 대답은 단명했다. "일요일에는 옥수수가 자라지 않느냐. 토요일, 일요일에도 옥수수는 자라기 때문에 살펴보고 연구해야 한다."

그런 노력과 열정으로 결국 나이지리아에서 스트라이가를 해결할 교잡종 옥수수를 성공시킬 수 있었다. 실상 그 종자 개발은 모든 면에서 어려웠다. 전반적인 인식이 선진국에서는 이미 교잡종 옥수수가 일반화해 있음에도 개도국에서는 교잡종 옥수수가 안 되는 것이 순리인 것처럼 인식되어져 있던 시기였다.

김순권 박사의 옥수수 연구는 휴일이 따로 없다. 토요일은 물론 일요일에도 밭에 나와 옥수수에 대해 연구한다. 휴일에도 옥수수는 자란다는 것이 그의 지론이다.

나이지리아 농림장관이 IITA를 방문해 김순권에게 선진국은 교잡종 옥수수를 심는데 왜 나이지리아에서는 안 되는지를 물었다. 그는 자신이 있었다. 그 자리에서 김순권은 자신의 운명을 걸고 분명히 해낼 수 있다고 단언한다. 나이지리아 정부로부터 매년 50만불의 연구비를 지원받기로 하고 그는 연구에 들어갔다. 그는 기뻤다. 기아 해결 방안을 계속 고민하며 나름대로 교잡종을 연구하던 그가 드디어, 공식적으로 교잡종 연구를 시작할 수 있게 된 것이다. 후진국의 교잡종 연구가 불가능했던 것은 나이지리아 자체적인 연구 능력부족도 원인이었지만 당시 선진국의 이기적인 경제 논리가 깔려 있었다. 선진국 농산물 수출에 해를 끼칠 것에 대한 방어였다. 국제농업연구기관 및 세계은행 등은 계속해서 IITA와 김박사에 압력을 가해 왔다. 아프리카를 돕되 선진국 농산물 수출에 폐를 끼치지 않는 범위여야 한다는 것이었다. 당시 나이지리아는 연간 1백만톤의 옥수수(약 1억 2천만불 상당)를 미국으로부터 수입하고 있을 때였다. 김순권의 교잡종 연구가 성공하면 앞으로 나이지리아에 대한 미국의 수출이 중지되며, 국제 열대농업연구소에 재정을 지원하는 선진국에 폐를 끼친다는 논리였다. 굶주려 죽어가는 주민들을 목전에 두고 김박사가 그러한 논리와 방해에 기가 꺾일 리 없었다. 김박사는 계속해서 연구를 진행시켰다. 누구도 기대하지 않았고 시도할 생각조차 할 수 없었으며, 나아가 선진국의 압력까지 있었으나 그는 결국 그것을 이루어낸 것이다.

위축 바이러스 저항성 종자를 개발하고 교잡종을 개발하며 스트라이가 저항성 종자를 개발하는 동안 그의 아프리카에서의 봉사 기간은 어느새 십칠 년을 넘어서고 있었다. 그 기간 동안 한결같은 연구와 노력으로 그는 사하라 사막 이남의 중서부 아프리카, 특히 나이지리아의 '참 친구'가 되었다. 현재 사용중인 나이지리아 기념 동전엔 김순권이 개량해 만든 옥수수 모습이 새겨져 있다. 그곳 아프리카인들은 그를 사회의 지도자로 어버이로 가족으로 여겼다.

슈퍼 옥수수, 개량종 옥수수를 통해 김박사는 북한을 돕기 시작했다. 그의 '북한옥수수심기운동'은 남북 경색에도 불구하고 많은 교류와 결실을 이끌어냈다. 사진은 평양 석정리 옥수수 농장에서 연구원들과.

그들은 '마이에군' '자군몰루'라 하여 두 번이나 그를 명예추장으로 추대하였다. '마이에군'은 '가난한 이를 배불리 먹인 자'이며, '자군몰루'는 '위대한 승리자'라는 의미. 척박한 땅, 모든 진보가 내외적 요인으로 막힌 곳, 제 먹을 것 하나 생산해 내기 힘든 땅에서 그는 단발적인 도움이 아니라 그들에게 자립할 수 있는 방법을 제안하고 실현시켜 준 것이다. 그는 가난한 이를 배불리 먹인 이가 되었고 나아가 승리를 맛보게 해준 이였다. 그가 심어 준 것은 옥수수뿐만이 아니었다. 그들에게 스스로 배고픔을 면할 수 있는 자신감, 어떤 힘겨운 상황 속에서도 미래를 개척할 수 있는 자신감을 심어 준 것이다.

그러나 한편으로 김순권에게 있어 아프리카 세월은 귀한 체험의 시간이었다. 가장 척박한 땅과 기후 조건을 가진 아프리카에서의 광범위하고 집중적인 연구는 그 어떤 상황과 조건 속에서도 옥수수를 재배할 수 있는 노하우를 축적할 수 있게 한 것이다. 옥수수에 관한 한 가장 혹독한 체험을 치룬 그는, 어떤 기후, 조건 속에서도 좋은 결실을 내는 우수한 옥수수 품종을 개발할 수 있는 의욕과 기술을 체득하게 된 것이다.

십칠 년간 아프리카에서 기아를 해결하기 위해 헌신했던 김순권은 나이 쉰을 넘긴 1995년에 귀국한다. 이제 조국을 위해 일해 보자는 생각과 함께. 그간 아프리카에서의 연구와 습득한 지식, 그리고 실질적 체험을 통해 옥수수에 관한 한 그 어떤 장애물도 넘어설 수 있는 나름의 노하우와 자신감으로. 이 모든 것을 이제 조국을 위해 일하자는 김순권의 의지 속에는 북한이라는 또 하나의 조국이 도사리고 있었다. 당시 북한은 극심한 식량난으로 허덕이고 있었다.

김순권은 '슈퍼 옥수수, 개량종 옥수수'라는 구체적인 목표를 가지고 북한을 돕는 첫 단추를 끼웠다. 그가 가진 것은 옥수수에 대한 지식과 북한 주민을 돕겠다는 열정뿐이었다. 재산도, 도와주는 단체도, 힘도 없었다. 그는 우선 북한의 심각한 실정을 알리고 그들을 돕기 위한 방법으로 '북한옥수수심기운동'을 벌여 나갔다. 김박사는 98년 북한 농업과학원과 남북농업협력사업 계약을 체결하고 옥수수 종자 보급 및 교육을 실행하였고, 북한 당국이 제공한 농장에서 육종 실험을 하며 구체적으로 활동하기 시작한다. 98년부터 2000년 12월까지 총 열여섯 차례 북한을 방문하면서 국경지대와 휴전선 지역을 제외한 북한 전역을 다녔다. 평양, 평북 정주, 평남 개천, 황북 황주, 강원 원산, 통천 등에서 집중적으로 옥수수를 심고 실험했다.

황주 벌판, 3천만 평의 '긴등벌'은 온통 옥수수의 바다로 출렁인다. 평양이나 평남 개천과 평북 정주에도 김순권의 노력에 의한 옥수수밭이 그 결실을 맺어 가고 있다.

그의 연구와 성과는 정치적인 분위기와 상관없이 지속적으로 계속 되어갔다. 99년은 서해에서 남북간 무력 충돌로 남북간 관계가 매우 첨예했을 때였다. 그러나 북한의 옥수수 농장에 있는 옥수수들은 긴장감 없이 잘 익어갔다. 평양 석정리의 옥수수 농장은 이례적인 대풍을 맞았다. 그 정도까지의 결실을 기대하지 않았던 북한당국은 김순권에게 고마움을 표시했다. 남북긴장상태의 와중에서도 그를 초청하였다. 식량난에 처해 있던 그들에게 옥수수 대량수확은 희망의 시작이었다. 97년까지 김순권의 북한 방문은 결코 쉽지 않았다. 다섯 번이나 초청을 받았지만 우리 정부의 불허 방침과 미온적 태도로 그의 방북은 번번이 좌절되었다. 그러나 그의 옥수수 연구에 대한 집념과 노력으로 놀랄 만한 성과가 나타나면서 남북관계 또한 화해와 교류의 물살을 타게 되는 계기로 작용했다는 평가가 나오고 있다. 남북관계의 진전에 김순권의 옥수수가 기여한 것이다. 금강산 사업을 비롯해 현재 진척중인 남북교류, 그리고 역사적인 남북정상회담, 그 이면에도 김순권의 옥수수를 통한 발걸음이 드리워져 있는 것이다.

김순권의 북한돕기는 옥수수를 선물하는 것도 아니고 종자를 선물하고 마는 것도 아니다. 그는 북한에 적합한 '슈퍼 옥수수' 종자 개발을 위해 삼 년 동안 북한 전역 스물두 개 시험장에 8천여 종을 심고 계속 실험하고 있다. 남한의 칠곡·군위·홍천·양구·밀양 등에서도 시험재배를 계속하며 연구를 보완하고 있다. 지난 2000년 2월에는 그 동안의 끈질긴 열정으로 얻어진 새로운 우량종 80종(슈퍼 옥수수 후보종)을 선발해 낼 수 있었다. 김순권 박사는 그 중 20종을 정부 승인을 받아 북한에 원종을 넘겨 주었다. 김순권 박사는 그 이후로도 끊임없이 북한에 맞는 우량종자를 계속 연구하고 개발해 냈다. 11월 방북시 당초 삼 년 공동연구를 계약했었는데, 북한측은 그 동안의 결실과 희망적인 결과로 인해 김박사에게 추가로 칠 년의 공동연구를 재요청했다.

김순권은 새로운 종자 개발 외에도 우선 급하게 북한의 식량난을 돕기 위해 이십오 년 전 강원도 산간지역에 알맞도록 개발했던 '수원 19호' 옥수수 종자를 북한에 보급하고 있다. 그 분포는 북한 전체 옥수수 재배면적의 9.6퍼센트에 이른다. 수원 19호는 북한 대표 우량종 '화성 1호'나 '은산 7호'보다 평균 23퍼센트 수량이 증가하였다(98년 실험 결과). 더욱이 가뭄이 심한

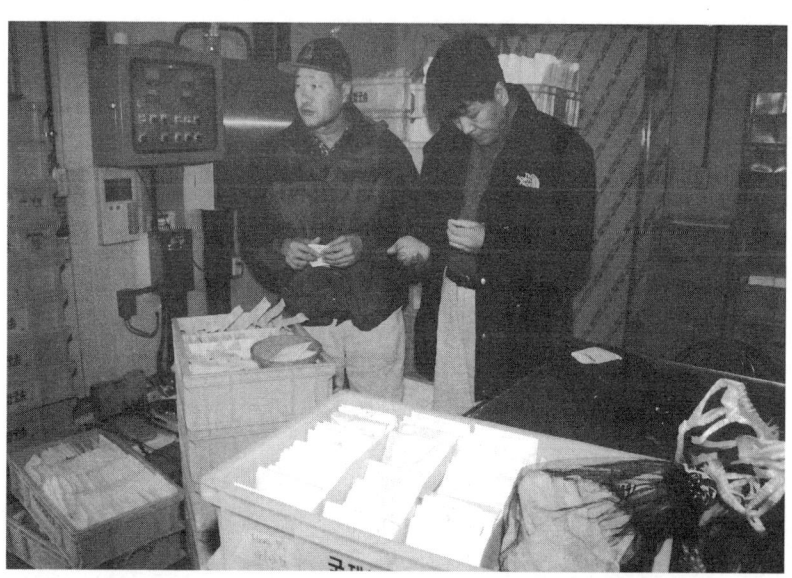

김박사는 북한의 식량난을 돕기 위해 '수원 19호' 옥수수 종자를 보급하고 있다. 북한 전역 22개 시험장에서 8천여 종의 옥수수를 심고 보급하고 있다.

2000년에도 수원 19호는 직파를 통해 가뭄 피해를 최소화한 가운데 수확할 수 있었다.

김순권의 가방은 늘 무겁다. 늘 떠날 채비가 돼 있는 사람처럼 언제나 불룩한데, 그 속을 열어 보면 옥수수와 관련한 온갖 자료들과 메모, 옥수수 알갱이까지 들어 있기도 하다. 온통 머리 속에 옥수수만 떠다니니 가방이라고 그것과 별개일 수는 없는 노릇인가가 보다. 그는 연구해야 할 모든 것들을 꾸역꾸역 가방에 넣어 가지고 다닌다. 그런데 무거운 것은 가방만이 아니다. 외롭게 혼자 뛴다는 것은 아무래도 힘겨운 일이다. 김박사를 가까이에서 돕던 연구원들이 안정된 생활을 누릴 수 없어 하나 둘 떠나 가고, 옥수수 종자와 비료를 사야 할 돈이 부족한 상황은 그를 막막하게 하는 것들이다.

국내에서 김순권을 도와주는 후원자나 기관은 없다. 해외에서는 '한국을 대표하는 2000년의 인물'로 선정하고, 벨기에 국왕이 그에게 '국제농업연구대상'을 수여했다. 그리고 노벨평화상과 생리의학상 후보에 다섯 차례나 올랐다. 그런데 우리는 그를 잘 모른다. 한때 슈퍼 옥수수 종자 개발로 옥수수를 들고 서 있던, 사진 속의 김순권을 기억할 사람들이 있을지 모른다. 그러나 그가 북한 주민을 위해 책임감있게 한결같은 태도로 북한을 도와준 사실에 대해서는 모르는 사람이 많다. 이러니 그의 북한돕기운동과 관련해, 어느 한 기관 적극적인 자세를 보이는 곳이 없다. 그나마 과학기술부가 그의 연구소의 연구비를 일부 지원하고 있지만 98년 4.2억원, 99년 1.8억원, 2000년 2억원과 같이 들쭉날쭉한 지원을 하고 있을 뿐이다.

통일부는 통일기금에서 매칭 펀드 형식으로 대북 지원의 일부를 돕지만 김순권의 옥수수 연구부문에 대한 지원은 처음부터 제외돼 있었다. 지속적이고 적극적인 연구를 위해선 재원이 필요하다. 연구가 어디 말로만 되는 것인가. 옥수수 연구는 북한돕기뿐 아니라 우리나라가 수입을 줄이고 자체 자원을 확보할 수 있는 터전임에도 불구하고 그 중요성에 대해서는 나 몰라라 하는 식이다. 옥수수 1백만톤의 수입국이던 나이지리아 정부가 그의 연구를 위해 연

천상 농군, 옥수수의 아버지 김박사가 북한에서 촬영한 사진액자를 들어 보여주고 있다. 다른 액자의 "강냉이는 밭곡식의 왕이다"라는 북한에서 받은 액자가 눈길을 끈다.

간 50만불씩 십 년을 넘게 투자했지만, 1천만톤의 옥수수 수입국인 우리나라는 여전히 옥수수 연구의 중요성을 인식하지 못하고 있다.

그러나 이렇듯 인식과 지원에 있어 척박한 가운데서도 김순권을 보살피는 손길은 있다. 함께 연구하는 홍천옥수수연구소와 동국대학교 농과대학의 협력이다. 그리고 북한주민돕기에 발벗고 나서고 있는 기독교·천주교·원불교를 비롯한 종교계의 활동도 그 손길 중의 하나이다. 어렵고 가난한 이를 먹이라는 성경과 경전의 가르침대로 아무 조건없이 종자와 비료 구입을 위해 지속적인 지원을 하고 있다. 남을 돕는 데 있어 중요한 것은 끊임없는 관심과 지원이다. 계속 잊지 않고 돕는다는 것은 그런 의미가 있다. 책임을 지고 함께 간다는 의미. 그들의 아름다운 손길은 곧 북한 땅에 옥수수 종자가 되고 비료가 되어 북한 땅의 옥수수를 자라게 하고 굶주림을 면하게 도와준다. 이밖에 현대와 영안모자 등 몇몇 기업들, 그리고 유치원을 비롯한 각급 학교들에서도 김순권의 북한돕기운동에 관심을 보이고 있다.

김순권은 이제 오십대 중반을 넘겼다. 그의 걸음걸이는 다른 사람들이 따라갈 수 없을 정도로 빠르다. 바쁘게 사는 것이다. 모든 상황이 척박한 북한 땅을 지금껏 열여섯 차례나 다녀왔는 데도 아직까지 병석에 한 번 누워 본 적이 없을 정도로 건강하다. 그가 이처럼 바쁘게, 열심히 일하며 사는 이유, 그것은 자신의 조그마한 노력으로 북한동포를 기아에서 구해 낼 수 있을 것이라는 강한 신념에서 나온다. 김순권은 독실한 기독교신자이다. 기독교신자답게 그는 자신의 재능과 노력, 그리고 활동의 결실을 신앙의 결과로 돌린다.

"저는 하나님의 심부름꾼에 불과합니다. 하나님이 허락하지 않으면 좋은 씨앗이 나올 수도 없고, 때를 맞추어 햇빛과 비를 주지 않으면 옥수수가 자랄 수 없습니다. 저는 그분의 심부름꾼으로 기쁘게 일하고 있습니다."(글·사진/**임원택**)

자율적 행사로 민주시민을 만든다
전성은 샛별중학교 교장

전성은

　계절은 5월 하순이지만 봄가뭄이 계속되어 온 탓인지 한낮의 기온은 삼십 도를 웃돌고 있다. 산에는 벌써 아카시아꽃이 흐드러지게 피어 있고 담장을 따라 넝쿨장미가 붉은 자태를 뽐내는 등 온갖 이름모를 꽃들의 향기가 온 대지를 덮고 있다. 경상남도 거창읍에 있는 샛별중학교를 찾아가는 버스에서 한눈 가득 산야가 들어온다. 넓은 벌판에서 모내기하는 농부들의 모습이 정겹다. 신록의 푸르름은 초여름을 향해 가고 있다.

　샛별중학교는 거창고등학교·샛별초등학교와 함께 거창고등학회 산하의 학교이다. 거창고가 대학진학률이 높다든가, 다양한 행사를 통해 전인교육을 하는 등으로 전국적으로 이름이 알려지면서 지원자들이 많이 모여들고 있는

전성은 교장은 학생들에게 자연의 고마움과 노동의 고귀함을 가르치기 위해 텃밭을 마련해 배추, 고추 등의 채소를 가꾸게 하고 있다.

학교라는 소문은 이미 전해 들은 바다. 하지만 이번에 이 학교를 찾은 것은 거창고 교장을 역임했고, 현재는 샛별중학교를 맡아 운영하는 전성은 교장(全聖恩, 1943년생)이 교육목표를 현장에서 어떻게 구현하고 있기에 이처럼 전국적인 관심을 끌게 되었는지를 알아보기 위해서였다.

학교라면 으레 커다란 건물이려니 생각하면서 버스터미널에서 내려 택시를 타고 찾아간 샛별중학교는 언뜻보아 학교 건물처럼 보이지는 않았다. 더구나 담장도 교문도 학교 문패도 보이지 않아 잘못 찾아온 게 아닌가 싶을 정도의 짤막한 혼란감마저 줬다. 교장실에서 만난 전교장에게 혹시 독특한 교육적 신념 때문에 그런 것이냐고 물었더니 "돈이 없어 못한 것이지 특별한 뜻이 있는 것은 아닙니다. 담장 만드는 것보다는 컴퓨터 등 교육기자재를 구입하는 것이 더 시급한 일이고, 아직도 돈 들어갈 곳은 많아요"라면서 껄껄 웃는다. 학생수가 얼마 되지 않아서 재정적으로 빡빡한 형편인지라 여유를 가질 수가 없다는 것이다. 그래서 몇 년간 돈을 모아 건물 하나를 짓고, 몇 년 지나 찬조금 등으로 또 조금 여유가 생기면 기숙사 하나 짓는 등 74년부터 지금까지 여덟 번에 걸쳐 건물짓는 공사를 벌였다고 했다. 중학교 운동장 끝쪽으로 고등학교 여학생 기숙사로 쓰이던 건물을 한창 개조하고 있는 등 학교 만들기는 지금도 계속되고 있었다.

전교장에게 '교육'이 무엇을 뜻하는 것이냐고 질문했더니 "그 질문은 교육은 무엇을 해야 하는가를 묻는 것과 같다. 교육이란 거짓이나 헛것으로 우리의 삶을 속이지 않는 '참'을 찾아가는 행위이다. 그러므로 역사를 거스르는 행위, 윤리에 어긋나는 행위는 교육이 아니다"라고 자신있게 말한다. 그러면서, 교육은 첫째로 유형·무형의 모든 폭력을 비폭력으로 극복하여 이기는 길을 추구해야 하고, 둘째로는 함께 살아가는 공동체의 길을 추구해야 하고, 셋째로는 바른 신앙을 가지도록 학생들의 길을 찾아 주는 것이어야 한다고 했다.

이 학교는 노동의 고귀함과 자연환경의 고마움을 가르치기 위해 채소 가꾸기를 하고 있다. 전교장에게 텃밭을 보고 싶다고 했더니 학생 몇 명을 데리고 안내해 주었다. 텃밭은 학교에서 조금 떨어진 곳에 있었는데, 토마토·감자·배추 등이 자라고 있었다. 듬성듬성 빈 곳도 있어서 그 이유를 물었더니 "감자는 씨눈 부분을 잘라 심어야 하는데, 이것을 학생들이 잘 몰라서 씨눈이 없는 부분을 심거나 너무 깊이 심어 싹이 나오지 않은 것"이라며, 그것도 교육자료가 되기 때문에 그대로 둔다고 했다.

학교교육이 지·덕·체를 함양하는 전인교육이 되려면 외국의 경우처럼 학급당 학생수를 줄여야 한다고 주장하는 교육전문가들이 많다. 그래야 담임교사가 학생들의 특성에 맞춰 지도할 수 있고 교육효과도 증대된다는 주장이다. 하지만 전교장은 단위학교의 전체 학생수를 대폭 줄여야 제대로 된 교육을 할 수 있다는 소신을 갖고 있다. 그래서 현재 이 학교는 학년당 두 학급씩이며, 한 학급당 학생수 41−45명, 전교생은 2백50명, 교사는 15명이 근무하고 있다. 이렇게 소규모 학교이므로 교장과 교사들간, 그리고 교사들끼리도 개인적인 사정을 서로 잘 알 수 있어 가족같이 지낼 수 있다고 한다.

따라서 교장도 교사들에게 획일적으로 지시하기보다는 상당부분 자율에 맡기므로 교사들이 학생들과도 더욱 밀착될 수 있게 되고, 지금 사회적으로 문제되고 있는 학원폭력, 집단따돌림, 체벌 같은 학내 문제들이 이 학교에서는 전혀 나타나지 않는다. 샛별중학교에도 다른 학교에서 평균적으로 일어나는 학생문제는 있을 수밖에 없지만, 소수집단의 특성상 문제점이 학생들이나 교사들의 눈에 금방 띄게 되기 때문에 그것이 조기에 수습된다는 것이다. 교사가 칠팔십 명이나 되고 교무실이 서너 개로 나뉘어 있는 대도시의 매머드 학교와 비교해 보면 학생수가 적은 이 학교의 가족적 분위기를 충분히 짐작해 볼 수 있다.

또 하나의 특징을 꼽는다면 이 학교 학생들은 명찰을 달지 않는다. 명찰이 없어도 교사들이 학생들의 이름을 모두 기억하고, 꼭 학생의 이름을 불러 준다. 교사들은 자신이 맡고 있는 학생들뿐만 아니라 전교생의 이름을 모두 알고 있다. 전교생이 여섯 학급밖에 안 되니 새로 입학한 일학년생만 기억하면 되므로 이름외우기가 그리 어려운 문제는 아닐 것이리라. 일학년 때부터 이름을 알고 불러 주면서 삼 년을 보내는 동안 교사들은 학생들의 신상문제와 가족사항까지도 자연스럽게 알게 된다. 이처럼 교사들이 학생들의 이름을 불러 주고 신상을 일일이 기억하는 것은 그 관계가 평생 동안 지속되는 인격적인 만남을 뜻한다. 일반적으로 사람은 자신을 잘 알고 있는 가까운 사람에게서 인격적인 영향을 받게 되기 때문에 이것이 학생의 인격 형성에 미치는 교육효과는 실로 엄청난 것이다.

사제관계가 이렇게 다져지므로 졸업생들은 모교를 자주 찾아온다. 특히 개교기념 행사나 여름방학이 시작되면서 하는 동아리 행사에는 멀리 있는 졸업생들도 찾아와 선후배간의 만남도 갖고 평소에 존경하던 스승들도 찾아뵙게 된다. 교사들이 졸업생이나 재학생 제자를 길거리에서 만났을 때 나누는 인사를 옆에서 듣고 있노라면 삼촌과 조카간에 혹은 이웃아저씨와 동네청년간에 나누는 대화처럼 들린다. "아버님이 편찮으시다더니 요즘은 어떠시니" "서울에서 직장에 다니는 너의 형은 잘 지내고 있지" "어머니가 하시는 장사는 잘되고 있냐" 등의 지극히 사사로운 얘기들이다. 상당한 인간관계가 형성되지 않고서는 이런 식의 대화가 이루어질 수 없을 것이다.

전교장도 학생들의 이름을 다 알고 있다. 중학생뿐만 아니라 고등학생들의 이름도 열심히 외운다. 교장실에 들어가면 전교생의 얼굴사진을 비치해 놓고 있다. 일·이학년은 게시판에 붙여 놓았고, 삼학년생들의 사진은 탁자의 유리판 밑에 놓아두고 학생들의 얼굴을 보며 이름을 외운다. 옛날만큼은 잘 안 되지만 그래도 틈날 때마다 보기 때문에 저절로 익혀진다고 말하는 전교장은 삼학년 수업을 주당 한 시간씩 맡아서 학생들과의 유대도 다지고 있다. 중학교 교장 직책을 수행하면서도 교육활동의 꽃이요 교사에게는 생명과 같은 수업을 고집해서, 중학교뿐 아니라 샛별초등학교와 거창고에서도 주당 모두 아홉 시간에 걸쳐 성경을 가르치고 있다.

샛별중학교 교사들은 학생들과의 유대감을 소중히 여기고 있다. 전성은 교장이 전교생들의 얼굴 사진이 붙어 있는 집무실 게시판 앞에 서 있다.

샛별중학교는 거창고등학회 산하의 학교이고, 기독교계 학교인 거창고교는 전성은 교장의 부친인 고 전
영창 교장이 1953년에 설립하였다. 사진은 전영창 교장 24주기 추모예배.

단위학교가 작아지면 전체 학생들이 모이는 경우에도 학생들을 획일적으
로 통제할 필요성이 없어지고 다만 최소한의 지도만으로도 통솔할 수 있게 된
다. 이 학교의 또다른 특징이라면 학생들의 자율성을 최대한 보장하는 것이
다. 체육대회나 연극제·합창대회·소풍 등 모든 행사를 학생들이 스스로 기
획하고 준비하며 진행과 평가, 심지어 그 결과에 대한 시상까지 학생들이 맡
아서 하고 있다. 학생들에 대한 교사들의 지도는 최소한에 그치며 그나마도
지금은 거의 하지 않는 편이다. 문제가 있어 학생들간에 다툼이 일어나도 문
제 해결의 과정을 옆에서 지켜만 볼 뿐 개입은 하지 않는다.

전성은 교장의 교육관을 알기 위해서는 거창고등학교가 어떤 학교인가를
알아야 한다. 거창고·샛별중·샛별초등학교가 거창고등학회 산하의 학교이
고, 전교장도 고등학교 교장을 지냈으며, 지금도 고등학교 삼학년 수업을 맡
고 있는 등 사실상 현재의 도재원 교장과 함께 세 개의 학교를 이끌어 가고 있
기 때문이다.

거창고등학교는 1953년 설립된 기독교계 학교로, 한 학년이 사 학급이며 남녀 혼성으로 반편성을 한다. 이 학교는 '기독교정신을 바탕으로 한 민주시민 양성'이라는 이념 아래 참(眞)을 사랑하고 정의와 사랑을 실천하여 인류평화를 추구하는 하나님의 동역자가 되게 하는 것이 교육의 목적이고 지표이다. 이 학교는 1.자기 삶을 사는 사람 2.정의로운 사람 3.섬김으로 사랑을 실천하는 사람 4.역사의식이 있는 사람 5.작은 곳을 비추는 등불인 사람이 되도록 가르친다는 목표를 정하고, 자율성을 바탕으로 한 인간교육·인격교육을 하고 있다.

이같은 바탕 아래 이 학교에서 실시하는 몇 가지 교육내용을 보면 신앙교육, 노동체험교육, 자율성교육, 수준별 수업 등을 꼽을 수 있다. 신앙교육은 전체 예배, 성경 수업, 특별 신앙집회 등을 통해 기독교정신을 가르친다. 노동체험교육은 직접 농작물을 재배해 봄으로써 육체노동의 소중함과 자연과 환경의 중요성을 깨닫게 한다.

거창고등학교 교육내용의 가장 큰 특징으로 꼽을 수 있는 것은 자율성을 길러 주는 교육이다. 사흘 동안 수업을 전폐하고 삼십여 종목에 걸쳐 치러지는 봄 예술제, 일박이일에 걸쳐 지리산으로 등산을 가는 봄소풍, 연극 및 합창경연대회가 열리는 가을 예술제, 여름방학이 시작되자마자 동아리별로 떠나는 야영활동 등이 그것들이다. 또 겨울철에 눈이 내리면 전교생이 학교농장이 있는 뒷산에서 토끼몰이 행사도 갖는다. 토끼야 잡히든 안 잡히든 땀을 뻘뻘 흘리며 눈속을 뛰어다녔다는 경험이 평생의 추억으로 남는다고 한다. 이런 행사를 통해 학생들은 동급생간에 우정을 다지고 선후배간의 정을 돈독히 쌓는 등 인생을 살아가는 지혜를 터득하는 것이다.

거창고 졸업생들의 말을 빌리자면, 일학년에 입학한 후 사흘 동안의 예술제와 일박이일의 봄소풍을 다녀오고 나서야 비로소 거창고등학교의 진면목을 알게 되고 이 학교에 오게 된 것을 정말로 감사하게 생각한다는 것이다. 이런 행사에서 어떤 일이 벌어지기에 이토록 매료되는 것인지 궁금하지 않을 수 없다. 이를 자세하게 알기 위해서 소설가 배평모가 쓴 '거창고등학교 이야기' 중에서 개교기념의 봄 예술제를 직접 보고 쓴 내용 일부를 소개해 보자.

"거창고등학교에서는 여러가지 행사를 한다. 그 중에서 가장 전통깊고 규모가 큰 행사가 개교기념 예술제다. 봄, 가을 두 번에 걸쳐 예술제를 하는데 봄 예술제가 바로 개교기념 예술제다. 축구·배구·농구와 꽃꽂이·장기·바둑 등에 이르기까지 사흘 동안 서른여섯 개 종목을 치른다. (…) 예술제는 이 학교의 정신이 가장 깊게 배어 있는 행사이다. 아니 이 행사를 통해서 거창고의 정신을 키워 왔는지도 모른다. 준비하는 과정에서부터 학생들이 주체가 되어 예산편성과 집행은 물론 진행과 시상에 이르기까지 모든 일을 자율적으로 하기 때문이다. (…) 예술제가 시작되어도 모든 진행은 학생회에서 한다. 예술제 시작을 알리는 개회선언도, 대회사도 학생회장이 한다. 개회식 행사에서 '학교장 말씀'만 겨우 네번째 순서에 있을 뿐 선생들의 순서는 하나도 없다.

예술제가 시작되면 각 경기종목의 선임학생들이 본부석(학생회)의 지시에 따라 시간에 맞춰 경기를 진행시킨다. 심판도 물론 학생들이 한다. 심판의 수준이 낮다. 그러나 판정은 엄정하고 권위가 있다. 설사 심판이 하급생일지라도 상급생은 판정에 항의를 하지 않는다. 판정에 이의가 있으면 주장을 통해서 항의를 하지만 대부분의 경우는 심판의 판정에 승복한다. 이것은 매우 중요한 일이다. 바로 이런 과정을 통해서 민주사회 시민으로서 자질을 키우기 때문이다. 자율과 질서, 그리고 참여를 통해서 함께 어우러져 생활하는 공동사회의 일원이 되는 것이다.

학생들이 경기를 하는 동안 담임선생은 선수들의 감독이 된다. 점수 차가 벌어지거나 사기가 떨어지면 작전 타임을 요청해서 간단한 작전 지시와 함께 선수들을 격려해 준다. 예술제 기간 동안 선생이 하는 일은 이 정도뿐이다."

예술제는 이렇게 사흘간 계속되며 각자의 취미나 특기에 따라 적어도 한 가지 이상 참여하도록 돼 있다. 맨 끝 종목인 마라톤(남학생은 11킬로미터, 여학생은 5킬로미터)에는 전교생이 꼭 참여해야 하며 마지막 순서로 대동놀이가 열리는데, 이 행사는 풍물패의 장단에 따라 어깨춤을 추고 나중에는 상·하급생이나 남·여학생의 구분 없이 서로 한 대씩 쥐어박음으로써 일체감을 확인하는 자리이다. 이렇게 해서 시상식까지 모든 행사가 끝날 때쯤이면 목도 쉬고 기운도 다 소진되지만 우정만은 더욱 돈독해진다.

이 학교의 봄소풍은 일박이일에 걸쳐 야영을 하는데, 지리산이 가깝기 때문에 지리산에 많이 간다고 했다. 땀을 흘리며 산을 오른 후에는 텐트를 치고 야영을 한다. 야외에서 모닥불을 피워 놓고 설교도 듣고 장기자랑대회나 즉흥연극을 하는 등 예술제 행사에서는 느껴 보지 못한 또다른 묘미를 소풍에서 느끼는 것이다. 남녀공학이어서 남녀 학생이 같이 야영을 하지만 아직까지 우려할 만한 문제가 발생한 적은 없었다고 한다.

거창고등학교 강당에는 다른 사람들이 이해하기 힘든 다음과 같은 글귀가

전성은 교장은 인격적인 만남을 바탕으로 사제지간이 엮어져야 한다고 믿고 있다. 사진은 교정에서 학생들과 담소하고 있는 전교장.

씌어 있다.

  직업 선택의 십계
  1. 월급이 적은 쪽을 택하라.
  2. 내가 원하는 곳이 아니라 나를 필요로 하는 곳을 택하라.
  3. 승진의 기회가 거의 없는 곳을 택하라.
  4. 모든 조건이 갖추어진 곳을 피하고 처음부터 시작해야 하는 황무지를 택하라.
  5. 앞을 다투어 모여드는 곳을 절대 가지 마라. 아무도 가지 않는 곳으로 가라.
  6. 장래성이 전혀 없다고 생각되는 곳으로 가라.
  7. 사회적 존경 같은 것을 바라볼 수 없는 곳으로 가라.
  8. 한가운데가 아니라 가장자리로 가라.
  9. 부모나 아내나 약혼자가 결사반대를 하는 곳이면 틀림없다. 의심치 말고 가라.
  10. 왕관이 아니라 단두대가 기다리고 있는 곳으로 가라.

  어렴풋이 감은 잡히지만 아무래도 그 속뜻은 이해가 되지 않았다. 한 교사에게 어떤 뜻이 담겼느냐고 물었더니, "그처럼 어려운 환경일지라도 자신감을 갖고 도전할 수 있는 용기와 신념, 개척과 봉사정신을 강조한 것으로 이해하고 있다"고 했다.

  거창고등학교 동기동창이면서 전교장과는 절친한 친구이고 현재 거창고등학교 교장인 도재원 교장은 전교장이 불의를 참지 못하는 용기있는 교육자라고 했다. 그 동안 우리의 교육은 정치권력으로부터 중립을 지키지 못하고 예속돼 부당한 간섭을 받는 경우가 많았다. 전교장의 용기와 관련한 한 예. 5공화국이 출범하면서 군사정부는 자신들의 정체성 확보 차원에서 이른바 삼청교육을 실시하면서 각 고등학교에 문제있는 학생들을 이에 참여시키라는 지시를 내렸다. 그러나 전교장을 이를 거부했다. 서릿발 같은 당국의 몇 차례 성화가 더 있었지만 전교장은 며칠간의 숙고끝에 이를 끝까지 거절했다. 당시의 상황으로서는 이같은 지시의 거절이 폐교로까지 갈 수도 있는 상황이었고 또한 엄청난 핍박도 예견되는 것이었지만, 교육을 망칠 수 없다는 신념으로 당국의 지시를 거부했다는 것이다. 도교장은 이 문제 때문에 전교장이 고민하는 것을 옆에서 지켜보면서 진정 용기있는 교육자라는 확신을 갖게 되었다고 한다. 전교조에 가입한 교사를 즉각 해직하라는 지시가 있었을 때도 그 부당성을 역설하면서 학기가 끝날 때까지 이를 유예하는 등 소신을 굽히지 않았다고 한다.

또한 도교장은 전교장이 교육자적 삶을 몸소 실천하면서 공익을 위해 일하려고 노력하는 사람이라고 했다. 지금 샛별중학교 일학년에는 자폐증을 앓는 학생이 있다. 이 학생은 샛별초등학교를 졸업하고 다른 중학교에 배정을 받았다. 그 학생의 어머니는 학생이 샛별초등학교에 다녔던 인연으로 꼭 샛별중학교에서 공부하게 되기를 간절히 바랐다. 이에 전교장은 샛별중학교로 전학올 수 있는 방법을 자세히 알려주었고 그대로 수속을 해서 결국은 샛별중학교로 전학하게 됐다. 다른 사람들이 선뜻 하기 어려운 일, 즉 모자람이 있는 제자도 보듬어 줄 수 있는 전교장은 교육을 몸소 실천하는 따뜻한 마음을 지닌 교육자라는 것이다.

전교장은 학교에서 조금 떨어진 사택에서 생활한다. 학교에서 사택으로 가는 도중에 고 전영창 교장의 묘소가 있다. 전영창 교장은 전교장의 부친으로 거창고등학교를 설립한 교육자이다. 전영창 교장은 어려움에 처한 학교를 인수하여 갖가지 역경을 딛고 이십 년 동안 혼신의 힘을 쏟아 거창고등학교를 중심으로 한 '거창학회'의 기반을 닦아 놓은 분이다. 집으로 가는 도중 잠시 발길을 돌려 묘소에 들른 전교장은 "아버지는 평생을 집 없이 살다 가신 분"이라고 회상했다.

전교장의 장녀인 전시내 씨는 아버지에게는 학교가 바로 아버지 자신이기 때문에 학교와 분리될 수 없는 존재이며, 전교장의 기분은 학교 일과 맞물려서 좌우된다고 밝힌다. 전시내 씨로부터 '인간사랑'을 실천하는 전교장의 가정생활을 들어보았다.

"오래 전, 내가 아주 어릴 때부터 우리 집에는 항상 다른 식구가 있었다. 지금은 우리 식구가 되신 할머니도 나의 바로 아랫동생이 태어나고 한 달 정도 지나서 우리 집에 오셨으니 벌써 이십육 년을 함께 살아왔다. 할머니는 비구니로 절에서 생활하시던 분이었다. 아들이 하나 있었는데 — 할머니는 시집을 가서 출산한 후 바로 비구니가 되셨다 — 절에서 같이 기거하면서 공부를 시켰고 거창고등학교를 거쳐 대학에 진학했지만 어려서부터 절에서 생활해 온 탓인지 정신적으로 문제가 발생했다. 이 소식을 들은 할아버지(전영창 교장)는 거창 졸업생이라는 이유로 동산병원에서 진료받을 수 있도록 주선해 주셨다. 이에 고마움을 느낀 할머니가 학교 청소를 자청하고 나서면서 우리 집에서 생활하시면서 우리 식구가 된 것이다. 그뿐 아니라 아버지가 안 계셔서 아주 어려운 생활을 하던 어떤 언니들도 중학교를 졸업할 때까지 우리 집에서 함께 살았는데, 어머니는 용돈도 우리 자매들과 똑같이 주었다고 했다. 그 외에도 잠깐씩 우리 집을 거쳐간 사람들은 아주 많았던 것으로 기억된다. 사춘기 시절에는 그런 사람들과 함께 사는 것이 무척 싫었다는 기억도 나지만, 지금 생각해 보면 많은 식구들과 함께 살아왔던 경험이 남을 이해하는 성격 형성에 도움을 준 것으로 생각된다. 아버지뿐 아니라 어머니도 그 많은 사람들을 같은 식구로 생각하고 대하셨기 때문에 그런 일이 가능했다고 본다."

전교장은 만능 스포츠맨이다. 그를 알고 있는 사람들은 전교장이 특별히 배우지 않은 운동도 매우 잘한다고 칭찬을 할 정도이다. 본인 스스로도 공을 가지고 하는 스포츠는 모두 자신이 있다고 말한다. 해마다 열리는 테니스대회에서도 우수한 성적을 거둘 정도의 실력이며, 탁구·배구·농구 등의 운동도 기회있을 때마다 즐기고 있다.

전교장이 어떤 계기로 해서 교육자의 길을 걷기로 결심하게 됐는지가 무척 궁금했다. 이것을 말하기 위해서는 전교장의 중학교 2학년 시절로 거슬러올라가야 한다. 1956년 선친인 전영창 교장이 미국 유학을 마치고 귀국하여 거창고를 인수하여 운영하게 된다. 그해 여름방학을 맞은 전성은은 교장선생님이 되신 아버지를 찾아뵙게 되는데, 학교가 너무 가난하여 선생님들이 감자를 삶아 같이 먹으면서도 학생들을 열정적으로 가르치는 것을 보았다. 그때 어린 마음에도 아버지가 참 훌륭한 일을 하신다는 생각을 하게 됐다. 그러나 그때에 교육자가 되겠다고까지 생각하지는 않은 것 같다고 했다. 그후 거창고로 진학을 했고, 고등학교 삼학년 12월초에 원경선(元敬善) 이사장이 사흘간에 걸쳐 강론한 성서 강좌를 듣고 나서 교육자가 되겠다고 결심했다고 한다.

"어떤 내용에 감동되어 그런 생각을 하게 됐는지는 기억이 나지 않는다. 하지만 강의를 듣던 교실이 선교사들이 쓰다가 방치했던 창고였는데 지붕도 새고 유리창도 다 깨져서 눈발이 그 틈을 통해 교실로 날아 들어오는 등 사흘 동안 지독하게 떨었던 것만은 또렷이 기억난다"고 전교장은 회상했다.

전교장은 재학생들의 얼굴과 이름만을 기억하고 있는 것이 아니라 지금까지 삼십 년 넘게 배출해 온 학생들을 일일이 기억하는 데도 열정을 쏟는다. 현재 어떤 일에 종사하고 있는 것까지도 알고 있기에 당사자는 물론이고 주윗사람들도 놀라곤 한다. 이에 관련된 에피소드를 한 가지 소개한다.

2000년 1월초에 무공해식품 생산과 환경운동을 하는 주부 오륙십 명이 서울 명동 YWCA에서 모였는데, 전교장은 그곳에서 교육과 관련된 강의를 했었다. 강의 내용은 규모가 작은 학교라야 내실있는 교육을 할 수 있고, 사제간에도 돈독한 관계를 유지할 수 있다는 내용이었다. 거창고와 샛별중도 규모가 작기 때문에 내실있는 교육이 이루어지고 있으며, 교장도 졸업한 학생들의 이름을 거의 기억하고 있고, 그중 70퍼센트는 현재 무엇을 하는지 알아맞힐 수 있으니 주변에 거창고 출신이 있으면 이야기해 보라고 했더니, 어떤 주부가 손을 들고서 김동수라는 사람이 지금 무엇을 하는지 아느냐고 물었다는 것이다. 이 질문에 전교장은 김동수가 흔한 이름이라 지금까지 세 명이 졸업했는데, 오십대 초반의 김동수는 거창에서 선생을 하고 있고, 사십대 초반의 김동수는 전주로 이사를 갔고, 사십대 후반의 김동수는 한국은행에 근무하는 것으로 알고 있는데 몇 살쯤의 김동수를 알고 있느냐고 반문했더니 질문했던 부인이 매우 놀라운 표정을 짓더라는 것이다. 그는 사십대 후반의 김동수를 알고 있었다. 그런데 너무나 우연히 그 김동수가 전교장이 서울에 왔다는 소식을 듣고 그날 연락을 해와 함께 식사를 했다는 것이다.

같은 재단이지만 샛별중학교를 졸업하고 거창고등학교에 진학하기는 정말 어렵다. 거창고등학교에 입학하려는 지원자가 많아 입학시험을 치를 수밖에 없고, 평범한 시골중학교인 샛별중학교 학생들의 실력으로는 전국적으로 유명해진 거창고등학교 입학시험에 합격하기가 쉽지 않기 때문이다. 이것이 샛별중학교의 학생들이나 선생님들이 한결같이 아쉬워하는 일이다. 같은 교육이념과 교육목표로 일관되게 교육이 이루어질 수 없는 것이 안타까운 일일뿐더러, 이 학교를 졸업한 후 다른 고등학교에 진학하면 너무나 다른 환경에 적응하기가 힘들다고 학생들이 불평한다는 것이다.

전교장은 잠바차림에 흰 고무신을 신고 다니는데, 겨울에는 털신을 신는다고 했다. 시내에 볼일이 있을 때도 그런 차림일 경우가 많다고 한다. 학교에서 가꾸는 텃밭에 나갈 때도 그대로 나갈 수 있는 등 편하다는 것이 이유이긴 했지만 격식을 까다롭게 따지지 않는 낙천적이고 활달한 전교장의 성품을 엿볼 수 있는 대목이다.

학교의 여러 곳을 살펴보고 난 후 인터뷰를 마치면서 샛별중학교에서 가르치는 '바람직한 인간상'이 무엇이냐고 물어보았다.

"남을 섬기는 삶을 살라는 것으로 요약할 수 있습니다. 도덕적으로나 법적으로 내가 책임이 없는 사람인 '남'까지도 포용하면서 남의 아픔과 고통, 슬픔을 함께 할 수 있는 사람이 되라고 가르칩니다." 전교장의 교육에 대한 남다르고 유별난 노력과 열정은 이 말 속에 배여 있었다.(글·박인환/사진·박태홍)

땅끝마을 등대지기

해남등대원 이준묵 목사

이준묵

전남 해남군 해남읍 수성리에 있는 해남읍교회 목사관. 단아한 고가에 넓은 뜰이 시원한 전형적인 시골 농가로, 마당에는 키 큰 히말라야시다가 서늘한 그늘을 드리우고 서 있고, 꽃밭에는 장미가 흐드러지게 피어 있었다. 해암 이준묵 목사(李俊默, 1910년생, 사회사업가)는 장미밭에 물을 주고 있었다.

"아내가 장미꽃을 유난히 좋아해서 꽃밭에 장미만을 기르고 있어요. 아마 천 그루는 족히 될걸. 잘 기른 장미꽃을 따다 바치면 아내는 지금도 소녀처럼 매우 즐거워해요."

이준묵 목사는 2000년 12월 21일 향년 90세를 일기로 별세했다 — 편집자주

작달막한 키에 짧은 상고머리, 빨간 티셔츠에 반바지 차림으로 이마에 흐르는 땀을 훔치며 활짝 웃는 모습이 도저히 구십 노인네로 보이지 않는다.

"내 좌우명이 '참'이야. 무엇이든 거짓됨이 없이 참되게 하려고 노력하면서 살아왔어. 그런 마음으로 열심히 하다 보면 늙는 법도 잊어버리는 모양이지. 물론 건강에도 꽤나 신경을 쓰지. 새벽 네 시면 꼭 일어나 미암산에 올라 산상기도를 하고 집에 와 냉수마찰로 몸을 다지지. 그리고 나서 등대원의 아침 예배로 하루의 일과를 시작해요."

몸과 마음이 두루 굳건한 이런 '참 건강'이 있었기에 오십 년을 한결같이 길 잃은 이웃들을 희망으로 이끄는 등대원의 등대지기 노릇을 해올 수 있었을 것이다.

이준묵 목사는 지난 1953년에 이곳 해남읍에 '해남등대원'을 설립, 현재까지 운영해 오고 있다. 해남등대원은 고아·부랑아 등 우리 주변의 헐벗고 굶주린 이들을 거두어 돌보는 사회보육복지시설. 6·25전쟁 직후 갈 곳 없는 아이들을 모아 먹이고 가르치기 위해 임시로 설립했던 것인데 그 뒤에도 계속 찾는 이들이 늘어 그들을 받다 보니 지금까지에 이르고 있다.

그 동안 해남등대원을 거쳐 사회에 나간 사람은 약 1천여 명. 모두들 각 분야에서 열심히 살고 있으며, 그 중에는 유명인사도 꽤 있다. 현재 해남등대원에는 어린이에서 청소년까지 64명의 가족이 있으며, 이들을 11명의 선생님들이 돌보고 있다.

해남등대원은 6백40여 평의 넓은 부지에 최신식 건물과 아름다운 조경이 어우러진 멋진 보금자리이다. 그러나 원래는 건물도 비좁고 시설도 낡은 초라한 둥지였다. 지난 1983년에 해남읍 성동리에 있던 등대원을 넓혀 해남읍 해리 해남 읍내가 훤히 내려다보이는 동산으로 옮겼다. 등대원의 관리도 이준묵 목사가 고령이 됨에 따라 그의 큰 아들 성용(해남등대원 원장) 씨가 1994년부터 맡아 오고 있다.

지난 81년 비록 일선에서는 물러나 등대원의 이사장 직함을 갖고 있지만 이

이준묵 목사는 오십여 년을 한결같이 길 잃은 이웃들을 희망으로 이끄는 등대지기 역할을 해왔다. 사진은 해남등대원을 향한 계단을 오르고 있는 생전의 이준묵 목사.

준묵 목사는 당연히 아직 해남등대원의 큰 어른이자 영원한 등대지기이다. 그는 등대원의 오늘이 있기까지 황무지에서 터전을 일구고 씨앗을 뿌리고 열매를 가꿔왔다.

"내가 1945년에 해남으로 와 어려운 여건 속에서 교회를 개척하고 또 YMCA 운동도 하고 있는데 6·25전쟁이 났어요. 전쟁을 겪으며 보니 무엇보다도 부모 잃고 집도 잃고 오갈 데 없는 어린이들을 돌보는 일이 시급해요. 때마침 내 친구 이현필 씨가 광주에서 전쟁 고아들을 모아 보육원을 열었는데 그게 차질이 생겨 내게 상의를 해오더군요. 나 역시 막막한 처지였지만 내심 별러오던 일이고 해서 그 보육원을 떠맡기로 했습니다."

이렇게 해서 이목사는 1953년 3월, 해남읍 성동리 해남 YMCA 농장에 등대원을 차리고 길 잃은 아이들을 불러 모았다. 이목사는 이와 함께 48년에는 이 지역 농촌 청년들을 모아 지방에서는 처음으로 해남 YMCA를 창설하고 그가 거처하는 목사관 옆에 'Y농장'을 차리기도 했다. 청년들을 중심으로 농촌운동을 전개해 나가기 위한 것이었다.

이목사는 당시 그 해남 Y농장의 한 가옥에 아이들 이십여 명을 들이고 부인 김수덕 여사와 교우 네 명과 함께 보육사업을 시작했다. 그때는 정부의 지원이나 주변의 도움을 기대할 수 없는 상황이어서 모든 것을 등대원 안에서 스스로 헤쳐 나가야 했다.

원장인 이목사와 부인, 직원, 원생등가릴 것 없이 모든 등대원 식구들이 똑같이 땀흘리며 일해 먹을 것을 구하고 공부할 책을 사야 했다. 그야말로 주경야독(晝耕夜讀)의 생활이었다.

"등대원 식구들은 모두가 위아래 없이 함께 일하고 공부했습니다. 함께 산에 올라가 나무를 하고, 함께 논에 나가 보리타작을 하고, 함께 둘러앉아 책을 읽었지요. 등대원 식구들은 남녀도 따로 없고 노소도 따로 없이 하나님의 한 형제 자매로 살았습니다. 여자들도 남자들과 동등하게 힘든 노동을 했고 또 동등하게 모든 대우를 받았습니다."

이목사의 옛 시절 이야기가 한창 무르익어 가는 참에 때마침 한 동네 사는 일흔을 넘긴 조성도 씨, 변청태 씨, 김재성 씨 등이 자리에 합류했다. 이들은 모두 이목사와 함께 초창기 때부터 목회사업, YMCA 운동, 사회봉사활동을 해 온 '평생동지'들.

특히 조성도 씨는 등대원에서 오랫동안 봉사해 왔으며, 지금도 등대원 명예총무를 맡고 있는 만년 등대지기이다. 그는 옛날을 회고하면서 이목사와 함께 이목사의 부인인 김수덕 여사의 헌신적인 활동과 역할을 강조했다.

"이목사님의 지도력도 지도력이지만 사모님의 눈물겨운 헌신이 없었다면 등대원의 불빛이 오늘까지 이어질 수 없었을 것입니다. 아이들이 아플 때 머리맡에서 밤새워 간호하고 기도하시며 함께 아파하던 모습이 지금도 눈에 선합니다."

이목사 역시 "나는 다른 활동에 쫓겨 바빴고 등대원의 궂은일은 직원과 아내가 도맡아 했다"며 "우리 친자식들도 등대원 아이들과 똑같이 대하려고 애쓰는 것을 보고 느끼는 바가 컸다"고 회고했다.

이목사와 부인 김수덕 여사는 1939년에 결혼했다. 전남 영광군 홍농 태생인 이목사는 그때 광주 농업실습학교·일본 코베성서신학교 등을 거쳐 전도사로 일하고 있었고, 고흥 대덕 출신인 김여사는 순천 매산여학교·심상고등을 나와 광주 제중병원 간호사로 근무하고 있었다.

당시의 결혼 풍습대로 서로 얼굴도 모른 채 결합한 두 사람은 신앙심 하나를 의지하고 서로를 맡겼다. 이목사는 결혼 사흘 뒤에 신부를 두고 혼자서 중국 산동성으로 선교활동차 떠나버렸다. 그리고 일 년 뒤 부인을 불러들여 함께 빈민굴에서 생활하며 사역을 하고 봉사활동을 했다. 이들 부부에게 여느 신혼부부가 꾸는 이른바 '신혼 단꿈'이란 그야말로 꿈에 지나지 않았다. 김수덕 여사의 앞길은 이때 이미 예감되고 있었다. 그러나 이목사의 젊은 아내는 이를 행복하게 받아들였다.

전쟁 직후의 참담한 중국 현지에서 빈민을 치료하고 교육하고 선교하는 생활은 몸도 약했던 새댁에게는 너무나 힘든 시련이었다. 끝내 건강을 해치는 바람에 이목사는 아내와 함께 삼 년 만에 고국으로 돌아와야 했다.

귀국 후 이목사는 광주 양림교회 부목사로 시무하면서 비교적 편안한 나날을 보냈다. 김여사도 건강을 추스리고 가사를 돌보며 차분한 보통 아내의 시간을 즐길 수 있었다. 그러나 그도 잠시, 낯설고 물설은 남녘 해남 땅으로 내려가야 했다. 이목사가 남도 땅끝인 해남을 택한 것은 물론 그리스도 신앙의 실천이라는 '참신앙'에 의한 것이다.

이목사의 신앙생활은 철두철미한 것으로 정평이 나 있다. 그것은 다름 아닌 '하나님 가르침'의 실천이다. 그 가르침은 세 가지 사랑에 토대를 뒀다. 이목사 스스로 '삼애'라 칭한 이 세 가지 사랑은 하나님에 대한 사랑인 '애신,' 농촌에 대한 사랑인 '애토,' 그리고 이웃에 대한 사랑인 '애린'이다.

원래 기독교 가정에서 태어난 이목사가 나름대로의 철저한 신앙을 갖게 된 것은 그의 나이 일곱 살 때 겪은 병환이 계기가 됐다. 그는 당시 다리에 고름이 차 걷지 못하게 된다. 병명도 모르는 상태에서 번진 다리병은 극도로 악화돼 생사를 넘나들게 된다.

"어머니는 다른 치유방법을 못 찾자 굿을 하려고 했지요. 그러나 나는 '예수님을 믿는데 굿을 할 수 없다'며 어머니를 설득했고, 결국 외국인 선교사들이 운영하던 광주 제중병원을 찾아가 수술을 받았습니다. 엄청난 수술비는 어려운 사정을 들은 선교사들이 나눠 부담했죠. 결국 하나님의 가르침을 실천하는 선교사들의 손에 의해 다시 태어난 것입니다."

이목사의 이후의 삶은 자연히 더욱 기독교와 뗄 수가 없게 됐고, 그는 그야말로 신명을 다 바쳐 그리스도 신앙의 실천에 매진했던 것이다. 그리고 이같은 그의 그리스도 신앙에의 실천정신이 그를 머나먼 해남 땅으로 내려오게 한 것이다.

다시 고난의 시작이었다. 1945년 해남읍교회에 와 보니 이건 그야말로 허허벌판이었다. 해남지역 교회 일곱 개를 맡았는데 신도는 겨우 서너 명씩에 지

지금까지 해남등대원을 거쳐간 사람은 천
여 명에 이른다. 해남등대원 정원을 배경으
로 평생 동지이자 반려자인 김수덕 여사와
함께 사진을 찍었다.

나지 않았고, 조직이며 시설도 아주 나빴다. 그 중 낫다는 해남읍교회의 경우
뽕나무밭에 지어진 스물여덟 평짜리 초가집 한 채가 시설의 전부였다.

　이목사 부부는 초가집 한 칸에 거처를 마련하고 개척활동을 펼쳐 나갔다.
당시 목사 월급으로 백원을 받았는데 이는 두 사람이 살아가기에도 빠듯한 돈
이었다. 그러나 이목사 부부는 이 돈을 아껴 교우들이나 어려운 사람들과 함
께 나누려 애썼다. 자전거를 타거나 걸어서 교회 일곱 곳을 돌고 교우들 집을
찾아가 마음을 전하기를 몸을 돌보지 않고 성심으로 했다.

　이목사는 본직인 목회활동을 하면서도 먼저 사회가 밝아지지 않고 '말씀
만의 전도'로는 충분치 않다는 걸 늘 느껴왔다. 이것은 그를 참신앙에 눈뜨게
한 강순명 목사의 가르침이기도 했다.

이목사는 우선 현실의 어둠 속에서 방황하고 있는 이웃들에게 빛을 보여주어야겠다고 결심한다. 굶주림과 무지와 절망 속에 있는 이들에게 잘 사는 길을 인도하고 배움의 기회를 열어 주고 희망의 내일을 보여주어야 한다고 생각한다.

그는 먼저 미래의 싹인 어린이들을 제대로 가르치고 이끌어야겠다고 작정했다. 그때는 생활이 어렵고 인식이 낮아 특히 농촌에서는 아이들을 돌보는데 소홀했다. 이목사는 1947년 봄 지역 최초로 해남유치원을 개설했다.

이 유치원은 지금까지 이어져 해남등대원과 함께 이목사 사업의 두 기둥이 되고 있다. 지금은 '천진어린이집'으로 이름이 바뀌어 운영되고 있는데, 그동안 무려 삼천여 명의 어린이들이 이곳에서 뛰놀고 공부했다. 해남유치원이 들어서자 물론 보모 몫은 당연히 김수덕 여사다. 이때부터 김여사는 본격적으로 외로운 어린이들의 어머니로 노릇하게 된 것이라 할 수 있다.

등대원의 어린이들과 망중한을 즐기고 있는 이목사. 그는 길을 가다가도 아이들을 만나면 그냥 지나치는 법이 없을 정도로 아이들을 사랑했다.

"어린이의 영혼이 상처를 받으면 우리에게는 희망이 없습니다. 어린이는 어른들의 어른이며 신의 모습을 가장 많이 닮았다는 말도 있지 않습니까. 나는 이 세상 어떤 일보다도 어린 영혼을 따뜻하게 감싸는 일이 중요하다고 생각하는 사람입니다."

이목사는 유치원이나 등대원을 심혈을 기울여 운영하는 사회적·철학적 배경을 이렇게 설명한다. 이목사는 또 늘 어린이 같은 마음으로 살려고 애쓴다는 말도 했다.

이목사와 얘기 도중 옆에서 변청태 씨가 거들고 나섰다.

"이목사님은 어린이들을 무척 좋아하십니다. 길을 가다가 아이들을 만나면 꼭 짓궂은 장난이라도 한번 쳐보고 가지 그냥 지나치는 법이 없으셔요. 그래서 그런지 그분이 말씀하시고 행동하시는 걸 지켜보고 있으면 당신이 마치 어린아이처럼 느껴지기도 하고요. 아무튼 목사님께서 관여하시는 그 많은 일들 가운데 무슨 일이 있어도 포기하지 않고 기어이 유지해 오시는 일이 바로 어린이들을 돌보는 사업입니다."

이목사는 1948년 해남에 최초로 YMCA를 창설했다. 어린이 다음으로는 청소년 교육이 중요하다고 여겼기 때문이다. 그 당시 농촌은 몹시 피폐해 있었고 청소년들은 갈 길을 몰라 방황하는 이들이 많았다.

이목사는 청소년들을 규합해 농촌개발운동을 펼치는 것이 청소년 교육도 되고 복지농촌 건설에도 도움이 되는 일석이조의 운동이라고 보았다. 그는 밭 칠백 평과 집 한 채를 구해 YMCA 농장을 차렸다. 밭은 영농시범포로 쓰고 집은 YMCA 사무실로 썼다. 이 Y농장을 터전으로 청소년 정신교육·영농교육·농민계몽교육 등을 활발히 펼쳐갔다.

이목사는 이 운동의 강령으로 자신의 그리스도신앙의 실천적 가르침인 삼애(三愛) 즉, 애신·애린·애토정신을 내세웠다. 이 삼애정신은 원래 덴마크의 부흥을 선도한 그룬트비 목사가 주창한 국민운동 철학인데, 이목사는 이를 당시 우리나라 실정에 맞는 정신운동으로 실현시켜 나가야 한다는 결의에 차 있었다.

이 목사는 Y농장에 '삼애농민학원'을 열어 이 운동을 폭넓게 확산시켜 나갔다. 함석헌·윤달영·고황경 씨 등 농민운동을 열심히 하던 분들을 동참시키고, 전남대 YMCA 등 다른 단체와도 손잡고 활동 반경을 넓혀 나갔다. 알찬 교육 프로그램과 실력있는 강사진을 갖추고 한 차례에 삼박사일씩 진행된 '삼애농민교실'은 농민들과 청년·학생들이 많이 참여해 커다란 성과를 거뒀다.

'하나님 사랑으로 인생관을 확립하고, 이웃사랑으로 도덕사회를 건설하고, 흙사랑으로 복지농촌을 이룩하자'는 삼애농민학원의 슬로건은 전국으로 널리 메아리쳐 한때 농촌운동의 '복음'처럼 받들어지기도 했다.

이 삼애운동은 이후 꾸준히 계속되어 1985년에 '삼애농민연수원'이라는 또다른 결실을 보게 된다. 이것은 전문적인 영농기술을 농민들에게 교육하는 기관인데, 매월 첨단영농기술을 주제로 한두 차례 연수회를 개최했다. 이후 지금까지 2만여 명에게 원예·축산·과수 등 특작기술을 보급시켰다. 1990년부터는 유기농업연구회를 만들어 친환경농업 보급에도 힘쓰고 있다.

이 목사는 YMCA 운동을 전개해 가는 도중에 더 많은 학생들에게 배움의 기회를 주기 위해 1950년에 고등공민학교를 설립했다. 초등학교를 나온 다음 많은 학생들이 학비가 없어 중학교 진학을 포기하는 것을 보고 여러 기술교육을 받을 수 있는 학교를 세운 것이다. 이 학교는 1961년 경영상의 어려움으로 문을 닫을 때까지 5백여 명의 졸업생을 배출했다.

이 학교가 폐쇄된 후에도 기술교육에 대한 뜻을 버리지 못하고 있던 이 목사는 1962년 독일인 헤르만 씨와 힘을 합쳐 해남에 '해만기술학교'를 세웠다. 헤르만 씨는 그때 나주에 호남비료공장이 설립될 때 기술자로 와 있었는데, 우연히 이 목사와 만나 기술교육에 대한 의기가 투합했던 것이다. 그러나 이 학교도 1965년까지밖에 운영되지 못하고 폐교되고 말았다.

이 목사의 이웃사랑에 대한 관심은 어린이와 청소년만 머물지 않고 노인들에게까지 미쳤다. 그는 모든 외로운 사람의 벗을 자처했고, 노인들 역시 외로운 사람들이었으니까.

그는 1970년에 노인복지조성이사회라는 것을 만들어 신용협동조합운동을 시작했다. 이 역시 해남에서는 맨 처음의 신협이었다. 초창기에 174명의 조합원으로 출발했는데 지금은 조합원 1천여 명, 자산 규모 35억여 원의 신협으로 성장했다. 노인들의 경제적 자립을 돕기 위해 신용대부·인격대부 등을 도입해 운영한 것이 성공을 거둔 비결이었다.

1980년에는 노인들의 교육을 위한 '수성경로대학'을 설립했다. 현재 이목사가 대학장이고 여섯 명의 교수가 있다. 매주 토요일에 두 시간씩 노인 건강·노인과 가정·노인과 오락·노인시사·노인과 복지·노인과 경제·노인 심리·노인과 종교 등 과목을 가르치며, 봄·가을에는 문화답사와 산업시

1985년 삼애농민연수원을 설립해 농민들에게 전문적인 영농기술을 교육하기 시작했다. 들에 나가 모내기 작업에 동참하고 이준묵 목사.

신앙심이 깊은 이준묵 목사는 사회사업가
이전에 사목 활동을 하는 사역자로서 하루
도 거르지 않고 묵상과 기도를 해왔다.

찰도하고 있다.

　이같은 폭넓은 사회봉사 활동을 해오면서도 이목사는 목회자로서의 본분
에 결코 소홀함이 없었다. 이목사는 우선 부임초임 때 스물다섯 평에 불과하
던 해남읍교회 교인을 1천여 명으로 늘였으며, 십여 개 교회를 개척했다. 1981
년 은퇴한 뒤에도 광주 샛별교회·해남 옥천용동농민교회 등을 개척했다. 그
런가 하면 1973년부터 1979년까지 육 년간 한국신학대학 재단이사장을 맡아
어려운 일을 많이 해내기도 했다.

　그러나 목회와 사회봉사 활동을 통틀어 이목사가 일생의 가장 보람으로 느
끼고 있는 일은 해남등대원이다. 등대원에서, 등대원 식구들과 함께 웃고 함
께 노래할 때 그는 가장 행복하다. 그래서 은퇴 직후 사재를 털어 무리를 무릅
쓰고 등대원을 크고 넓게 단장한 것도 이 때문이다.

"내 일생중 가장 기쁜 순간을 말하라면 나는 내 팔순 기념잔치를 들겠어요. 1991년 4월초에 난데없는 초청장이 날아들었어요. 가만히 보니 경기도 성남시 어느 뷔페식당으로 이준묵 목사 팔순 기념잔치가 있으므로 참석해 달라는 내용이었어요. 본인도 모르는 잔치라니 하고 어리둥절해서 초청인을 보니 '해남등대원 가족 일동'이라 되어 있지 않겠어요? 참 감개무량합디다. 해서 당일날 집 식구들과 함께 그 장소에 갔더니 세상에 3백여 명이 넘는 사람들이 꽃다발을 들고 나를 맞으러 서 있었어요. 어찌나 놀랍고 가슴 벅차고 행복한지 정신을 차릴 수가 없더군요. 이게 다 내가 기른 자식들이구나 생각하니 정말 오달집디다. 그 순간 세상에 부러울 사람 아무도 없더구만요. 아주 아주 행복한 시간을 보냈어요."

햇볕 바른 언덕바지에 아담하고 깨끗하게 빛나고 있는 해남등대원. 형·누나들은 대부분 학교에 가고 어린 꼬맹이들만 남아서 깔깔대며 뛰놀고 있는 시간. 일생의 사업을 이어가고 있는 아들(이성용 원장)과 함께 등대원을 들어서는 이목사의 얼굴엔 벌써 어린이 식구들을 만나 한바탕 놀아 볼 기대로 즐거움이 가득하다. 아, 우리들의 영원한 등대지기… (글·한송주/사진·이창성)

"멸치야, 멸치야 나하고 살자"

남해바다 오십 년 멸치잡이 어부인생 조창식

조창식

…(전략) 죽어서도 눈을 부릅뜬
멸치를 들여다보면
멸치의 눈 속에 내가
갇혀 있다
입을 벌리고
한 끼의 일용할 양식을 위해
무기력한 일상을 되새김질하는
슬픈 가장
아무 죄의식 없이

멸치를 씹는다
씹을수록 세상은 밝아지고
눈물겹도록 살맛이 난다
죽어서 더 빛나는
멸치의 눈.
ㅡ이동호「멸치의 눈」

역시 시인은 시인이다. 누구든, 보통은 아무런 느낌도 없이 간단히 먹어치울 수 있는 멸치를 다시 한 번 생각하게 하는 명상이랄까. 하기야 인간은 원래 이런 존재들인 것이다. 겨울밤 술안주로 명태를 씹어 가면서 '늙은 시인의 노래가 되어도 좋다. 좍좍 찢어져서…' 운운으로 우리들은 노래하고 있다. 멸치에 대해 이런 마음을 지닌 시인이 있다면, 거진 한평생을 남해바다에서 멸치잡이로만 살아온 어부 조창식(趙昌植, 1933년생)은 어떤 생각을 갖고 있을까.

조창식은 말하자면 멸치 그 자체이다. 그의 머리 속은 온통 멸치로만 차 있다. 밥을 먹을 때건, 술을 마실 때건 그의 모든 생각의 화두는 멸치이다. 특히 본격적인 조업철로 접어드는 매년 7월을 전후해서는 꿈에서도 멸치만 보일 정도다. 이런 그이고 보면, 멸치에 관한 한 조창식도 할 말이 무척 많은 사람이다. 그는 본디 타고난 어부다. 그에게서 철학자나 시인 같은 현학적이고 다감한 말은 기대할 수는 없을 것이다. 한참을 뜸을 들인 후에야 내뱉듯이 하는 말 "멸치 귀한 줄 모르는 사람들, 멸치 귀한 줄 알아야 한다." 무슨 뜻으로 한 말일까.

기실 멸치만큼 우리에게 친숙한 생선이 있을까. 누구나 다들 어려웠던 옛 시절, 멸치는 이를테면 흔히들 하는 말로 '칼슘의 보고'로 통했다. 양은 도시락 꽁보리밥의 한 귀퉁이 반찬통 속엔 으레 간장에 볶은 멸치가 시어빠진 김치와 버무려진 채 우리의 허기진 배와 영양을 책임지듯 보란 듯이 누워 있었다. 지금도 멸치는 물론 우리 식생활에서 중요한 빼놓을 수 없는 자연식 영양원이다.

왜 멸치인가. 물에서 나는 물고기의 대명사인지라 한자어로는 수어(水魚)라 하며, 고유어로는 물의 고어인 '미리'가 '며리' '멸'로 음운변화하고 물고기를 뜻하는 접미사 '치'를 합성하니 멸치라는 말이 된다. 김치로 대표되는 한국인의 월동식에 가장 널리 애용되는 젓갈감도 멸치다. 내장은 물론이고 비늘조차 벗기지 않은 채 통째 삭히거나 말리는 멸치야말로 통식 섭취의 대표격이다. 또한 국수 맛국물(다시)에 최상의 미원이자 갓 잡았을 때는 횟감으로 으뜸인 것이 멸치다.

주변에서 널리 볼 수 있고 쉽게 접할 수 있는 그런 멸치를 우리들은 너무 가볍게 대하고 있지는 않는지. 조창식의 말은 그에 대한 뼈있는 지적일 수도 있다. 하기야 멸치가 설 자리가 알게 모르게 많이 잠식당하고 있는 것은 사실이다. 삐까뻔쩍하고 먹기 간편한 각종 인공식품들이 판을 치고 있는 세상이다. 이러다 어느 날 멸치가 우리의 식탁에서 사라져 버린다면…

멸치를 둘러싸고 근년 들어 여러 말들도 생겨난다. 우선, 멸치가 최근 많이 잡히지 않는다는 사실이다. 엘니뇨로 일컬어지는 지구온난화로 남해와 동해의 수온 변동이 심해 난류성 어종인 멸치가 깊은 바다밑으로 자꾸 숨어 들어가기 때문이다. 2000년의 경우 8월 현재 지난해의 3분의 1도 못 잡고 있다는 푸념들이 남해 멸치잡이 어장들로부터 나오고 있다. 또 하나, 멸치도 그 진부한 정치공세의 한 대상이 되고 있다는 점이다. 전 대통령의 아버지가 멸치어장을 하고 있다고 해서 나온 이른바 'YS 멸치'와 관련한 여파는 멸치잡이 어부들을 실소짓게 한다. 도의 경계에 따라 조업이 제한되는 영·호남간 멸치어장을 둘러싼 조업구역 제한은 그 연장선에 있다고 보는 시각도 안타까움 그 자체다.

조창식의 그 말 속에는 한평생을 의지해 살아온 멸치에 대한 그의 진한 사랑과 세태에 대한 안타까움이 배여 있는 것이다.

한여름의 문턱인 2000년 7월. 경남 고성군 동해면의, 남해바다를 마주하고 있는 조창식의 멸치어장막. 본격적인 조업철에 접어든 이곳은 갓 잡은 생선처럼 퍼덕이는 활기와 옹알이하는 여름바다에 대한 기대감으로 부산하다.

멸치는 따뜻한 물을 좋아하는 일 년생 물고기다. 겨울에는 따뜻한 남쪽에서 월동하고, 봄이 되면 남해 연안으로 접근해 알을 낳기 시작한다. 경남과 전남 남해안을 중심으로 멸치어장막이 형성되고 있는 것은 이 때문이다. 산란장은 서해와 동해 남부 연안까지 확장된다. 멸치잡이는 일 년 내내 계속할 수 있으며 7~8월에 어획량이 제일 많다. 그러나 대량으로 하는 남해지역의 멸치잡이는 현재는 연중 할 수 없게 돼 있다. 수산자원보호령에 의해 지난 96년부터 자망을 제외한 기선권현망(쌍끌이 어선)과 선망어선은 4월말부터 6월말까지는 멸치를 잡을 수 없게 하고 있으며, 매년 7월부터 다음해 3월까지만 조업을 허용하고 있다.

말하자면 남해안 멸치잡의 어장의 경우 매년 7월은 그들의 '한 해 어사(漁事)'가 시작되는 시기다. 그러니 조바심과 기대감으로 부산할 수밖에 없다.

출어중인 본선에서 남해 바다를 바라보고 있는 조창식. 남해 바다는 그에게 삶의 터전이자 영원한 마음의 고향이다.

이즈음해서 조창식은 밤잠을 설치기가 일쑤다. 밤늦게, 혹 가다가는 새벽녘에야 운반선과 가공선에 실려오는 멸치를 분류(건멸치와 젓갈 및 액젓용)해야 하고, 선원들의 뒷바라지 등을 해야 한다. 뒷바라지에는 물론 그들과 막소주 한 잔이라도 기울여야 하는 일도 포함된다. 한잠 붙일 사이도 없이 이른 아침부터는 선원들의 아침 챙겨 주는 일부터 멸치 건조작업, 그리고 출항하는 배의 부식과 용수 등을 준비해 준다. 그리고 선원들과 함께 배를 타고 어장으로 나간다. 이 일을 조창식은 거진 오십 년 가까이 해오고 있다. 같은 어장막에다, 같은 어장에서.

조창식은 통영중학 일학년 무렵인 열일곱 살 때부터 멸치잡이 어부로 나선다. 지금 그의 어장막이 있는 고성 인근의 통영군 광도면에서 나고 자란 창식 소년이 멸치잡이꾼이 된 것은 피치못할 사연이 있다. 그의 말대로라면 멸치와 전생에 무슨 인연이 있었다나, 어쨌다나. 요샛말로 치면 창식 소년은 문제아였다. 대대로 통영 인근에서 수산업을 해오던 부유한 집안이라 마음먹기에 따라서는 어떤 포부도 실현할 수 있는 환경이었지만, 그는 뻗나가기만 했다. 중학교 일학년 때인 어느 날, 그는 고성장날 장구경을 갔다가 어른들이 황소를 걸고 벌이는 투기놀음의 윷놀이판을 지켜보게 된다. 그때 가졌던 생각. 내가 하면 저 황소가 내 것이 될 것이라는 단순한 생각을 하게 된다. 그는 더 생각할 것도 없이 집으로 가 쌀 한 가마를 몰래 내다 판다. 그 돈으로 그 놀음판에 끼게 되는데, 거짓말처럼 그는 처음 낀 그 판에서 황소를 딴다. 이것이 그의 인생을 결단짓게 하는 한 사단이다. 그날 이후 그는 학교는 때려치운 채 놀음판을 맴돌면서 많은 돈을 딴다. 그러다가 지금 말로 하면 꾼들이 낀 사기도박단에 걸려 그때까지 따놓은 모든 돈을 몽땅 털려 버리고 급기야는 빚까지 지게 된다. 빚독촉에 시달린 나머지 창식 소년은 다시 집에서 황소 등을 훔쳐 나온다. 황소 판돈으로 빚 갚고 남은 돈으로 창식은 무작정 서울로 가출을 해 버린다. 그러다가 한 두어 달 지나 돈도 다 떨어지고 갈 곳이 없어지자 다시 고향으로 내려온다. 집으로 들어가면 아버지에게 맞아 죽을 것 같은 생각이 들어 창식

소년은 배를 타는 어부가 되기로 하고 그 어느 누구에게도 알리지 않은 채 지금 그의 어장막에 일꾼으로 들어간다. 그가 그때 처음 맡아 한 일은 식당에서 어부들의 밥을 지어 주는 '하장'이었다.

거제대교 밑을 따라 거제도를 지나고 통영을 지난다. 통영에서 한 시간 남짓, 서남쪽으로 삼십 킬로미터 지점의 사량도. 멀리 남해도가 바라다뵈는 사량도 근해에 조창식의 멸치잡이 배들이 있었다. 그곳으로 가는 도중 운반선 안에서의 조창식은 여느 선원과 다름없다. 수십 년을 고락을 함께 해온 두 살 밑의 박복규 선장과 김진석 기관장. 그들과 같이 밥을 지어 감자와 풋고추를 넣은 된장국과 함께 흔들리는 선상에서 소주를 곁들여 먹는다. 점심이다. 그러나 표정은 그다지 좋지 않다. "수온이 낮아서 멸치가 바닥에 붙어 버렸나." 간밤의 어황이 안 좋았던 데 대한 푸념섞인 혼잣말이다.

빠삐용이란 영화에서 늙으막의 뿔안경 낀 더스틴 호프만을 쏙 빼닮은 박복규 선장의 표정도 마찬가지다. "육수가 안 삭아서 물이 아직 벌겋네." 무슨 말인지 알아듣지 못할 말로 조창식의 말에 맞장구를 친다. 한평생을 멸치잡이를 업으로 삼아 그에 따라 울고 웃는 세월을 보낸 이들의 표정은 참말로 단순하다. 인간으로서, 어부로서, 남자로서, 한 가정을 책임진 가장으로서, 그리고 나아가서는 세금 내고 살아가는 국민의 한 사람으로서 그들의 모든 관심은 오로지 한 가지, 멸치에게만 집중되고 있는 표정들이다.

'하장' 일을 끝내고 본격적으로 멸치잡이 배를 타면서 조창식은 선주의 인정을 받게 된다. 그는 투기전 출신답게 머리가 잘 돌아갔고, 부지런하게 일도 잘했다. 조창식은 얼마 안 있어 어장일을 도맡아 보는 사무장이 되었고, 군대를 갔다온 후 스무 살 때 어장일을 선주를 대리해 관장하는 책임자가 된다. 그는 어장일을 자기 일처럼 열심히 했다. 부모에 대한 속죄의 심정이었을 것이라고 그는 말한다. 조창식은 그의 나이 사십이 되던 해 당시 선주의 돌발적인 사정으로 지금의 어장을 떠맡기다시피 해 인수한다. 그리고 그것을 잘 키

선원들의 멸치 그물 걷어올리는 작업을 독려하고 있는 조창식. 어획량이 예전만 못하지만 평생해 온 멸치잡이 인생을 후회해 본 적이 없다.

위냈다. 돈도 벌었고, 그 지역 업계에선 이름도 날렸다. 그 사이 부모가 차례로 세상을 뜨게 되면서, 조창식은 둘째자식이지만 구남매의 실질적인 가장 노릇을 했다. 피폐하고 궁색해진 집안을 일으켜 세우는 일도 당연히 그의 몫이었다. 조창식은 그런 점에서 멸치에 남다른 고마움을 갖고 있다. 멸치가 그를 그나마 바른 사람으로 인도했고, 멸치가 그의 집안을 일으켜 세웠다고 믿고 있다.

본선으로 갈아타는 조창식의 행동이 민첩해진다. 사람 좋아 보이던 그의 표정도 딱딱하고 근엄해진다. 조창식의 기선권현망 멸치잡이 선단은 모두 다섯 척으로 이루어져 있다. 멸치떼를 찾는 망선(어탐선 혹은 전파선) 한 척과 그물을 놓아 멸치를 잡는 본선 두 척(쌍끌이선), 잡은 멸치를 현장에서 즉시 가공하는 가공선, 그리고 멸치를 어장막과 어판장에 실어 나르고 물과 음식물을 나르는 운반선이 있다. 대개의 권현망 멸치잡이 선단의 규모도 이와 비슷하다. 멸치잡이의 경우 대략 세 가지가 있는데, 가장 대규모적인 것이 권현망이다. 이외에도 봄철 들물과 날물을 따라 흘러 다니며 잡이를 하는 유자망과 해안선을 따라 이어지는 어장 앞바다에 설치해 잡는 정치망 멸치잡이가 있다.

두 본선의 후미에 선원들이 오전 나절에 잡은 멸치를 끌어올릴 준비를 하려고 서 있다. 대개가 사십줄을 넘긴 노련한 어부들이다. 그런데 개중에 몇몇 젊은 선원들이 눈에 띈다. 장발에 염색까지 해 뒤로 꽁지머리를 한 이른바 신세대의 모습도 보인다. 중국 선원들이라는 귀띔이다. 어쩐지 그랬다 싶었다. 이윽고 대형 롤러가 그물을 당겨 건져 올리기 시작한다. 본선 선원들 속으로 합류하려던 조창식이 다리를 헛디뎌 기우뚱하다 넘어진다. 그러나 아무도 그에 신경을 쓰지 않는다. 모든 관심은 그물 속에 과연 멸치가 얼마나 들어있을까에 쏠려 있다. 수면 위로 끌어올려진 그물 안으로 은빛 멸치들이 바둥거린다. 남해연안 청정해역에서 잡히는 멸치는 빛깔에서부터 싱싱함이 묻어 나온다.

두 배 사이의 간격을 좁혀 가며 그물을 걷어올리는 선원들. 작업이 아무리 기계화됐다고 하지만 그물 털기만큼은 어부들의 노련한 손길을 필요로 한다. 사실 멸치잡이 작업중 가장 힘들고 어려운 일이 그물 터는 일이다. 잘못하면 기껏 잡은 멸치를 다시 바닷속으로 보낼 수도 있기 때문이다. "어여차아차 / 어여차, 재기나아 차야 / 재기나 차." 구령 같은 소리에 맞춰 배 양편에서 그물을 맞잡고 오른쪽, 왼쪽으로 세차게 그물을 턴다. 멸치들은 허공으로 치솟다가 이내 그물로 떨어진다.

멸치잡이도 이제는 대부분 전자와 기계장비가 대신한다. 어군을 탐지하는 전파선에는 어탐기와 방향탐지기, 수중음파탐지기 등 첨단 전자장비들이 사람의 감각기능을, 그리고 본선에는 대형 롤러 등 공작기계들이 인력을 대신하고 있다. 조창식은 "아이들 장난 같다"라고 말하면서 예전의 전통적인 멸치잡이를 떠올린다. 멸치떼는 물때를 보고 짐작을 했다. 새벽무렵쯤 멸치떼가 있는 바다는 물색과 물길이 달라 보인다. 갈매기가 몰려들기도 하고. 멸치가 몰려다니면서 내는 '세 세 세 세' 하는 소리도 들린다. 노 젖는 배를 타고 횃불을 이용해 섬 근해 갯창으로 멸치를 몰아넣어 볏짚으로 만든 그물로 걷어올렸다. 멸치잡이 인원은 보통 열두 명 정도. 불대 두 명, 체대 세 명, 노잡이 두 명, 그물잡이 네 명, 사물 한 명으로 구성됐다. 지금도 경남 남해의 해변가 가까운 곳에 대나무발(죽방렴)을 이용해 멸치를 잡는 전통적인 방식이 있다. 원통형 대나무발을 세워 멸치들을 그 안에서 자연스럽게 놀게 하다가 후릿그물로 떠 담아 올리는 방식이다. 이 전통적인 멸치잡이를 죽방이라고 하며 여기서 건져 올린 멸치를 죽방멸치라고 하는데, 멸치 중에서는 최고의 상품이다.

조창식은 어느새 가공선으로 옮겨 타 있다. 건져 올려진 멸치가 호스 모양의 '피치 펌프(pitch pump)' 속에서 가공선으로 옮겨지고 있는 모습을 이마의 땀을 훔쳐내며 지켜보고 있다. "멸치가 서로 빨리 달리려고 달리기를 하고 있제." 멸치는 거대한 압력에 의해 흐름처럼 가공선으로 옮겨지고 있는데, 조창식은 마치 멸치가 어떤 의지를 갖고 자기에게 오고자 서로 달리기를 하고 있는 것처럼 말한다.

이 모습들을 보는 것이 아마도 그에게는 가장 행복한 시간일 것이다. 그러나 이날 어획고는 기대에 훨씬 못 미쳤다. 1톤도 채 안 됐다. 이때쯤 전파선에서 울산 앞바다에 멸치배들이 몰려들고 있다는 연락을 받았다. 마음이 급해진다. 조창식은 본선 선장에게 울산 앞바다로 나가 보라고 채근질을 한다. 이날 잡은 멸치로는 하루 기름값도 안 나온다. 작년에 비해 기름값은 거진 두 배로 올랐다. 무엇보다 그에게 큰 부담이다. 멸치의 어획량은 지난 96년 이래 계속 줄어들고 기름값·자재값·인건비는 오르고, 조창식은 속이 탄다. 자연 정부에 대한 불만이 없을 수 없다.

남해 멸치어장업계의 가장 큰 현안이 뭐냐고 물었다. 조업구역 철폐가 최대 문제라고 했다. 말하자면, 경상도 선적의 배가 전라도 바다에 들어갈 수 있고, 반대로 전라도 선적의 배가 경상도 바다로 들어가 멸치를 잡게 해야 한다는 것이다. 어장은 날로 줄어들고, 잡는 방법은 날로 첨단화하고 있는 상황에서

멸치가 밥상에 올라오기까지는 여러 단계를 거친다. 중요한 작업 중의 하나가 멸치 건조작업이다. 사진은 멸치 건조실 모습.

우리 바다를 줄을 그어 서로 못 들어가게 한다는 것은 말이 안 된다는 주장이다. 남해와 동해 연근해를 따라 회유하는 멸치가 '도민증'을 가진 것도 아닌데, 도의 경계에 따라 조업이 제한되는 것이 말이 되느냐는 것이다. 그는 지난 96년 김영삼 정권 당시 경남 선적 멸치어선들의 군산 앞바다 집단시위를 사실상 주도했다. 당시 그의 어로장이 구속됐다. 이 현안이 워낙 민감한 것이기 때문에 현정부로서도 사정이 있을 것이라고 말한다. 주무관서인 해양수산부도 이 문제로 골머리를 앓고 있다는 것. "서로를 다독거릴 수 있는 참한 방안을 멸치도 기대하고 있을 낍니더."

조창식은 현재 여러 직함을 갖고 있다. 바다사나이답게 큰 글자로 새겨진 명함에는 '기선권현망조합 동부지구 동업자협회' 회장이라는 직책과 그의 고성 어장막을 뜻하는 XX수산의 회장 직책으로 나와 있다. 그는 이와 함께 마산선주협회 회장직도 겸하고 있다. 멸치만 잘 잡으면 됐지 웬 직책이 이렇게 많냐는 질문에 떠밀려서 맡게 된 것이라고 했다. 그러나 그의 업계 후배로 호형호제하고 있는 반경식 선주에 따르면 사실 마산을 중심으로 한 인근 통영·고성·남해 등의 멸치어장을 통틀어 조창식만한 연배와 일 처리 능력 등 리더십을 가진 선주가 없다 보니 그 지역업계의 일을 도맡게 할 수밖에 없었다는 말이다.

조창식은 타고난 뱃사람답게 뱃사람으로 불리는 것을 좋아한다. 여느 뱃사람이 그러하듯 술도 좋아하고 잘 마신다. 배를 타기 시작한 열일곱 살부터 소주를 마시기 시작했다는 그는, 지금도 앉은 자리에서 소주 서너 병을 물마시듯 비워내 술 못 마시는 후배들을 곤혹스럽게 한다. 그리고 사람 만나기를 좋아한다. 또 노래도 그 나이에 어울리지 않게 힘차게 잘 불러제긴다. 지금 그의 나이쯤에 자신보다 십수년 아래인 후배들과 함께 술마시고 노래 부르는 또래도 만나 보기 힘들 정도라는 것이 반경식 선주의 얘기다. 그러니 누구든 그를 보고 사장님이라고 불렀다가는 욕을 먹기 일쑤다. 지금도 어장막이든, 멸치

새벽녘 운반선에서 내려진 멸치는 건조실과 액젓공장으로 옮겨진다. 이 작업이 끝나야 비로소 그의 하루일과가 마무리된다.

잡이 배에서든 온갖 허드렛일을 선원들과 똑같이 한다. 먹는 것도 그렇고, 입는 것도 선원들과 똑같다. 차이가 있을 수 없다. 그런데 자기 보고 사장님이라니. 나이 어린 후배들이 형님 하고 불러 주기를 바란다.

멸치도 안 잡히고 세상 살기도 날로 팍팍해진다. 어느 흐린 날 저녁. 마산 선창가의 한 횟집에서 본 그의 모습은 들은 바 그대로다. 독한 소주잔을 연신 비우기에 주저함이 없다. 그의 주변에서 들은 애기를 물어보지 않을 수 없다. 자식에 관한 얘기다. 맞다고 했다. 조창식은 아들 둘을 바다에서 잃었다. 그가 한참 멸치잡이에 신이나 돈도 벌고 할 때, 큰 아들과 둘째 아들이 일 년을 시차로 바다에 빠져 죽었다. 당시 그의 아내는 정신적 충격으로 가출을 했다. 지금은 잘 살고 있다는데, 뒷말이 흐리다. 더 이상 물을 수가 없다. 아들 둘은 멸치 잘 잡으라고 용왕님이 데리고 갔을 것이라고 한다. 그렇게 때문에 자신은 죽을 때까지 멸치와 함께 살 것이라면서 멸치와의 인연을 강조한다. 전생에선

조창식은 멸치와의 인연을 중시하고 있다. 그는 이 세상을 뜰 때까지 멸치와 함께 살 것을 다짐했다. 사진은 멸치를 포장하는 마지막 단계의 모습이다.

어땠을런지는 몰라도 그가 이 세상에서 맺은 모든 인연들은 멸치와 어떤 형태로든 관련이 있다. 그가 왜 멸치 귀한 줄 알아야 한다고 강조하고 있는지 이해가 간다.

반경식 선주가 울적한 분위기를 다독거릴 양으로 노래를 한다. '의리에 죽고 사는 바다의 사나이다'로 시작하는 '마도로스 박'을 젓가락을 장단삼아 불러제낀다. 충혈된 눈으로 반선주를 쳐다보던 조창식이 같이 따라 부른다. 반선주의 노래가 끝나자 조창식이 손바닥으로 술상을 치며 한 곡 부른다. 처음 들어보는 노래다. 곡조도 어설프다. 그가 만들어낸 노래란다. 무슨 소린지를 알아듣지 못하겠다. 노래를 끝낼 양으로 술상을 한 번 세게 내려치면서 정감과 곡조를 담아 읊조리는 노래. '멸치야, 멸치야 나하고 살자.' (글·김영철/ 사진·조명동)

새우젓과 60년
김원진-광천에서 지낸 젓갈장수 인생

김원진

　자못 젓갈맛을 안다는 사람으로 광천새우젓을 모르는 사람이 있을까? 해마다 김장을 앞둔 가을철이면 어김없이 충남 홍성군 광천읍은 전국에서 몰려드는 인파로 북적댄다. 광천 토굴새우젓을 찾는 사람들이다.

　우리나라에서 제일 좋은 새우젓이 나온다는 이곳 광천. 가게마다 흥정 부는 소리가 요란하다. "아주마이(아주머니), 올해도 또 오셨구만." 찾아나섰던 그 사투리. 옹진상회 김원진(金元鎭, 1924년생) 옹이다. "잠깐 기두리시라요. 이 아주마이 하구 일마자(마저) 보구 애기하시자요." 강한 억양으로 손님과 실랑이하랴 굽은 허리로 새우젓 퍼담으랴 정신이 없어 보인다. 억센 황해도 사투리를 내뱉듯 던지는 김옹이지만, 잠깐 보기에도 덤도 많고 말도 시원시원하다. 이 시장통에서 단골이 가장 많다는 말이 실감난다. 한참 앉아서 기다린 후에야 김옹과 마주앉을 수 있었다.

그의 고향은 황해도 옹진. 어촌이어서 어렸을 때부터 굴을 쪼고 조개잡는 일이 익숙해졌다. 초등학교를 졸업하고 열다섯부터는 구경삼아 할아버지 배를 타기 시작했다. 그러나 한 삼 년 선원생활을 했을 무렵 일제에 의해 징용에 끌려가게 됐다. 그는 평안도에서 포를 장치하기 위한 방공호를 파며 징용생활을 했는데 해방을 맞아 일 년 만에 힘겹게 집에 돌아올 수 있었다. 같이 징용갔던 마을 젊은이들이 중국과 사할린에서 죽어 돌아오지 못했던 것에 비하면 그는 운이 좋았던 셈이다.

징용의 후유증으로 잠시 쉬다가 다시 배를 타기 시작했다. 옹진 앞바다에서는 김을 했고, 연평도에서는 새우와 조기를 잡았다.

"한 번 출항할 때 삼백여 개의 새우젓 독을 싣고 갑니다. 새우를 잡아 바로 배위에서 젓을 담가요. 새우는 약해서 한두 시간만 지나도 곯아 못 쓰게 됩니다. 새우가 얼마나 풍성했던지 보자기 같은 그물을 서너 시간만 벌려 놓고 있어도 절반은 버리고 올 정도로 많이 잡혔어요." 움막을 짓고 새우젓을 두세 달 저장했다가 추석 무렵 마포나루에 싣고 갔다. 뱃길로 옹진에서 연평도를 거치고 용유도와 강화도를 통과해서 한강까지 거슬러 오는 것이다. 그러면 장안의 갓을 쓴 양반네들이 소달구지를 몰고와 친척들 나눠 주려고 육젓을 한 마차씩 싣고 갔다.

"지금도 서울 본토박이들은 육젓으로 꼭 김치를 담그려고 합니다. 아무리 비싸도 육젓을 찾아요. 육젓으로 담으면 확실히 맛이 다른 것 같기도 하고요. 좋은 새우젓은 사대문 안의 장안사람들만 먹었다고 합니다."

그는 마포나루에 전국 각처에서 올라온 수백 척의 고깃배가 즐비했던 그때를 회상한다. 6·25로 뱃길이 막혀 마포에 더 이상 배가 들어가지 못하게 된 사실이 못내 안타깝다. 그의 바다는 사회변혁과 함께 점점 남하했다.

옹진에서 6·25를 맞은 그는 삼사 일만 피란가 있으라는 소리에 가족과 함

황해도 옹진이 고향인 김원진 옹은 여러 곳을 전전하다 1973년부터 광천에 정착했다. 그가 운영하는 옹진 상회 앞에 선 김옹 부부.

게 연평도 근처로 내려왔다. 전쟁이 어떻게 전개되고 있는지 전혀 알 수 없었다. 삼사 일이 칠팔 일이 돼도 상황이 나아질 기미는 전혀 보이지 않았다. 조그만 배를 얻어 타고 남쪽으로 내려가기로 했다. 가족 모두 내려와 이산의 아픔을 겪지 않은 게 그나마 다행이랄까.

전쟁의 와중에 덕적도와 광천, 연평도에서 잠깐씩 살았던 그는 덕적도에서 배를 타며 조기와 새우를 잡았다. 그 무렵에는 배 한 대만 갖고 있어도 큰부자였다. 선원에 대한 대접도 좋았다. 월급도 많았고 일 년치 식량도 먼저 주었고, 세금도 선주가 내주었다. 배를 탈 때도 등급이 있었고 나이가 많으면 깍듯이 어른대접도 해줬다. 출항할 때는 여덟 명이 한 조가 되는데 배를 모는 선장, 기관장, 밥하는 사람, 일반선원, 영자영감(나이 많은 선원)까지 각기 역할이 다달랐다. 그물을 잡아당길 때는 잘하는 사람이 앞에서 잡아끌었다. "보통 일주일 정도 배 위에서 보내는데 고기잡느라 정신이 없어요. 잡아서 그 자리에서 팔고 담고 합니다. 그때엔 그물이 작았고, 산란기에는 잡지 못하게 했기

광천새우젓 품질이 좋은 최상급의 새우만을 재료로 한다. 광천은 구한말부터 서해안 해산물의 집결지로 유명한 곳이었다. 사진은 판매할 새우젓을 관리하고 있는 김웅.

때문에 고기가 많았어요. 지금같이 긴 투망은 사용이 금지돼 있었어요."

그는 선주들의 인정을 받아 선장, 기관사, 선주대리까지 해보았다. 배를 살 때는 벌어서 갚으라며 외상으로 배를 내주는 사람도 있었다.

삼십 톤짜리 배까지 구입해 본격적으로 고기잡이를 하던 시절은 1960년대 이후 달라졌다.

"육십년대엔 남북이 갈리긴 했어도 연평도 일대에서 고기를 잡을 수 있었 거든요. 그런데 점점 삼팔선이 고착되면서 상황이 어려워지기 시작했습니다. 이북 헌병대가 어부들을 잡아가기 시작했어요. 우리 정부는 북한에 정보가 누 설된다는 이유로 바다에 접근을 못하게 하고 고기도 못 잡게 했어요." 선원 들은 연평도에서 모두 쫓겨나 인천 등지로 흩어졌고, 그는 1972년 광천으로 내 려왔다.

광천에는 이런 타령이 전해진다.

"광천독배 시집못온 요내 팔자 / 어설 남당리 돌장기(게) 안주에 술맛가 신 다"

광천에 인접한 서부면 어서리, 남당리 일대의 아낙네들이 광천독배로 시집 을 못와 속상해서 부르던 노래라고 한다. 옛날 광천의 풍요가 서민들에겐 퍽 이나 부러웠나 보다.

광천은 구한말부터 서해안 해산물의 집결지로 전국적으로 유명한 곳이었 다. 천수만의 뱃길이 육지 깊숙이 들어오는 지리적인 여건으로 전국에서 갖가 지 고기잡이배가 밀려들었고, 안면도·고대도·장고도·원산도 같은 주변의 섬 주민들은 오일장이면 광천에 몰려들었다. 새우젓과 주변 섬에서 나는 김. 어리굴젓·조기·꽃게 같은 해산물이 넘쳐났다. 상인들은 전국의 새우젓 상권 도 장악하고 있었다. 그 시절 산 위에서 바다를 내려다보면 거대한 돛배가 줄 지어 포구로 밀려들어오는 장면은 볼 만했다고 한다.

그러나 육십년대 독배포구가 매립되자 번영은 사그라들었다. 게다가 안면 도에 육지를 연결하는 다리가 놓이면서 상권은 서산 일대로 옮겨갔다.

"지금은 바다가 보이지 않아 실감이 나지 않는데 삼십 년 전만 해도 바로 독배 이 앞까지 배가 왔다갔다 했습니다. 간월도를 들어가려면 이곳에서 배를 타야 했어요. 간월도·안면도·원산도 같은 가까운 섬은 말할 것도 없고 거제 도 같은 바깥 섬도 다 여기서 배를 타고 다녔습니다."

그가 배를 타고 고기잡이 나가는 일을 그만두고 광천에 내려온 것은 바로 그 무렵이다. 그는 광천시장 안 남의 가게 앞에서 120만원을 갖고 새우젓장사 를 시작했다. 그때 시장에는 열 집 남짓 새우젓가게가 있었다.

"원래는 포구에 집집마다 가게를 열었는데 교통이 불편하니까 읍내 시장 으로 올라간 겁니다. 당시엔 리어카가 있길 했나. 다 머리로 날랐어요. 주로 집 근처에서 소매를 하겠다고 오는 아주머니들이었는데 커다란 함지나 물통을 여남은 개씩 이고 다녀야 했습니다."

현재 광천시장 안에는 삼십여 개의 점포가 있으며, 최근 삼사 년 사이 독배

광천 새우젓의 맛의 비결은 독특한 저장법에 있다. 토굴 안에서 짧게는 삼 개월에서 길게는 1년 6개월 이 상 발효, 저장한다.

주변에 새우젓가게가 우후죽순으로 생겨 삼십여 집에 달한다. 그러나 여전히 광천시장에서 새우젓 매매가 많이 이루어진다.

광천새우젓은 일제시대에도 조선팔도에 소문이 났었다. 그는 이북에서 광천새우젓의 명성을 들었다.

"이북에서도 연평도나 소수압도·대수압도·용매도 등에서 새우젓을 많이 잡았어요. 그러나 광천새우젓이 더 맛있었습니다. 특히 법성포 앞바다에서 잡아 광천에서 발효시킨 '가마미젓'은 아주 유명했지요."

지금도 광천이 새우젓 이름을 날리고 있는 것은 여전히 옛 맛을 지키고 있기 때문이다. 맛의 비결은 육십년대 개발된 독특한 저장법 덕택이다. 오십년대만 해도 새우젓을 비롯한 모든 젓갈은 여름이면 온도가 높아 쉽게 상했다. 시커멓게 썩고 냄새가 나서 버리기 일쑤였다. 이것을 이 일대에선 '양보난다'고 했다. 집집마다 한여름이면 새우젓 독을 들여 볏짚으로 막을 쳐 놓거나 광에 저장을 하는데 빛깔이 누렇게 변하고 악취가 진동했다.

"옛날에는 김장철이 끝나면 남는 것은 다 내다버리는 줄 알았어요. 그런데 광천에서 한 상인이 폐광된 굴에 남은 새우젓을 넣어두었는데 다음에 가보니 그대로 있었다는 거예요. 그래서 너도나도 좋다 해서 굴을 파고 새우젓을 저장하기 시작한 것입니다."

폐광된 굴에 새우젓을 발효시키는 방법은 일제시대에도 부분적으로 있었던 것으로 보인다. 그러나 육십년대에 들어오면서 상인들이 앞다투어 굴을 파기 시작했다. 광천독배 토굴새우젓이란 말에서 '독배'는 옹암리의 지명을 우리말로 풀어쓴 것이고, '토굴'은 새우젓을 저장하는 굴을 말한다. 마침 광천 옹암포는 절벽 형태로 되어 있고, 푸석푸석 부서지는 무른 돌이어서 굴을 파기에 좋은 조건이었다. 옹암리에서 보령군 청소면에 이르는 칠 킬로미터의 야산에는 그 당시에 판 굴 사오십 개가 있는데 지금도 연간 이천오백여 톤의 새우젓이 저장된다. 굴은 길이가 이백 미터, 폭과 높이가 각 이 미터 정도로 구불구불한 형태인데 대형 드럼통이 양쪽에 길게 놓이고 중간에는 사람이나 수

레가 지나갈 수 있게 되어 있다. 굴은 모두 개인 소유인데 새우젓 상인들이 한두 개씩 갖고 있고, 십여 개는 장사를 하지 않는 사람들이 세를 놓아 임대료를 받고 있다.

새우젓은 여기에서 최소 삼 개월에서 길게는 일 년반까지 저장된다. 발효식품의 경우 다른 조건이 동일하다면 발효과정에서 맛이 결정된다고 할 수 있다. 보통 새우젓은 발효되는데 최소한 석 달이 걸리고 맛을 내려면 칠팔 개월은 넘어야 한다. 그리고 발효식품 특성상 시간이 지날수록 곰삭아 맛이 더 좋아진다. 토굴은 연중 섭씨 13–16도의 일정한 온도가 유지되므로, 바로 이러한 온도가 새우젓 발효에 좋은 조건이 되는 것이다.

"여기다 저장하면 오래 두어도 변하지 않고 투명하고 뽀얀 빛깔과 고소한 향, 감칠맛이 나게 됩니다. 그래서 다들 광천새우젓, 광천 토굴새우젓 하지요." 모두 이백여 개의 새우젓 드럼통을 저장할 수 있는 토굴을 가지고 있는 그는 음력 오뉴월이 되면 동네 상인들과 목포로 새우젓을 사러 간다. 새우젓은 광천 주변의 바다에서 나오는 것이 아니다. 우리나라 새우젓은 목포 앞바다와 강화도 주변에서 생산된다. 그 중 목포 일대가 전체 생산량의 팔십 퍼센트 이상을 차지하고 있다.

"칠십년대만 해도 칠산도 앞바다에서 좋은 새우가 많이 잡혔어요. 그러나 안강망으로 싹쓸이하는 하는 바람에 더 아래로 내려간 겁니다. 신안 앞바다의 조도 일대에서 우리나라 새우젓이 거의 잡힌다고 보면 됩니다."

목포수협과 신안수협에서는 사시사철 새우젓시장이 열린다. 오전 열 시에 부둣가에서 경매가 이루어지는데 수협의 감정인이 길게 늘어서 있는 대형 새우젓통을 돌면서 값을 매기면 중매인과 상인, 구경꾼들이 주변을 에워싼다. 감정인의 손놀림은 거칠면서도 날렵하다. 긴 쇠로 만들어진 집게를 이용해 속을 쿡 찔러 깊숙한 곳의 새우젓을 한 수저씩 꺼내 냄새를 맡기도 하고 손으로 집어 보기도 하면서 성큼성큼 값을 매겨 나간다. 값은 잡은 시기와 굵기, 빛깔, 냄새, 크기가 균등한 정도에 따라 크게 달라진다.

해마다 김장철이면 광천 새우젓을 구입하기 위해 전국 각지에서 사람들이 몰려든다. 수입산 새우젓이 많이 들어오지만 품질과 맛은 광천새우젓과 비교할 바가 아니다.

"감정인은 한 번만 봐도 척 알아요. 색깔을 보고, 크기가 고르지 못하고 이상한 냄새가 나면 값이 떨어집니다."

감정인 주변에는 열한 명의 중매인들이 뒤따른다. 이들은 경매를 통해 새우젓을 확보한다. 서울·강경·광천·인천 등지의 상인들은 주로 이 중매인들을 통해 새우젓을 구입하고 최신 동향을 파악하기도 한다.

새우젓은 그 잡는 시기에 따라 이름이 붙여진다. 봄에 잡는 새우젓을 봄젓(어젓)이라고 하며, 음력 5월에 잡는 것을 오젓, 6월에 잡는 것은 육젓이라 부른다. 또 가을에 잡는 것이 추젓, 겨울철에 잡는 것이 동백하젓이다. 봄젓은 보통 음력 2월부터 4월까지 잡는 것으로 껍질이 두꺼운 대대기젓이나 역시 껍질이 두껍고 붉은 빛이 도는 북새우젓, 껍질이 얇고 잔 세하젓 등이 있다. 단맛이 나고 먹기에 좋아 새우젓을 즐기는 사람들이 김치 담기 위해 사간다. 값도 저렴해서 2000년 기준으로 1킬로그램에 만원선이다.

오젓은 음력 5월에 잡는 것으로, 육젓 다음으로 치는 고급 새우젓이다. 껍질이 얇고 참새우 종류이면서 육젓보다 잘다. 과거 충청도 일대에서는 보리타작할 즈음 일명 '보리젓'이라고 하는 오젓을 들이지 않으면 큰일나는 줄 알았다고 한다. 그만큼 음식에 쓰임이 많았다.

"옛날에는 새우젓을 정말 많이 먹었어요. 계란 찔 때, 애호박 볶을 때, 모심을 때, 고추 나올 때, 김장할 때 다 먹었어요. 김치해야지, 조금씩 무쳐 먹어야지 하니까 얼마나 헤펐겠습니까. 그땐 새우젓이 정말 잘 팔렸어요. 그때가 대목이었지요." 당시엔 장사꾼이 새우젓독을 지게에 지고 마을을 돌았는데 집집마다 곡식을 퍼주며 한 독씩 들이곤 했다. 또 아주머니들이 새우젓 함지를 이고 마을을 다니면 아낙네들은 한 사발씩 사서 반찬으로 요긴하게 썼다. 오젓은 1킬로그램에 2만-2만5천원선 나간다.

육젓은 6월 하순부터 7월 초순까지 이십여 일 정도 잡히는 제일 좋은 새우젓이다. 보통 삼복더위에 잠깐 나타나는데 이때가 산란기여서 실하고 맛이 뛰어나다. "육젓은 머리와 꼬리가 빨갛고 선명하며 새우젓 중에서 가장 커요. 살이 씹히는 맛도 있고 발효를 시키면 뽀얀 우유빛 국물이 우러납니다." 근래 육젓은 참 비싸다. 그래도 육젓을 찾는 사람은 육젓만을 고집한다. 1킬로그램에 3만-3만5천원 하는데도 선물용·김치용으로 꾸준히 팔린다. 새우젓이 흔하던 시절에는 육젓 이외에는 새우젓으로 치지도 않았다고 한다. "육젓이 흉년들 때는 숨겨 놓고 단골이 부탁하면 꺼내 주고 합니다. 지금 생활이 나아졌다고 하는데 옛날보다 제대로 된 새우젓은 못 먹는 것 같아요."

추젓은 음력 7월부터 눈오기 전까지 잡는 새우젓으로 보통 간을 적게 해서 짜지 않은 장점이 있다. 보통 생새우로 팔기 위해 얼음을 채워 서울 가락동 시장으로 올라간다. 김장용으로 많이 사용하는 새우젓으로 1킬로그램에 1만-1만5천원이다. 동백하젓은 음력 11월과 12월에 잡는 것으로 현재는 수지타산이 맞지 않아 거의 잡지 않는다고 한다. "뱃사람들이 소금·연료·쌀 등을 배에 싣고 잡는데 타산이 맞지 않으면 아무리 좋아도 잡지 않아요. 동백하젓

얼마 전까지만 해도 광천시장과 독
배 두 곳에 가게가 있었으나 지금
은 독배 가게만 운영하고 있다.

이니 곤쟁이젓이니 하는 것들은 잡아도 손해니까 잡지 않고 있어요."

새우젓은 예전엔 없는 사람들이 주로 먹었으나 이젠 부자가 아니면 못 먹는
음식으로 변했다.

"해방전 새우젓 한 독이 1−2원 했을 거예요. 많이들 먹었지만 또 그만큼
값이 쌌어요." 그런데 칠십년대 중반부터 새우젓값은 계속 올랐다. 75년 250
킬로그램 한 드럼에 2−3천원에서 1만원이었으나 매년 큰 폭으로 올라 최근엔
육젓 상품이 7백만원까지 나간다. 2000년 7월 13일 목포수협에서 이루어진 경
매가격은 오젓이 130−180만원, 육젓은 250−590만원, 추젓은 24−36만원, 봄
젓(세하젓)이 80−120만원이었다.

새우젓값이 이렇게 높은 이유는 무엇일까. 우선 새우가 잘 안 잡히고 있고 인플레이션이 심했던데다 수요가 급증했기 때문이다.

과거 남한에서는 밥반찬으로 사용했을 뿐 김치에는 새우젓을 넣지 않았다. 광천 일대에서도 소금으로만 김장을 했다. 새우젓이나 액젓을 김치에 사용하기 시작한 것은 10-20년 남짓하다. 지금도 충청도 산골에서는 김장에 소금만 사용하고 있다. 경상도와 전라도 역시 멸치젓으로 김장을 했다. 서울 사람들이 예전부터 김치에 새우젓을 넣곤 했다. 그러나 피난민이 내려오면서 새우젓은 전국으로 퍼져나갔다.

"이북에서는 김치에 새우젓을 넣어요. 특히 깍두기에는 육젓이 안 들어가면 맛이 없었어요. 피난민들은 남쪽에 내려와 먹을 게 없으니까 고춧가루 칠 것도 없이 밥하고 이것하고만 먹었습니다. 이북 사람들이 많이 먹으니까 점차 확산돼 이제는 거의 김치에 새우젓을 넣고 있습니다."

최근 몇 년 사이 중국산이나 필리핀산 새우젓이 헐값에 쏟아지고 있다. 그러나 싼 것이 마냥 좋을 수만은 없다. 수입산으로 김장을 담갔다가 못 먹게 되어 낭패를 본 주부들은 다음해엔 다시 좋은 새우젓을 찾기 때문이다.

"수입산은 우리 것 같지 않고 맛이 없습니다. 소금이 나빠서 그럴 겁니다. 그리고 이상하게 비릿한 냄새가 역겨워요. 근래엔 상인들이 직접 외국에 나가 우리식으로 새우젓을 담아 들여와 우리 것과 거의 맛이 비슷하다고는 하는데 아직 맛에는 차이가 있는 것 같아요."

광천을 찾는 이들은 과거엔 소매장수만 있었을 뿐 일반 사람은 거의 없었다. 그러나 십여 년 전부터 일반인들이 직접 찾아오기 시작했다.

"자가용이 생기고 매스컴에 광천새우젓이 알려지면서 사람들이 방방곡곡에서 다 옵니다. 서울, 강원도, 인천, 전라도, 경상도까지 안 오는 데가 없어요. 특히 젊은 주부들이 부모님께 선물한다고 많이 오지요."

광천에 다른 젓갈도 없는 것이 아니지만 새우젓이 주류를 이루고 유통 규모나 맛의 전문성이 생겨난 것도 그만큼 새우젓이 집집마다 쓰임새가 많다는 말일 것이다.

최근까지 그는 광천시장과 독배 양쪽에서 가게를 운영하고 있었다. 그러나 다리가 불편하고 부인의 어지럼증이 심해져 시장의 가게는 팔았다. 살림집과 붙어 있는 독배의 가게도 운영해 나가기가 힘들어 보인다. "할 수 있을 때까지 해야지요. 그냥 우두커니 있으면 뭐해요." 담담한 표정 뒤에 지난 세월이 갯냄새를 풍기며 조금씩 묻어나는 것 같다.(글·김예옥/사진·이창성)

쇠꼴마을을 일궈낸 사람

김교화 사장

김교화

경기도 파주시 법원읍에서 적성쪽으로 십여 분쯤 가면 금곡리가 나온다. 금곡리 네 거리에서 좌회전하여 3백 미터쯤 올라가면, 길 양편으로 양지바른 산자락에 배밭이 널찍하게 조성돼 있는데, 이곳이 '쇠꼴마을'이다. 이십여 년년 전까지만 해도 버려지다시피 하여 풀만 무성했던 지역이었는데 이제는 봄이 되면 하얀 배꽃으로 뒤덮이고 가을이면 먹음직스런 배들이 주렁주렁 열리는 농장으로 변신했다. 이곳을 이십삼 년 동안이나 일구고 가꿔 온 사람은 서울에서 합판회사를 운영하고 있는 김교화 사장(金敎化, 1944년생)이다. 이곳에서 태어난 그가 농장을 처음 시작하게 된 것은 별다른 소득사업이 없었던 고향마을을 발전시켜 보겠다고 나름대로 고심한 끝에 내린 결정이었다.

쇠꼴마을이란 명칭은 옛날부터 이곳이 소먹이풀이 많은 곳이라 하여 붙여진 이름이었는데, 그후 일제시대에 한자 명칭으로 바꾸어 쓰게 된 게 금곡리(金谷里)이다. 전체 농장부지는 7만여 평이고, 여기에는 배밭 이외에도 전시실, 농수(農水)를 저수하는 연못, 잔디밭, 운동장, 간이동물원, 수생식물원 등 갖가지 야외학습장을 갖추었고, 뒤쪽에는 산길을 따라 삼림욕장과 등산로를 조성해 놓았다. 널따란 농장을 둘러보면 곳곳에서 김사장의 손길을 찾아볼 수 있다. 어떤 곳에는 꽃을 예쁘게 심어 놓았는가 하면, 어떤 곳에는 물길을 만들어 물레방아를 돌리고 있고, 또 어떤 곳에는 나무와 잔디를 심고 돌탑을 예쁘게 쌓아 놓는 등 나름대로 정성을 다해 농장이 가꿔져 있다.

2000년 10월 중순에 찾아간 쇠꼴마을. 그곳 3만여 평에 조성된 배밭에서는 한창 배를 수확하고 있었다. "퓨우우— 탕, 퓨우우— 탕." 익은 배를 쪼아먹는 까치를 쫓아내기 위한 폭음탄이 간헐적으로 터지고 있었다. 이렇게 해보지

입지전적인 인물인 김교화 사장이 직접 심고 가꾼 배나무에서 배를 수확하고 있다. 그는 이곳에서 매년 4월말 배꽃이 필 무렵 배꽃축제도 열고 있다.

만 까치들은 그에 익숙해져 꿈쩍도 않기 때문에 그 피해가 심각하다고 했다.

"4월말이 되면 산이 배꽃으로 뒤덮여 온통 하얗습니다. 꽃이 위쪽에서부터 서서히 내려오면서 피는데 정말 장관이지요. 이때에 맞춰 배꽃축제를 열고 있습니다. 이곳의 배는 다른 곳에서 재배한 배보다 맛이 좋습니다." 김사장의 말이다. 한 입 베어 먹어 보니 정말로 단맛이 풍부하게 느껴진다. 이곳에서 재배하는 배의 품종은 신고와 영산이라고 했다. 배를 깎아 놓았더니 배의 단맛에서 풍기는 냄새를 맡고 벌들이 여기저기서 몰려든다. 쇠꼴배는 신기술농법인 PC농법(Plant Clinic : 농작물을 건강진단하면서 재배하는 농사방법)으로 생산되므로 고품질이고 다른 배에 비해서 당도도 높다고 한다. 이 지역의 일교차가 큰 것도 배맛을 좋게 하는데 일조하고 있다.

배 수확기의 쇠꼴마을은 여느 농장에 비해 사람들이 많았다. 서울에서 한 시간 정도의 비교적 가까운 곳이라서 끼리끼리 구경삼아 찾아온 학생들도 있고, 배를 사러 온 사람, 혹은 분양받은 배나무에서 배를 수확하기 위해 온 사람도 있다. 가끔은 가까운 곳의 학교에서 학생들이 단체로 방문하기도 한다.

쇠꼴마을을 처음 찾아오는 사람들은 농장 직원이 안내를 한다. 전시실로 들어서면 인도·티벳·중국 등에서 구해온 각종 종(鐘)들이 전시돼 있다. 그 옆쪽으로는 예전에 농촌에서 쓰이던 농기구나 생활용품들을 전시해 놓아 교육적 볼거리를 제공한다. 지금의 학생들은 보기 어려운 써레·가래·쟁기·구유·멍에·고삐·짚신·빗자루·도롱이·멍석·맷방석·씨아·맷돌·돌확 등등이 눈에 띈다. 옆방으로 가면 일 년 내내 전시되는 수생식물 수족관이 있다. 이곳에서는 수족관에 빛을 쬐어서 수생식물들이 스스로 광합성을 하도록 했다. 물부추·올미·순채·물별·물질경이·나사말·눈여뀌바늘·마디꽃·논냉이 등 수십 종이 수조 속에서 자라고 있다. 또 한켠에는 등사기 등 학교의 교재·교구와 비품들이 있는데, 학생수가 줄어서 삼 년 전에 폐교한 금곡초등학교에서 가져온 것들이다.

김사장은 "인생은 목표를 가지고 사는 것이다. 무일푼이다시피 한 상태에서 합판사업을 벌여 이제 이 업계에서는 성공했다고 생각돼, 지금부터는 후세에 남길 만한 일을 한다는 목표 아래 여러 사업을 벌여 나가는 중"이라고 했다. 그 사업 중의 하나가 이 농장에다 식물원을 조성한다는 계획이다. 이 지역에 자생하고 있는 식물들 중에는 희귀식물도 많다고 했다.

식물원 구상은 자못 거창하다. 순차적으로 물속에서 자라는 수생식물, 음지에서 자라는 식물, 야생에서 자라는 식물, 바위에서 자라는 식물 등을 고루 갖추어 국내에서는 손꼽히는 식물원으로 조성하겠다는 것이다. 특히 수생식물은 연못 주변에 수생식물 서식처를 조성하여 1백여 종을 기르고 있는 등 장기적인 계획 아래 정성을 쏟고 있다. 이와 관련해 김사장의 수생식물에 거는 기대는 특히 크다.

김사장은 수생식물은 탄소동화작용에 의해 산소를 생성하므로 물을 정화시키는 '환경지킴이'라면서 "기름보다 더 비싼 물을 사 먹는 현실이 안타깝다. 옛날엔 냇물을 그냥 마셨는데, 지금도 수생식물을 심어 놓으면 물을 정화시켜 깨끗해지므로 그냥 마실 수 있다"고 주장한다. 그리고 연못 주변에 심어 놓은 능수버들의 뿌리들을 가리키면서 "다른 식물의 뿌리는 물속에서 썩지만 능수버들의 뿌리는 물속에서도 잘 자라기 때문에 이런 것들을 물가에 많이 심어 수질을 정화해야 한다"고 강조한다. 이러한 수생식물 조성을 통해 이곳을 '환경정화의 산교육장'으로 만들겠다는 포부를 밝혔다.

쇠꼴마을은 이와 함께 자라나는 꿈나무들에게 꿈을 길러 주는 교육의 장소이자 체험학습장으로 개발되고 있다. 이곳은 유치원생들로부터 대학생에 이르기까지 많은 학생들이 다녀가고 혹은 수련회를 갖기도 하는데, 이곳에서 멀지 않은 율곡고등학교는 일학년 전체 학생을 대상으로 2000년 6월 19일부터 21일까지 이박삼일 동안 야영수련회를 가진 후 모든 학생들의 소감을 모아서 한 권의 책을 만들었다. 그들이 쓴 감상문에는 잊을 수 없는 감동이었다느니 혹은 지겹게 느껴졌다느니 등등 다양한 의견들이 나왔다. 김사장은 이 야영수련회가 끝날 때 학생들에게 다음과 같이 연설했다. 여기에는 그의 신념과 희망이 잘 요약돼 있다.

"제가 태어날 때의 이곳은 첩첩 두메산골로 땅은 자갈밭이고 하늘만 바라
보고 농사짓는 천수답의 가난한 마을로, 농사는 물론 아무것도 경작할 수 없
는 불모의 땅이었습니다. 조상 대대로 가난한 환경으로 살아오고 있던 마을이
었습니다. 저는 생각했습니다. 왜 우리 부모님은 이런 산골짜기에서 태어나
항상 가난 속에서만 살아 왔는가. 그리고 우리가 해야 할 일이 무엇일까를. 그
래서 젊은 날의 저에게 주어진 명제는 가난을 이길 수 있는 해답을 얻고자 하
는 것이었고, 이에 따라 열심히 일했습니다 (…) 잡목으로 버려진 산과 쓸모
없는 자갈밭을 개발해야겠다는 신념을 가지게 되었습니다. 열심히 서울서 일
하고 휴일이면 이곳에 와서 돌을 주웠고, 나무를 심었습니다. 힘들고 지칠 때
도 있었지만 하나의 돌을 줍기 시작하여 이 자갈밭을 옥토로 만들 수 있다는

김사장은 농장에 국내 최대의 식물원을 조성할 계획을 가지고 있다. 전시실에 전시된 수생식물을 설명하고 있는 김교화 사장.

신념으로 일했습니다. 처음에는 불가능하다고 친척과 동료들이 말리기도 했습니다. 그러나 지금을 보십시오. 우리 마을이 바로 '하면 된다'는 신념의 증거입니다 (…) 우리는 '하면 된다'는 신념과 '농촌도 잘살 수 있다'라는 희망을 가지고 우리의 자연을 가꾸어야 합니다. 여러분은 자라나는 우리의 꿈나무입니다. 여러분이 '하면 된다'는 신념을 가지고 열심히 일하면 무엇이든지 이룰 수 있고, 이러한 여러분의 꿈이 모아질 때 우리의 강산이 희망의 동산으로 발전하고 이것이 바로 세계속의 한국이 강하여지는 것 아니겠습니까."

김교화는 1944년 경기도 파주시 법원읍 금곡리에서 칠남매의 둘째로 태어났다. 농토도 많지 않고 특별한 소득사업도 없었던 그의 집도 여느 집과 마찬가지로 가난했다. 젊어서부터 별로 가족부양에 신경을 쓰지 않고 술과 잡기(雜技)만 좋아하던 아버지 때문에 그의 어머니는 자식들을 굶기지 않으려고 억척스럽게 일했다. 어머니는 오로지 자식들만을 위해 험한 일도 마다하지 않았다. 설상가상으로 어려서부터 지병을 앓고 있는 여동생 때문에 어머니의 애간장은 다 타고 없을 정도였다.

"나의 오늘이 있게 된 것은 어머님 덕분입니다. 평생동안 지독히 고생만 하시던 어머님을 편히 모시겠다는 일념으로 이를 악물고 부지런히 노력했던 결과라고 생각합니다."

그가 어린 시절을 보냈던 고향 금곡리에는 미군들이 주둔하고 있었다. 어머니는 미군들의 빨래를 해주기도 하고 그들에게 떡을 팔기도 하는 등 자식들을 먹이기 위해 안 해본 일이 없을 정도로 갖은 고생을 다 했다. 어머니의 이런 모습을 어려서부터 보고 자라난 그는 스스로 집안의 기둥이 되어 가난에서 벗어나겠다고 결심한다. 어머니도 "네가 기둥이 돼서 우리 집안을 일으켜 세워야 한다"고 늘상 얘기했고, 그렇게 키우기 위해 어려운 형편임에도 불구하고 그를 문산중학교에 진학시켰고, 고등학교는 서울로 보냈다. 서울로 진학시킨 것은 서울에 살면서 사업을 하는 외삼촌댁에서 숙식을 해결할 수 있었기 때문이었다.

김교화는 이러한 어머니의 정성과 기대로 덕수상업고등학교에 진학하여 공부를 열심히 했다. 외삼촌은 경제적으로 상당히 여유가 있는 편이었다. 그렇긴 했어도 그 집에서 공짜로 숙식하는 것이 늘 미안했다. 그래서 그는 남보다 일찍 일어나서 마당으로 나와 새벽별을 보면서 가난에서 벗어날 수 있게 해 달라고 간절히 기도를 한 후에, 마당을 깨끗이 쓸고 외삼촌의 구두를 반짝반짝하게 닦아 놓았다. 이렇게 함으로써 미안한 마음을 조금이나마 덜 수 있었다. 외삼촌댁에서 지내는 삼 년반 동안 매일같이 이런 일을 반복했기 때문에 일찍 일어나는 것이 습관화됐고, 지금도 새벽 여섯 시면 어김없이 일어난다고 했다.

　그는 돈을 벌 줄은 알아도 자신을 위해서 쓸 줄은 모른다. 어려서부터 돈을 보면 모으는 것부터 생각했다. 수중에 돈이 있더라도 어머니 생각만 하면 한 푼의 돈도 쓸 수가 없었다고 한다. 군에 입대하는 날 어머니가 필요할 때 쓰라면서 꼬깃꼬깃한 돈을 건네줄 때는 눈물이 앞을 가렸고 '이 돈이 어떤 돈인가' 하는 생각에 결국 그 돈을 한푼도 쓰지 못했었다고 한다. 회사에 취직해서 돈을 벌 때도 월급의 90퍼센트를 저축했다고 하니 그의 절약정신은 남들이 상상하기 어려울 정도이다. 그것은 지금도 마찬가지여서 자신을 위해서 쓰는 돈은 선뜻 꺼내지 못한다.

　남들이 부러워할 만큼 기반을 갖춘 지금도 그는 지나가다가 쓸 만한 물건이 눈에 띄면 그냥 지나치지 못한다. 농장의 곳곳에 있는 물건들도 산 것보다는 주워다가 쓰는 물건들이 더 많다. 농장의 살림집 마루 한켠에는 운동화가 잔뜩 놓여 있다. 이십여 켤레는 족히 돼 보인다. 학생들이 수련회를 오기도 하니까 아마도 학생들이 단체로 견학을 와서 방안에서 식사중인가 보다고 생각하며 지나쳤다. 그런데 한참 후에도 사람이 보이지 않아서 웬 신발들이냐고 물어 보았다. "헬스클럽에서 주워 온 신발들입니다. 멀쩡한 것을 왜 버리고 가는지 모르겠어요. 다들 신을 만한 것들이잖아요?"

외삼촌은 합판판매업을 크게 벌이고 있었는데, 김교화는 고등학교를 졸업하고 외삼촌의 소개로 합판회사에 취직하게 된다. 그런데 고등학교를 갓 졸업한 어린 나이여서 다른 직원들이 잔심부름이나 시켰고 사업에 대해서는 전혀 가르쳐 주지 않았다. 비전도 안 보였고 내심 불만도 컸다. 일 년 동안 그렇게 지내다가 공부를 더 하겠다고 마음먹고는 한국외국어대 국제행정과 장학생 선발시험에 응시했는데, 장학생은 못 되었어도 합격은 됐다. 외대에 입학하여 겨우 한 학기를 마쳤을 때 영장이 나와서 입대하게 된다.

제대 후에는 어려운 가정형편 때문에 복학하지 못하고 다시 외삼촌이 운영하는 합판판매소에서 종업원으로 일하게 된다. 그는 이 사업으로 성공을 하겠다고 결심하고 정말 열심히 배우고 부지런히 일했다. 그는 오로지 일만 알았고 성실하게 했으므로 다른 사람들로부터 신임을 받았다. 그는 약속한 것은 어떤 일이 있어도 꼭 지키는 것으로 신용을 쌓아 갔다.

김사장은 외삼촌이 장사를 할 수 있도록 이끌어 준 것에 대해서 지금도 감사하게 생각하고 있다. 외삼촌은 경제적으로 쉽게 안정하려면 직장생활보다는 장사가 훨씬 빠르다면서 차근차근 장사방법을 가르쳐 주었다. 언젠가는 그가 몸이 몹시 아파서 누워 있는 것을 보고는 "네가 열심히 일을 안 하니까 아픈 것이지, 정말로 열심히 일한다면 아플 새가 어디 있냐"고 외삼촌이 큰소리로 나무랐다. 그 말을 듣고서 어찌나 서운했던지 눈물이 핑돌았고, 아픈 몸을 이끌고 다시 일에 매달렸다. 처음에 들을 때는 그렇게 서운한 말이었는데, 세월이 지나면서 그 말은 어려울 때마다 자신을 일으키는 채찍이 되었고 힘이 되었다.

외삼촌은 합판사업을 하면서 조림사업도 크게 벌였는데 조림에 너무 많은 자금을 투자했다가 부도를 내는 바람에 그 회사에 더 있을 수 없어서 김교화는 아는 사람과 동업을 시작한다. 일 년여 동안 동업을 하면서 돈도 어느 정도 벌었는데, 장사가 잘되어서인지는 몰라도 건물을 제공했던 동업자가 이제 자기 혼자서 하겠다고 나섰다. 하는 수 없이 거기서 나와 독립을 해야만 했다. 영

김사장은 수질을 정화하는 데에 수생식물만한 것이 없다고 생각한다. 탄소동화작용으로 산소를 생성하는 환경지킴이 역할을 하는 수생식물 수족관에서.

등포에 있던 가게는 형에게 주어 운영하도록 했기 때문에, 동업자와 헤어지고 보니 건물을 임대할 돈이 없었다. 어떻게든 합판사업을 다시 시작해 보려고 여러 궁리를 했다.

그 당시는 강남지역이 개발되지 않았던 시절이어서 강남의 신사동은 호박만이 심겨져 있던 허허벌판이었다. 주인이 누군지도 모르는 땅 한 귀퉁이에 땅굴을 파고 합판을 사다가 저장하고 장사를 다시 시작했다. 백색전화 한 대를 놓고서 생산자와 소비자를 연결해 주는 소위 '보따리장사'였다. 새벽에 고속버스를 타고 부산으로 내려가서 합판을 사 화물로 부치고 저녁에 막차 타고 서울에 오면 새벽 한 시가 된다. 일주일에 한두 번씩은 이렇게 부산까지 왔다갔다 했다. 그 당시에 서울에서 합판사업을 하는 사람들은 부산에서 합판을 조달하는 사람들이 없었으므로 몸은 고되어도 장사는 잘되었다.

그런데 호사다마(好事多魔)라고나 할까, 한창 돈이 잘 벌리던 때에 크게 사기를 당하게 된다. 거래도 별로 없었던 사람이 교묘한 방법으로 신분을 속여

5백만원이나 사기를 치고 잠적해 버렸다. 그 때가 1973년이었고, 쓸 만한 집 한 채 값이 1백50만원 정도였던 시절이었으니 5백만원은 엄청난 거금이었다. 그 돈은 자린고비 노릇을 하며 몇 년 동안 모은 전재산이었다. 합판업계란 곳이 너무 뻔해서 금세 소문이 났으며, 다른 업자들이나 주변사람들도 외면하는 상황이 되었다. 새로 일어서기 어려운 큰 타격이었다. 하늘이 노오랗게 보였고 죽고 싶은 생각뿐이었다. 하지만 가족을 생각하고 어머니를 생각하니 그럴 수는 없는 일이었다.

다시 정신을 추스렸다. 합판을 대주는 업자를 찾아가서 경위를 설명하고 어떻게든 갚겠으니 합판을 대달라고 사정했다. 그 사람은 김교화의 부탁을 들어 줬다. 이를 악물고 다시 장사를 했다. 전화 한 대로 하는 사업이었지만 장사는 잘되는 편이었다. 밤낮없이 뛰면서 칠팔 개월 만에 그 돈을 다 갚았다. 그 어려움을 극복하고 나니 주변으로부터 신용을 지키는 사람으로 통했고, 그후로는 그의 말 한마디가 그대로 보증수표가 돼 버려 장사하기는 전보다 더욱 수월해졌다.

김사장은 이렇게 어렵게 지나온 과거를 잊지 않으려고, 그리고 그때의 결심을 언제나 새롭게 기억하기 위해서 고등학교 시절부터 써온 일기장을 지금도 간직하고 있다. 그 일기에는 구구절절 어머니에 대한 애틋한 사랑에 대한 감사와, 가난으로부터 벗어나 가정을 일으켜 세울 힘을 달라는 간절한 소망들로 가득 차 있다.

합판장사를 처음 시작했을 때 어머니는 둘째아들을 바라보고 무작정 서울로 올라왔다. 서울에 왔다고 해서 할 만한 일이 있었던 것도 아니므로 어머니는 퇴계로의 대한극장 앞에서 좌판을 벌여 놓고 담배를 팔았다. 다 팔아봤자 몇 푼 남지도 않는 장사였지만 어머니는 열심히 일했다. 변변한 판매대도 없이 바닥에 종이를 깔고 담배를 팔았는데, 단속 나온 사람들이 쌓아놓은 담배를 발로 차서 흩뜨린 것을 하나하나 주워 모으던 어머니의 모습을 목격하고는 김교화는 더욱 이를 악물게 되었다. '어서 돈을 벌어서 어머니를 호강시켜 드

려야겠다'는 일념만이 머리 속을 맴돌았다. 지금도 그때를 생각하면 눈물이
앞을 가리고 목이 메인다고 한다.

외삼촌에게서 독립할 무렵 그가 운영하던 합판가게를 형에게 맡겼다. 그것
을 아버지와 형이 운영해 왔는데, 세월이 흐르면서 아버지와 형 사이에 알력
이 생겼다. 어머니는 항상 "가족간에 화목하게, 형제끼리 우애있게 지내라"
고 말할 정도로 가족화목을 중시했는데, 부자간의 불화를 보고 격분한 어머니
가 연탄불을 피워 놓고 자살을 기도했다. 겨우 목숨은 건졌지만 기억상실증의
식물인간이 되는 바람에 죽을 때까지 아들이 잘사는 것을 알지 못하고 세상을
뜨게 된다.

일생을 힘겹게 살아온 것도 가슴아프지만, 잘사는 것을 그렇게 갈구했던 어
머니가 아들이 잘사는 것을 알지 못하고 돌아간 것이 더욱 비통했다. 김교화
는 어머니 산소를 쇠꼴마을이 내려다뵈는 곳에다 모셔 놓고 그가 농장을 하나

합판사업으로 자수성가한 김사장이지만 지역사회의 발전에도 큰 관심을 가지고 있다. 그는 가난하게 살
아온 과거를 잊지 않고 있다. 농장에 재현해 놓은 옛 생가 앞에서.

하나 일궈 가는 모습을 늘 지켜볼 수 있도록 했다. 그 자신 스스로도 산소쪽을 바라보면서 성실하고 열심히 살아가겠다는 결심을 다진다고 했다.

합판사업으로 돈을 좀 벌게 되면서 고향마을에 관심도 갖게 되고 사업도 벌이게 된다. 처음 시작한 것이 젖소사육이다. 고향의 여동생에게 젖소 여섯 마리를 사주었는데, 집이 동네 한가운데 있어서 축사에서 나는 냄새가 이웃들에게 피해를 주었다. 그래서 1975년 조부(祖父)의 산소 옆에 6백여 평의 땅을 사서 젖소를 기른다. 그 땅을 기반으로 해서 오늘의 쇠꼴마을이 형성됐다.

김교화는 토요일과 일요일에는 꼭 이곳으로 와서 소를 돌봤다. 하지만 경험이 없어서 제대로 기르기도 힘들었고, 짜놓은 우유의 판로도 없어서 애로가 많았다. 그즈음 막내동생이 축산과를 졸업한 상태여서 같이 힘을 모아 비육우를 사서 기르기로 하고 이 목장에 계속 투자를 했다. 땅도 넓혀 갔고 소의 마릿수도 상당히 불어났다. 그러나 그러던 중에 쇠고기 수입 파동이 일어나서 소값이 폭락했고, 큰 손해를 보면서 모두 처분하지 않을 수 없었다.

목장을 할 수 없게 되자 당시 '유실수 심기' 정책에 부응하여 밤나무를 심었다. 몇 년 후에 밤을 수확하기 시작했는데 인건비 등을 감안하면 전혀 이익이 없었다. 밤값도 점점 떨어졌다. 고심 끝에 배나무로 개종하기로 했다. 밤나무들을 일일이 곡괭이로 파내는 등 산을 다시 개간하다시피 하면서 1988년에 2천 주, 1989년에 2천 주의 배나무를 심었다. 그 많은 배나무를 심는 동안 말로는 이루 다 표현할 수 없는 고생을 했다. 심고 나서 4-5년을 열심히 가꾸었더니 배가 수확되기 시작했다.

하지만 배를 재배하는 기술을 몰라 상품가치가 있는 물건으로 키워내지 못하는 바람에 들인 노력에 비해서 소득은 형편없었다. 그는 이곳저곳에 수소문하여 농업기술센터에서 실시하는 강좌를 듣고 배를 키우는데 필요한 여러 기술을 배웠다. 그 강좌가 많은 도움이 되었다. 농장에서 일하는 직원들까지 이곳에 위탁시켜 교육을 받도록 했다. 그런 뒤로는 해마다 수확량이 크게 늘어나고 있다.

김사장은 젊어서부터 부지런히 일하는 것이 습관이 돼 있어 이제는 쉬는 것이 오히려 불편하다고 한다. 스스로 생각해서 오늘 하루가 보람있었을 때 비로소 몸과 마음이 편안해진다는 그는 사람도 기계처럼 꾸준히 움직여야 고장 나지 않고 원활히 돌아간다는 자신의 지론을 피력했다. 몇 십 년 동안 하루도 쉬지 않고 밤늦게까지 기계처럼 일하는 건강의 비결이 뭘까.

"젊었던 시절 추운 겨울에 찬바람을 무릅쓰고 무리하게 달리기를 하다가 기관지가 약해졌다. 병원 치료도 별 효과가 없었는데 누군가가 수영을 하면 기관지가 튼튼해진다고 해서 수영을 시작했다. 그런 후로 건강이 좋아졌고 취미가 되었다"고 했다. 아침마다 거르지 않고 수영을 한 게 이십 년 가까이 되었는데 그 동안 감기 한 번 앓지 않았다는 그는 아침에 일찍 일어나 수영을 하면 쌓인 피로도 싹 가신다고 했다.

그는 어떤 일이든 예사로이 보아 넘기지 않고 늘 '더 좋은 방법은 없을까' 하고 고심을 한다. 지역사회를 발전시켜 보겠다는 강한 의지도 있다. 그리고 잘살 수 있는 방법이라고 생각되면 자신의 의견을 건의하기도 한다. 1989년 6월에 그는 서울시장에게 "외래품 소비억제를 위한 캠페인을 벌이자" "용산에서 미8군이 철수하면 그곳을 함부로 개발하지 말고 덴마크의 타보리 공원처럼 개발했으면 한다"는 건의서를 보냈다. 그가 1999년 2월 파주시교육장에게 보낸 건의서에서는 "외국에서는 하찮은 주제를 갖고도 관광자원화하여 돈을 벌고 있는데, 우리는 훌륭한 자원을 잘 활용하지 못하고 있다"면서 "파주지역의 훌륭한 문화유산인 화석정과 이율곡 선생 묘소를 관광자원화하자"고 제안하기도 했다. 묘소 옆에 전통적인 서당을 지어 옛 교육을 재현해 보자는 의견도 곁들였다. (글·박인환/사진·조명동)

선소리 인생 65년 – 일흔아홉의 청년

상노리 지경다지기 기능보유자 안승덕 옹

안승덕

"에얼싸 지경이여어, 에얼싸 지경이여어 / 에얼싸 지경이여어, 에얼싸 지경이여어 / 기름진 이 들판에 곡창을 이루우고 / 여보시오 여러분들 이내 말씀 들어보소 천만년 이어나갈 우리의 철원일세 / 이 땅은 어디인고 우주의 대한민국 덕수 이씨 가문에서 철원 땅에 정착하여…"

여름의 뙤약볕이 내리쬐기 시작하는 2000년 7월 초순. '상노리 지경다지기' 선소리 기능보유자 안승덕(安承德, 1922년생) 옹을 만나기 위해 강원도 철원군 동송읍 상노리를 찾아가는 길. '땅이란 살아 있는 생명체'라는 선조들의 의식을 고스란히 가슴에 안고 농사가 곧 삶 자체이고, 삶이 곧 농사인 상노리 지경다지기의 선소리꾼으로 살아 왔다는 안옹에 대한 대체적인 윤곽, 이를테면 어떻게 생겼을까 하는 외향적인 모습은 서울을 떠날 때부터 머리 속을 감돌고 있었다. 농투산이에다 예인의 모습일 것이다라는.

안옹은 사진취재를 위해 서울서 먼저 떠났던 사진기자와 1999년 9월15일에서 17일까지 제주도 제주시 애향운동장에서 열렸던 제40회 한국민속예술축제에서 최고상인 대통령상을 수상하는 데 호흡을 같이했던 상쇠 조귀남, 소리꾼 유동수, 김복태, 김종대, 김철수, 전영복 씨 등과 함께 강원도 토속음식인 감자 메밀냉면으로 점심식사를 하고 있었다.

안옹을 만나는 순간, '이제까지 가져왔던 그의 모습에 대한 기대가 틀리지는 않았구나' 하는 생각이 들었다. 전형적이고도 구수한 농사꾼의 모습. 문득, 미당(未堂) 서정주(徐廷株)의 시 「메이드 인 코리아」가 떠올랐다.

"에누리하자거든 에누리해 드리게 / 덤을 또 얹으라든 두두룩히 얹어서… / 허지만 물건만은 먹힐 만해야 하네 / 쥐가 먹을 정이라도 정이 붙게 해야 해 / 정이사 언제 우리가 모자란 일이 있든가 / 구석구석 밀려 쌓여 하늘에 닿는데…"

왜 이 시가 떠올랐을까. 처음 만나지만 언젠가 어디선가 만나 본 것 같은 모습. 조선인을 조선인이게 느끼게 하면서 맺어 주는 끈적한 마음, 곧 '정(情)'이 안옹으로부터 느껴졌기 때문이다. 그러면서도 그의 삼베옷을 찢는 듯한 카랑카랑한 목소리에서 팔십평생을 함께 한 상노리 지경다지기 선소리꾼으로서의 예인의 자질과 풍모가 느껴졌다. 평생 '정'에 굶주리고 '정'을 나누며 '정'과 함께, 그리고 '정' 때문에 상노리 지경다지기 선소리꾼으로 살아올 수밖에 없었던 한 평범한 농사꾼의 신산스런 생의 모습이 느껴졌다.

늦은 점심식사를 끝낸 후 안승덕 옹이 태어나서 지금까지 살고 있는 상노리 자택으로 갔다. 사진촬영이 끝나기를 기다렸다가 상노리 지경다지기의 개념은 무엇이고 어떻게 해서 상노리 지경다지기 선소리 기능보유자가 되었는지 이야기를 듣기 시작했다. 예의 그 카랑카랑한 목소리에 부쳐지는 설명.

"지경다지기는 집을 지을 때 전(前)과정인 지신제로부터 상량식에 이르는 과정중 지반을 다지는 두레풍의 생활민속입니다. 마을 주민들은 주로 낮일을 마친 후인 밤에 황덕불과 횃불을 밝히고 지경목이나 지경돌로 지반을 다졌습니다. 대체로 한 지점을 일흔 번에서 여든 번 정도를 달구질해야 제대로 다져집니다. 땅에 물이 생길 때까지 다진 후에 그 위에 주춧돌을 놓고 기둥을 세웁니다. 집짓기 작업을 할 때는 노동요의 성격 그대로 협동심을 진작하고 리듬을 맞추기 위해 보통 가래질소리, 지경다지 목도소리, 성주풀이 등의 민요를 부르는데 지경다지기를 할 때는 지경다지를 선창과 후창으로 주고받으면서 흥겹게 진행합니다."

강원도 철원 동송읍 상노리에서 유래했다고 해서 상노리 지경다지기라는 이름을 갖게 된 이 두레풍의 공동체놀이는 자칫 한 사람의 머리 속에서만 남아 내려오다가 그 맥이 끊길 뻔 했었다. 그러나 안옹의 철저한 고증에 의한 복원작업과 상노리 마을 주민들이 노력을 기울인 결과 되살려내, 제40회 한국민속예술축제에서 최고상인 대통령상을 수상하게 되었고, 우리의 소중한 농경문화 민속놀이로 세상사람들에게 다시 알려지기 시작했다.

상노리 지경다지기 놀이의 발굴 및 복원과정을 보면 실낱 같은 기회를 소홀히 하지 않고 초승달을 보름달로 키우듯 숱한 노력을 기울인 상노2리 주민들과 지도교사 등 관련자들의 노력의 결정체임을 알 수 있다.

이 놀이는 원래 바탕이 되는 소리(농요)가 없으면 절대 완성될 수 없는 작품이다. 당초 이 놀이의 존재는 문헌 등을 통해 유추될 수는 있었으나 소리의 전승 여부가 불투명해 어쩌면 많은 다른 전통문화처럼 소멸될 수밖에 없는 운명이었다. 그러던 중 지난 96년 우연한 기회에 철원 향교 전교(鐵原 鄕校 典校)로 있던 안승덕 옹이 이 소리를 기억하고 있다는 사실을 주민들이 알게 되었고, 안옹을 통한 복원작업을 추진하게 되어 오늘에 이르게 된 것이다.

주변에 금학산 등 대체로 높은 산봉우리들이 솟아 있는 철원군 동송읍 상노리 마을은 강원도 최대의 곡창지대인 철원평야에 속하고 있어 농경에 적합한

어렸을 때 아버님의 어깨 너머로 배운 '지경다지기' 소리는 그를 평생 지켜온 소중한 자산이다.

지역으로 알려져 있다. 남북으로 길게 뻗어 있는 한탄강이 인접해 있으며, 곳곳에 풍치가 좋고 수려한 곳이 많아 부락이 형성되었고 자연히 가옥을 짓는 곳이 많았다. 예로부터 마을 주위에는 굴둔치·담터·새말·새청벌 등의 골짜기와 서낭당·논밭 등이 많아 생활이 넉넉한 편이었다. 그런 이유로 농경지에 큰 기와집이나 재실(齋室)을 짓게 되었고, 이에 따른 터다지기가 성행하였다. 또한 세간을 내거나 살림가재가 늘어 집을 증축할 때도 주민들이 힘을 모아 밤에 천이나 헌옷 등을 꽁꽁 묶어서 만든 솜방망이로 피마자기름이나 동백기름(당시는 농가에서 석유를 구할 수 없었다고 함)을 찍어서 황덕불과 횃불을 밝히고 통달구와 나무달구로 지경다지기를 하였다.

농민들은 주로 낮에 일을 하기 때문에 밤에 달구질을 할 수밖에 없었다. 여가를 이용해 이웃을 돕는 것이므로 따로 품삯이 없었고, 푸짐한 음식과 술을 대접하는 것으로 품삯을 대신하였다. 지경다지기는 음식을 차려 지신(地神)에게 제사를 드리고 마을을 돌며 두메 풍물을 치는 등 걸판지게 마을잔치를 벌이는 공동체 민속놀이로, 농경사회의 생활상을 그대로 반영해 주는 놀이문화의 한 전형이다.

집지을 자리는 지경석이나 지경목으로 땅을 다진다. 이때 쓰이는 돌과 나무를 각각 통달구와 나무달구라고 불렀다. 이 달구로 땅을 다질 때 부르는 소리를 '집터를 다지는 소리'라고 한다. 하지만 회다지할 때와 같은 사설이 사용되어 '회다지 소리'와 혼용되기도 한다. 이렇듯 집을 짓기 위해 고르고 다지는 일은 단순히 땅을 견고히 하기 위함만은 아니다. 이는 '땅이란 살아 있는 생명체'라는 조상들의 신앙과 풍수사상이 배여 있는, 일종의 땅에 대한 공동의식의 일종인 것이다.

집터를 다지는 일은, 땅을 다지는 노동을 넘어서 지신에 대한 숭배의 일체화 제례행위이자 두레 공동 노동과 조직의 연장선에서 이루어지는 공동체적 놀이행위였다. 때문에 지경다지기 행사는 터주신에게 드리는 제상과 고사소리, 그리고 지관과 제관이 하는 소리와 함께 진행됐다. 인간과 지신, 땅이 하나

되어 집터 다지기라는 소리로 결실을 보게 된 이 노동은 그 자체가 생활과 신앙이 하나 되는 과정이자 이를 확인하는 축제였다. 이런 점에서 '상노 지경다지'는 시대를 넘어 전승되는 보편적인 민속을 기반으로 형상화했으며, 따라서 향토성을 강하게 띠고 있다. 또한 오락적 성격 외에도 생산적 요소도 지니고 있어 전통사회의 미풍양속과 삶의 모습을 이해할 수 있는 중요한, 그리고 매우 훌륭한 자료가 되고 있다.

지경다지기의 기능보유자 안승덕 옹은 1922년 4월 17일 강원도 철원군 동송읍 상노리에서 안장호(安長鎬)의 육남매 중 막내로 태어났다. 몹시 가난한 농촌에서 어렵게 자란 안승덕은 어릴 때부터 선소리꾼이었던 아버지로부터 지경다지기의 바탕이 되는 농요를 어깨 너머로 배우며 자랐다.

그때나 지금이나 어렵기는 매 마찬가지인 농촌에서 태어나 어려운 환경 속에서 자라다 보니 제대로 배운 것도 없고 아는 것도 없다면서 안옹이 떠올리는 어린 시절 지경다지기와 관련한 한 기억.

"우리나라 주거문화의 역사를 거슬러올라가면 목조주택이 그 원조입니다. 당시 상노리는 북한 땅이었습니다. 그런데 집을 지을 땐 어느 지방이나 부락마다 제일 먼저 부락민의 건강과 평화를 위하고 지신에게 제사를 지내는 양식의 하나인 지경다지기를 행한 후 주춧돌을 놓고 집을 짓습니다."

어느 집에서 집을 짓게 되면 우선 동리 어른 한 분이 집집마다 방문해 '아무개가 집을 짓게 되었으니 오늘 저녁 지경다지기를 합니다'라는 소식을 전합니다. 그러면 마을사람들은 농사일을 마친 후 저녁에 횃불을 만들어 불을 밝혀 지경다지기를 하는 집으로 모이지요. 그런 다음 달구지로 흙을 실어다 놓고 땅을 다지기 시작합니다."

여섯 명이 각 가정에 있는 나무절구를 가지고 나와 끈을 묶어 땅을 다졌다. 한 가래에 세 명씩 다지기를 했고, 열아홉 개의 가래니까 총 오십칠 명이 지경다지기를 한 셈이다.

안옹은 어려서부터 지금까지 술·담배는 물론 화투 등의 잡기 가운데 할 줄

'지경다지기'는 집을 지을 때 지반을 다지는 두레풍의 생활민속이다. 강원도 철원 동송읍 상노리에서 유래했다고 해서 '상노리 지경다지기'로 불린다.

아는 게 하나도 없다. 끼니를 거르지 않고 밥술이라도 먹기 위해서는 그럴 틈이 없었던 것이다. 집안일 끝내기가 바쁘게 산에 가서 나무(밥 지어 먹고 군불 지필 땔나무)를 해와야 했을 정도로 소년 안승덕은 찢어지도록 가난한 집안에서 태어나 어렵게 어린 시절을 보내야만 했다. 더구나 큰아버지 또한 어렵게 살아서 안승덕의 아버지가 빚을 얻어 주었는데, 큰아버지가 빚을 갚지 않은 채 야반도주를 하는 바람에 집안 형편은 더더욱 말이 아니었다.

그런 어려운 가운데서도 안승덕은 '사람은 배워야 산다'는 아버지의 엄한 가르침 때문에 서당에서 글을 배우기 시작했다. 누님 세 분의 사랑 속에 묻혀 자란 막내 안승덕은 서당이 싫었지만 아버지의 회초리가 무서워 가기 싫은 서당엘 삼 년간 묵묵히 다녔다.

열네 살 되던 해에 안승덕은 초등학교에 입학했다. 남들은 졸업을 할 나이에 일학년으로 입학했으니 싫든 좋든 자연히 어른 행세를 할 수밖에 없었다. 담임선생의 지시로 구구단 실력이 떨어지는 아이들과 학과 성적이 뒤쳐지는 아이들을 따로 지도하게 되었고, 집으로 돌아오는 시간이 늦어졌다.

안승덕의 할머니는 그런 장손이 마음에 들지 않았다. 하나밖에 없는 장손이면 가정을 이끌어 가야 하는데, 농사일은 몰라라 하고 학교에만 빠져 있으니 말이다. 할머니의 고집에 짓눌려 초등학교 이학년에 올라가면서 어쩔 수 없이 자퇴를 했다. 육남매 중 막내였지만 형 두 분이 일찍 세상을 떠나 어쩔 수 없이 장손이라는 운명에 둘러선 채 집안일을 도맡아야 했다.

안승덕은 초등학교 친구들과 학교생활이 그리울 때나 세상을 떠난 두 형이 원망스러우면서도 보고 싶어질 때면 뒷산에 올라가 마음속 깊이 파랗게 멍울져 있는 한을 토해 내며 읊조리듯 노래했다.

그 노래가 바로 어려서부터 아버지를 뒤따라 다니며 어깨 너머로 배웠던 지경다지기의 선소리였다. 그러면서 할머니의 뜻을 받들어 아버지가 하시는 농사일을 돕기 시작했고, 오늘날까지 농사꾼으로 생활하고 있다.

집안 농삿일을 도맡아 하던 안승덕은 열여덟 살이 되던 해에 결혼을 한다. 그즈음 8·15해방을 맞았으며 그리고 곧 남북이 분단됐다. 이미 결혼을 한 농사꾼 청년으로서 맞은 분단은 우리 민족에도 그랬지만 그에게 있어서도 너무나 괴로운 일이었다. 상노리는 당시 이북지역에 속해 있었기 때문이다. 낮엔 먹고 살기 위해 농삿일을 해야만 했고, 밤에는 동네 북한 노동당 당조직에 불려나가 공산주의 교육을 받아야 했다.

그러다 6·25동란이 터졌다. 청년들은 누구나 할것없이 나라를 위해 군에 입대를 해야만 했다. 그러나 생래상 처음부터 붉은 사상이 싫었던 안승덕은 인민군으로 입대하지 않기 위해 온갖 수단과 방법을 동원했다.

그러던 어느 날, 인민군에 입대하라는 통보를 받고 고민하던 중 낫을 들고 산으로 갔다. 인민군으로 입대하지 않기 위해 낫으로 발바닥을 찍었다. 자해를 한 것이다. 그러나, 얼마 후 부락 반장으로부터 "내일 네 시에 철원에서 당대회가 있으니 모든 주민들은 마을 앞에 집합하라"라는 통보를 받게 되었다. 상노리에서 구철원까지 삼십 리나 되었는데 그 먼 길에 아버지를 보낼 수 없다고 생각한 안승덕은 조반을 일찍 먹고 어둠을 헤치며 동리 앞으로 갔다.

새벽이긴 했지만 8월이라 더웠다. 당에서 나왔다는 인민복 차림의 험상궂은 사람이 고함을 질러대며 두 패로 나누어 세웠다. 나이 많은 사람들을 먼저 차에 태워 어디론가 보낸 당간부는 날이 밝자 다시 젊은이들을 집합시켰다. 그렇게 해서 끌려간 곳은 지금의 읍사무소 병사계에 해당되는 곳이었다. 꼼짝달싹 못한 채 철원 군사동원부로 끌려가 신체검사를 받았다.

전세가 역전되면서 미군의 폭격이 심해졌다. 신체검사를 받을 새도 없었다. 무조건 끌려 나갔으나, 낮에는 미군과 국군의 공습 때문에 풀숲이나 숲속에 숨어 있다가 밤에 이동을 했다. 강원도 안변에 도착했을 때였다. 안승덕은 더 이상 견딜 수가 없었다. 인민군에 입대하기 싫어서 낫으로 찍었던 발바닥의 상처가 터져 양쪽 발 모두 피투성이가 되었다. 밤나무 가지를 꺾어 지팡이를 만들었고, 양손에 지팡이를 짚으며 몸을 의지한 채 끌려가는 신세가 되었다.

양손에 지팡이를 짚고 아픈 두 발을 간신히 이끌며 걷다 보니 낙오병이 되

집앞 텃밭에서 부인과 함께.

어 집결지에 맨 마지막으로 도착하곤 했다. 그런 고통 속에서도 안승덕의 입에서는 선소리가 흘러나왔다. 어려서부터 배웠고, 또 오일장이 열릴 때마다 아버지를 따라 나가 사서 모았던 우리 고전을 통해 나름대로 지경다지기 선소리로 불렀으면 좋겠다고 생각, 정리해 둔 소리였다. 녹슨 기억의 창고에서 끄집어내어 선소리를 부르며 무섭도록 아픈 고통과 고독을 이겨내곤 했다.

그러던 어느 날이었다. 어느 집결지인지는 모르지만 신체검사가 다시 시작되었다.

"아픈 환자들은 손을 들라마. 간나새끼들!"

억센 북한 사투리를 사용하는 당간부의 말이 떨어지기가 무섭게 환자라며 거의 다 손을 들었다. 그러자 이내 손든 사람들에 대한 보복 같은 제재가 시작됐다. 당간부는 뽀드득 소리가 나도록 이빨을 갈면서 "요놈의 새끼들은 모두 반동분자니까 총살을 시켜야 해"라고 말하며 환자들을 따로 분류한 다음, 성

안승덕 옹은 65년의 세월을 '상노리 지경다지기' 소리꾼으로 또 농사꾼으로 살아왔다. 그는 그의 삶을 지탱시켜 준 것으로 지경다지기 소리를 꼽았다.

한 사람들만 밥을 먹였다.

당간부와 인민군 군의관은 다시 신체검사를 시작했다. 이쪽으로 가라고 했다가 저쪽으로 가라고 하는 등 주로 보행에 이상이 있는가 하는 여부를 가리는 가벼운 신체검사였다. 안승덕은 양쪽에 지팡이를 짚고 있긴 했지만 피가 철철 흘러 넘칠 정도의 깊은 상처 때문에 구령에 맞춰 제대로 걸을 수 없었다. 천운이었다. 불합격 판정과 더불어 집으로 돌아가라는 명을 받았다. 집으로 오는 길에 통증이 더 거셌다. 그 아픔과 혼자라는 무서움과 외로움을 달래기 위해 목이 메이도록 선소리를 부르며 걸었다. 밤낮을 가리지 않고 지팡이에 몸을 의지한 채 절룩거리며 걷고 또 걸었다. 그리고 선소리를 불렀다.

죽을 힘을 다해 상노리 고향으로 돌아왔으나, 그를 기다리고 있는 것은 또다른 시련이었다. 분명 양발바닥이 찢어져 더 이상 걸을 수가 없어 후송차 집으로 돌아온 것이었는데 동네 사람들은 그런 안승덕을 미워하고 시기했다.

아들이 인민군에 입대한 어떤 집에서는 안승덕의 발이 완쾌되지도 않았다는 걸 뻔히 알고 있으면서도 발이 다 나았으니 다시 인민군에 입대시켜야 한다고 밀고를 하기도 했다.

안승덕은 전쟁으로 인해 흉흉해진 인심을 탓하며 산속으로 숨었다. 그리고 혼자서 산두더지처럼 산속을 조심스럽게 헤매며 먹을 것을 해결해야만 했다. 뱀을 잡아 먹는 것은 예사였고 들쥐도 잡아 먹었다. 먹을 것이 없게 되자 소나무 껍질을 벗겨 먹기도 했다. 어쩌다 눈먼 산비둘기를 잡으면 그것은 크나큰 횡재였다. 연기를 내면 인민군에게 붙들려 가기 때문에 익혀서 먹을 수가 없었다. 야생인간 그 자체였다.

그리고 겨울이 왔다. 겨울과 함께 중공군이 들이닥쳤다. 안승덕도 적삼과 바지(당시만 해도 양복이 없었다) 한 벌을 챙겨 피난길에 올랐다. 강릉으로 갔다. 그곳에서 군트럭을 얻어 타고 포천, 문산까지 갔다가 의정부로 옮겨졌다. 다시 얼마 후 열차편에 실려 천안까지 갔으나 전세가 악화되어 더 이상 남쪽으로 내려가지 못하고 평택에 내리게 되었다.

그렇게 해서 자리잡은 곳이 평택군 안성면이었다. 피난의 여파와 피난민 생활이 얼마나 고달팠을까. 안성에 자리잡은 지 얼마되지 않아 안승덕의 어머니는 이렇다 할 유언 한 마디 남기지 못한 채 객이 되어 저 세상으로 떠나고 말았다. 어머니를 잃은 가슴은 텅빈 겨울 들판 같았다. 어머니가 없는 세상. 혼자 산다는 것은 아무런 의미가 없었다. 그저 마냥 허허로울 뿐이었다. 그 순간 슬픈 가슴의 밑바닥에서 무엇인가 뜨거운 것이 목으로 소리가 되어 나왔다. 그것은 다름 아닌, 어려서부터 어깨 너머로 아버지를 따라다니며 배운 지경다지기의 선소리 한마당이었다.

"에얼싸 지경이여어, 에얼싸 지경이여어, 기름진 이 들판에 곡창을 이루우고 / 여보시오 여러분들 이내 말씀 들어보소… / 국호는 태봉이요, 철원의 제일명산 풍수님을 모셔다가 좌향을 살펴보니 / 금학산이 높이 솟아 정기는 감돌고요 좌청룡 우백호는 화가가 그린 듯이 / …유유한 한탄강물 구비구비치는 곳 자손에게 힘이 있고 백만장자 되겠구나 …."

안승덕은 어머니의 죽음으로 비탄에 빠진다. 그러다 급기야 자살까지 기도한다. 어머니가 없는 세상 살아서 무엇 하나라고 생각하며 자살을 시도했으나 뜻을 이루지 못한다. 끈질긴 목숨을 탓할 수만은 없었을 것이다. 문득, 이럴 수는 없다라는 생각이 안승덕에게 찾아왔다. 이 슬픔과 비탄을 지경다지기 선소리로 승화시키자. 안승덕은 선소리를 평생의 할 일로 삼아 살아 갈 생각을 다진다. 어떻게 해서든지 살아서 고향으로 돌아가 아버지의 뒤를 이어 선소리꾼으로, 농사꾼으로 꿋꿋하게 살아야 한다고 생각했다. 또 아무것도 모른 채 시집 와서 고생만 했던 아내를 그대로 두고 세상을 마감한다는 것은 남자가 아니라는 생각이 들었다.

어느 날, 당국에서 평택역전으로 피난민들을 집합시켰다. 평택역으로 가면 고향으로 보내줄지도 모르겠다는 막연한 마음을 안고 역으로 갔다. 그러나 다른 피난민들과 함께 간 곳은 전라북도 정읍에서 조금 떨어진 곳이었다. 그곳

자칫 소멸될 위기에 처했던 '상노리 지경다지기'는 안승덕 옹의 철저한 고증으로 되살아났다. 지경다지기는 상노리에서 집 터를 다질 때 마을사람들이 모여 부르는 노동요이다.

에 얼마간 머무르다가 안진군 용진면에 또다시 자리를 잡게 됐다. 한 해 동안 그곳에 머물며 생활했지만 농사 외에 아무것도 배운 것이 없는 안승덕은 품팔이 할 것마저 마땅치 않아 당장 끼니를 잇기도 어려웠다. 농사를 짓자니 땅이 있는 것도 아니고 기댈 언덕도, 산도, 강도, 하늘도 없는 것 같았다. 암흑의 늪에 빠져 허우적거리고 있는 듯했다.

온통 절망과 한숨으로 가득 찬 하루하루를 보내던 어느 날 밤, 문득 예전에 아버지를 따라 오일장에 갔을 때 사온 고담집의 한 구절이 떠올랐다. '갈매기도 제집이 있다' '고기도 저 놀던 물이 좋다'라는 글귀였다. 안승덕은 마침내 마음을 굳게 다졌다. "고향 강원도로 가자. 강원도에 가면 도토리라도 주워 먹고 살 수 있지 않겠는가. 죽어도 고향땅에서 죽자."

일단 고향으로 돌아가자고 마음을 다지자 잠시도 머물러 있을 수가 없었다. 앞뒤를 잴 생각도 없이 안승덕은 원주로 향했다. 당시 남하한 피난민이 원주

'상노리 지경다지기'는 1999년 제40회 한국민족예술축제에서 대통령상을 수상했다. 지경다지기를 함께해 온 상노리 소리꾼들과 함께.

로 가기는 위험했다. 어렵사리 원주에 도착해 며칠을 머뭇거리다가 그곳에서 그리 멀지 않은 곳으로 갔다.

그러다 그곳에서 다행스럽게도 예전에 같은 부락에 살던 어른 한 분을 만나게 된다. 딱한 사정을 이야기했다. 하나님은 '두드려라. 그러면 길이 열릴 것이다'고 하지 않았던가. 하나님은 열심히 살려고 노력하는 안승덕을 저버리지 않았다. 부락 어른은 묵은 밭에다 농사를 지을 수 있도록 해주었다. 감사하는 마음으로, 꼭 고향에 돌아갈 수 있다는 확신으로 열심히 농사를 짓기 시작했다.

1954년 마침내 고향지역이 수복이 됐다. 안승덕은 다른 피난민들과 함께 고향 인근인 관인에서 천막생활을 하게 되었다. 고향, 강원도 철원군 동송읍 상노리 옛 집터에 천막이라도 치고 사는 것을 인생 최대의 희망으로 삼으면서 아침, 저녁으로 고향에 몰래 숨어 들어가 쇠스랑으로 논밭을 일구며 농사를 지었다.

1955년. 꿈속에서도 기다리고 기다리던 고향 입주 허락이 떨어졌다. 고향으로 돌아온 안승덕은 천막에서 생활을 하며 나무를 잘라다 집을 지었다. 안승덕은 한 집 두 집 모여든 옛 이웃들을 다시 만났다. 자연 선소리가 상노리 사람들을 다시 한 공동체로 맺어 주는 큰 역할을 했다. 안승덕은 동네 모든 일의 선소리를 자연 이끌었다. 농삿일을 할 때나 천막을 세우고 집을 짓고, 축사를 지을 때마다 고달픔을 잊기 위해 선소리를 불렀고, 동리 이웃들은 안승덕의 선소리를 따라 했다.

농삿꾼으로서 동네 선소리를 주도하던 안승덕이 본격적인 선소리꾼으로 나선 것은 쉰다섯 살 때부터였다.

"노래도 돈을 주고 배워야 하는데, 농사꾼인데다 배운 것도 없고 또 경제적인 여유도 없어서 제대로 배운 노래는 아닙니다. 하지만 아버지로부터 배운 가락을 바탕으로 옛날 고사와 노래책을 참고로 내 나름으로 공부를 했습니다. 동네분들의 성화에 못 이겨 선소리를 계속 이어온 것이 대통령상까지 받았으니 이젠 정말 지경다지기의 선소리꾼으로, 농사꾼으로 세상을 마감할 것입니다."

농부의 아들로 태어나 농촌을 좋아하고 농민의 삶을 사랑했던 안승덕 옹. 장손으로서 한 가정의 맥을 이어가야 한다는 우리네 가풍 때문에 다니고 학교도 못 다녔던 열네 살의 강원도 촌아이는 65년의 세월을 '상노리 지경다지기'의 선소리꾼으로, 또 농사꾼으로 살아와 어느덧 팔십을 바라보는 나이가 됐다.

부인 임정재 여사와의 슬하에 6남 2녀를 둔 안승덕 옹. 그는 이제 우리 전통 민속예술인 '상노 지경다지기'의 마지막 지킴이가 되었다. 하지만 그는 여전히 '사람 아닌 것끼리도 정을 가지며, 조화란 이치의 합리보다 정이 서로 통할 때 이루어진다'는 조선인의 정서가 배여 있는 선소리꾼으로, 아직도 청량한 목소리를 뿜어대는 '일흔아홉 살의 청년'으로 살고 있다.(글·심상곤/사진·이창성)

소리판의 만년 현역

판소리 명창 이용배

이용배

아이고 이 자슥아
저의 의열은 장커니와 늙은 어미는 어쩌라고 네맘대로 하얐느냐
너를 나서 키울 적에 특채총명이 하늘로 떠오르기로
쥐면 터질까 불면 날까 금옥같이 키웠더니
만리타국에 와서 모자영별이 웬말이냐.

아들을 사형장으로 보내는 안중근 어머니의 처절한 외침이 판소리로 울려
퍼지는 순간, 독립기념관 겨레의 집을 메운 청중들은 눈시울을 적시며 옷깃을
여민다. 이윽고 구슬픈 계면조 여성음이 멈추며 우렁찬 남성음의 우조(羽調)
가락이 안중근의 목소리를 대신한다.

오마님! 이제 불효자식은 먼 길을 떠납니다.

이 몸 바쳐 나라의 도적을 잡았으니 죽음이 어찌 두렵겠나이까

이승에서 부디 만수무강하소서.

2000년 8월 15일 오후 독립기념관, 한배민속예술단이 마련한 광복 55주년 기념 공연행사는 용담(龍潭) 이용배(李龍培, 1932년생)가 부르는 「안중근 의사전」 판소리에서 절정을 이루었다. 박동실이 지은 열사가의 이날 공연은 용담의 소리에 이어 「유관순 열사가」로 이어졌다 .

예순여덟의 나이에 자세 하나 흐트리지 않고 열사가를 열창하는 용담의 소리 마디마디에는 안의사의 영혼이 스민 듯했다. 나라를 강점한 침략자를 질타하는 분노의 소리가 쩌렁쩌렁하게 울리는가 하면, 망국의 통한을 씹는 장부의 비애가 신음처럼 가냘프게 흐른다. 특히 여순감옥으로 아들을 면회 온 안의사모친이 하늘을 우러러 절규하는 탄식가를 부를 땐 흐느끼다 못해 멈춰 버린 듯한 소리를 내어 청중들이 숨을 죽이게 했다.

그후 두 달이 채 못 된 10월 8일. 이용배는 서울 용산구 새남터성당에서 도포자락을 날리며 또다른 판소리의 한마당을 편다. 이때 열창한 판소리는 「김대건 신부전」으로 독실한 가톨릭 신자인 용담이 십여 년간 심혈을 기울여 만든 창작 판소리극이다. 순교자의 일생을 새롭게 조명한 이 작품은 1995년 명동성당에서 첫 발표회를 가진 이후 전국 성당으로부터 공연 요청이 잇따르고 있다. 용담은 새남터 공연 후 10월 27일엔 경북 왜관을 찾아 성주성당에서 또 한 차례 김대건 신부의 일생을 창극으로 펼친다.

용담은 판소리 명창으로는 드물게 일찍부터 독실한 천주교 신자가 됐다. 삼십여 년전 서울 길음동성당에서 니콜라오라는 세례명을 받은 그는 공연에 나설 때면 항상 기도하는 마음으로 무대에 선다. 마치 천주님을 향하여 큰소리로 기도를 하는 듯한 마음의 자세다. 그가 의식하는 천주님은 갓을 쓴 도포차림의 선비 모습이다. 용담의 판소리에서 가톨릭 신앙은 이렇듯 떨어질 수 없는 정신적 기둥이며, 판소리는 그에게 신앙의 연장선상에 있다. 그의 또다른

새남터성당에서 「김대건 신부전」을 열창하고 있는 이용배 명창. 이 작품은 1995년 명동성당 공연 이후 전국 성당으로부터 공연 요청이 잇따르고 있다.

판소리 역작도 천주신앙에 바탕을 둔 「이누갈다전」이다. 이누갈다는 국내 천주교에서 성녀로 받드는 순교자인데 김대건과 함께 용담 창극의 이대 복자(福者)에 들어가는 인물이다.

안중근-김대건-이누갈다로 이어지는 판소리 주인공의 가톨릭 인맥은 용담의 신앙심이 구축해 놓은 것이다. 평상의 모습을 봐도 용담은 가톨릭 신부 같은 인상을 준다. 훤칠한 용모에 후리후리한 체격, 그리고 넥타이를 매지 않은 검은 옷 차림은 판소리 명창이라는 인상을 떠올리기가 어렵다. 색깔 있는 와이셔츠를 즐겨 입는 그는 넥타이 대신 장난감 같은 목각 하회탈을 목에 걸고 다니는데 언뜻 봐선 신부가 좀 멋을 부린 인상이다.

용담의 창작 판소리에 저항체질의 주인공이 주류를 이루는 것은 그의 출생 내력과도 무관하지 않다. 1932년 전남 해남에서 이용배를 낳은 그의 부친은 일제에 항거한 독립운동가였다. 어려서부터 일경(日警)의 감시 속에 자라다 보니 자신도 모르게 저항기질이 생겼는지도 모른다. 전남 소흑산도에 피신중이던 아버지가 끝내 광복을 보지 못하고 세상을 떠나는 바람에 소년 이용배는 홀어머니 밑에서 근근히 중등교육을 마친다. 1947년 어렵사리 해남중학교를 마친 그의 가슴엔 항상 떠나지 않는 하나의 원망(願望)이 있었다. 그것은 창극단에 들어가 소리를 하는 것. 까까머리 중학생 때 해남 가설극장에서 조선 창극단의 공연을 보고 느낀 감동이 그의 뇌리에서 떠나지 않았던 것이다.

입장료를 낼 형편이 못 돼 가설무대(포장 걸립)의 개구멍으로 들어간 그가 들킬까봐 조마조마하면서 처음 본 것은 이름을 알 수 없는 창극이었다. 어린 마음에 특히 감명을 받은 것은 나이 지긋한 남자가 구성진 목소리로 불러제끼는 희한한 노랫말이었는데 동네 사랑방에서 가끔 듣고 자신도 모르게 흥얼거리던 그 소리, 그것이 판소리라는 것을 이때 처음 알았다. 그리고 그것을 잘하면 수많은 사람으로부터 우뢰와 같은 박수를 받으며 열광의 대상이 된다는 것도 알았다.

꿈 많은 소년 이용배가 겪은 가설무대의 체험은 큰 충격이었다. 진짜 소리꾼이 부르는 진짜 판소리를 들은 것이다. 그것은 사랑방에서 들은 풋내기의 소리가 아니었다. 용배는 그 오묘한 소리를 본격적으로 배우고 싶은 생각이 간절했다. 그 동안 귀동냥으로 주위 들은 소리를 멋대로 흥얼거렸지만 그것이 제대로 된 소리인지 아닌지를 분간할 길이 없어 답답하기만 했다. 그는 마침내 중대결심을 한다. 가설극장의 개구멍으로 들어가 구경만 할 것이 아니라, 이제는 정문으로 들어가 소리선생을 만나서 진짜 소리꾼이 되리라고.

"목포 평화극장에서 김연수 선생(金演洙, 오정숙 스승)이 「취련송」을 공연한다는 소문을 듣고 그곳을 찾아가 입단시켜 달라고 통사정했지요. 판소리를 배우겠다고 했더니 입단은 안 시켜 주고 그곳에 있던 명창 한인섭 선생이 소리라면 임방울이 최고라는 말만 해주었어요. 지금 생각하면 열일곱 살 시골뜨기로 세상물정에 어두웠던 나에게 귀중한 정보를 제공해 준 그분이 고맙기만 합니다."

당대의 명창 임방울과의 인연을 회고하는 이용배는 반세기 전(1949년) 목포에서 처음으로 이름 석 자를 알게 된 평생의 스승을 떠올리며 지긋이 눈을 감는다. 그는 임방울의 소재를 수소문하여 그 길로 전남 송정리 가설무대를 찾아간다. 당시 임방울은 유랑극단을 만들어 고향인 송정리에 근거지를 두고 전국을 돌며 흥행사업을 하고 있었다. 당시 국악인 공연단체는 통칭 협률사(協律社)로 불렸는데 임방울 극단이 가장 유명했다. 변변한 공연장이 없어 주로 가설무대를 이용했지만 서민의 해학과 애환을 담은 그의 판소리는 압제에 시달린 민중의 심금을 울리는 마력이 있었다.

이용배는 목포 가설극장에서 이미 통사정의 실전경험을 쌓은 뒤라서 어느 정도 마음의 준비를 하고 임방울 극단을 찾아간다. 허름한 한옥이었지만 전화기·책상 등 그런대로 사무실 구색을 갖추고 있었다. 임방울의 첫인상은 키가 작고 왜소했지만 안경 너머로 보이는 눈매가 매서웠다. 용배는 넙죽이 큰절을 올리고 높으신 명창어른을 찾아온 뜻을 찬찬히 밝혔다. 그러나 명창의 개구일성(開口一聲)은 뜻밖에도 퇴짜말이었다.

"이눔아, 소리는 아무나 배우능게 아녀."

용배 소년은 놀랐다. 갸름하고 작달막한 체구의 명창의 입에서 그런 큰소리가 나올 줄은 상상도 못했기 때문이다. 그렇다고 간단히 물러설 용배가 아니었다. 해남에서 목포로, 목포에서 송정리로 없는 노자 다 털어가며 찾아왔는데 그대로 돌아간다면 어렵사리 차비를 마련해 준 어머니를 뵐 낯이 없다. 돌아갈 여비도 없으니 거지꼴이 안 되기 위해서도 주저앉는 수밖에 없었다. 울먹이는 목소리로 거듭 조르는 소년을 물끄러미 바라보던 임방울은 상대가 쉽게 물러설 것 같지 않다고 느꼈던지 슬그머니 말을 바꾸었다.

"무얼 익혔는지 소리 한번 혀봐."

용배는 이때다 싶어 마음속에 숨겨 두었던 소리 하나를 떠올렸다. 그 곡은 임방울이 애창하는 춘향가의 「쑥대머리」였는데 용배는 임방울의 대표곡이자 그의 별명이 '쑥대머리'라는 것을 목포에서 익히 듣고서 약간의 연습을 해 두었던 것이다. 들은 풍월로 송정리행 열차에서 몇 차례 흥얼흥얼 해본 것이 요긴하게 쓰여지게 된 것이 기쁘기만 했다. 평소에 귀동냥으로 익힌 것이 효험이 있기를 바라며 넉살좋게 한마당 불러제끼기를,

쑥대머리 귀신 형용. 적막 옥방의 찬 자리에 생각나는 것이 임뿐이라
보고 지고 보고 지고 한양낭군 보고지고.

까까머리 어린애가 당돌하게 자기의 십팔번을 부르는 것이 마음에 들었던지 임명창은 아무 말없이 고개를 끄덕였다. 그리고 수하사람을 불러 저 애에게 묵을 곳을 찾아주라고 일렀다. 그 말을 듣는 순간 이용배의 눈에는 눈물이 핑 돌았다. 시골뜨기 수험생이 드디어 시쳇말로 하면 명문 음악학원 오디션에 통과된 것이다. 명창 임방울과 예비명창 이용배의 사제관계는 이런 사연 속에서 1949년부터 시작된다.

임방울 문하에 든 것만 해도 이용배에겐 일생일대의 영광이었다. 더구나 당대 최고의 명창이 자신을 직접 낙점했다 싶으니 소년의 의기는 더욱 충천했

다. 우선 어머니에게 기쁜 소식을 편지로 전하고 소리 배우기를 시작할 날만 고대했다. 그런데 열흘이 금세 지나고 한 달이 또 흘렀건만 스승님은 얼굴조차 보기 힘들었다. 쏟아지느니 잔심부름이요, 떨어지느니 선배 단원들의 핀잔이었다. 무대에 서는 것은 꿈도 못 꾸고 일만 하다가 골아떨어져 새우잠을 자기가 예사였다. 가장 큰 고역은 이곳저곳을 옮겨 다니는 유랑극단의 짐을 싸는 일이었다. 이듬해 6·25전쟁이 터진 뒤부터는 피난 보따리를 싸는 일만 하다가 극단이 해체돼 뿔뿔이 흩어지기도 했다.

유랑극단 시절 청소와 밥짓기 등 온갖 궂은일은 쫄대기 이용배에게로만 돌아왔다. 고달픈 막둥이 노릇 일 년이 끝나면 그토록 바라던 소리수업이 있을까 기대했지만 허사였다. 후배가 생긴 또다른 한 해 한해도 덧없이 흘러갔다. 이 년 동안 무대에 서 본 경험이라고는 소리 한 번 제대로 못내 보는 춘향전의 단역에 불과했다. 내가 부엌떼기나 하고 잔심부름을 맡으려 창극단에 들어왔단 말인가 생각하니 한숨이 절로 나왔다. 실의에 빠진 용배에게 마침내 잠재된 저항기질이 발동하기 시작했다. 임방울의 협률사를 떠나기로 결심했다.

입단한 지 이 년이 가까운 어느 날, 용배는 마음을 단단히 먹고 하직을 고하려 스승의 처소를 찾아간다. 이제 협률사를 떠나 고향으로 내려가겠다는 소년의 인사말을 묵묵히 듣던 임방울은 노잣돈을 주겠다는 듯 주머니를 뒤적이며 가까이 오라고 손짓한다. 용배는 그 동안의 고생한 것으로 치면 당연히 받을 만한 대가라 싶어 스승 앞으로 다가간다. 그런데 이게 웬일인가. 임명창은 노잣돈을 주는 대신 청천벽력 같은 호통과 함께 소년의 따귀를 호되게 후려친 것이다.

"네 이놈. 고걸 못 참아 떠나겠다구 내 앞에서 뇌까려? 나도 유성준(劉成俊) 스승님한테 매맞고 배웠느니라."

임방울 스승한테 두번째 듣는 호령이었다. 그것은 일 년 전 입문을 요청했을 때 들은 것과는 비교가 안 되는 불호령이었다. 그 호령은 임명창이 문하에 정식 학습꾼으로 받아들인다는 신호이기도 했다. 소년은 얼얼한 뺨을 어루만

질 생각도 못하고 쥐구멍이라도 찾아 도망치듯이 스승의 방을 나왔다. 부끄럽고 후회스러웠지만 내심 한편으론 쾌재를 불렀다. 스승이 자신의 뺨을 때린 의미를 알았기 때문이다.

동요하는 제자에게 한 번 본때를 보인 스승은 이튿날부터 정식으로 소리를 배우게 했다. 일주일에 한두 번 직접 지도에 나설 때는 무섭게 다그쳤다. 직접 북을 잡고 장단을 맞추다가 조금이라도 소리가 빗나가면 인정사정없이 북채가 날아왔다. 정한 날짜까지 정한 곡목을 제대로 익히지 못하면 벼락이 떨어지기 때문에 밤을 새워서라도 연습을 끝내야 했다. 이때부터 삼 년 동안 임방울 문하에서 치른 혹독한 수련은 오늘의 명창 이용배가 있게 한 바탕이 되고 있다. 당사자는 당시의 피나는 수련을 이렇게 회고한다.

"하루에 다섯 시간도 자기 힘들었어요. 밥만 먹으면 소리를 했으니 하루에 열다섯 시간은 족히 연습했을 겁니다. 스승님은 소리 이외의 목소리를 일절 내지 못하게 해서 말을 할 때도 조심해야 했습니다. 그분 앞에선 숨을 죽이는 것이 버릇처럼 됐지요. 판소리는 어느 정도 기초가 잡히면 혼자 공부하는 독공(獨工)에 들어가야 하는 데 나는 전남 대흥사를 찾아 백일 수련을 했습니다. 마침 전쟁중이라서 공연을 못했기 때문에 독공을 하기엔 안성맞춤이었지요. 마침내 스무 살에 득음(得音)을 하여 청구성(淸口聲; 힘차고 윤기가 흐르는 소리)을 내게 되었습니다."

그런데 이용배는 무슨 연유 때문인지 천신만고로 들어간 임방울 문하를 오년 만에 떠난다. 그것도 정식 하직인사를 하지 않고 도망치듯 나와 버린 것이다. 스승한테 뭔가 섭섭한 게 있었던 모양이나 당사자는 그 부분에 대해 입을 다물고 있다. 스물세 살 되던 해 박녹주(朴綠珠, 여류명창 1906-1979)가 이끌던 국극사로 소속을 바꾼 사실만 밝힐 뿐이다. 홀대 때문이었을까? 여자문제 때문이었을까? 그 사연을 이야기해 줄 수 있는 주변사람은 이미 세상을 떠났거나 만나기 어려운 처지에 있다. 동문수학한 학습꾼으로 광주에서 활약한 김오채와 청계천 농악으로 유명한 황재길이 있으나 두 사람 다 행방이 묘연하다.

이십대 청년 소리꾼이 된 이용배는 일 년 만에 옛 스승을 찾아가 머리를 조아렸다. 이때 임방울은 상대가 이미 자기 곁을 떠난 남의 사람이라고 생각했던지 옛날처럼 불호령이나 역정을 내지 않았다. 매우 담담하게 자신을 저버린 옛 제자를 대했다. 이 고얀 놈 하는 호된 꾸지람을 당할 것을 각오했던 이용배에게 던진 말은 "잘해 봐"라는 짧은 한 마디뿐이었다. 그 말은 어떤 호통을 듣는 것보다도 고통스러운 것이었다. 그는 그 용서 아닌 용서가 평생의 짐이 돼 칠순이 가까워서도 옛 스승을 이야기할 때면 몸둘 바를 모른다.

용담의 표현대로 용서를 잘해 주시는 임방울은 그후에도 옛 제자에게 인생에 대한 가르침을 아끼지 않았다. 두 사제가 주로 만난 곳은 서울 흑석동의 방일영 조선일보 회장 자택이었다. 당대의 풍류객으로서 국악을 좋아하던 방씨는 임방울을 깍듯이 모시며 집안에서 국악잔치를 자주 벌였다. 한갑택(거문고), 한규화(대금), 정철호(아쟁) 등이 임방울·이용배와 함께 단골로 초빙되는 국악인이었다. 이곳을 드나들며 용담은 옛 스승으로부터 소리가 아닌 예술가의 길을 많이 배웠다. 그에겐 임명창과 다시 만난 사오 년이 제2기의 인생 수업기였던 셈이다. 이 시기 이용배가 임방울의 문하생 자격이었는지, 아니면 임방울과는 독립적인 관계였는지는 분명치 않다. 그러나 지금도 용담이 인생관이나 예술혼을 말할 때는 임방울이라는 스승의 이름이 빠지지 않는다.

"선생님은 젊은 국악인인 나에게 여성에 대해 처신을 잘해야 한다고 자주 강조했습니다. 그분도 여성편력이 좀 있었지만 소리꾼치고는 키가 훤칠했던 나에게 여성 팬이 많았던 것을 우려해서였지요. 그분의 지론은 가는 여자 잡지 말고, 떠난 여자 다시 보지 말라는 것이었어요. 특히 소리꾼은 만인의 애인이어야 하지 한 사람의 애인이 돼서는 안 된다고 당부했습니다."

용담이 소리꾼 인생을 걸어오면서 임방울의 가르침을 철저히 지켰는지 모르지만 결혼을 늦게 한 것만은 사실이다. 청년기는 독신으로 보내고 중년인 마흔 고개에 들어서서 노총각을 면했다. 부산의 한 성당에서 열여섯 살 연하인 부인 안영순과 혼례를 치른 것이다. 그녀는 독실한 천주교신자로서 수녀되는 것이 꿈이었으나 용담을 만난 뒤 인생의 진로를 바꿨다. 맏딸 선(善, 1973년생) 과 아들 중경(中慶, 1976년생)은 아버지가 일흔이 가까운 나이인데도 아직 대학생이다. 방송대학을 나온 딸은 아버지의 뜻을 따라 중앙대학교 국악과에 편입하여 가야금을 배우며 박귀희(朴貴姬, 인간문화재)의 지도를 받으며 국악 2대를 이어가고 있다. 그는 2000년 10월 새남터성당에서 아버지가 판소리 「김대건 신부전」을 공연할 때 가야금 병창을 불러 청중의 시선을 끌었다.

병약했던 임방울은 용담이 다시 만난 지 육 년만인 1960년 전남 김제에서 공연중 포장 걸립마당에서 쓰러진 뒤 다시 일어나지 못했다. 그는 이듬해 3월6일 서울 초동 자택에서 쉰일곱으로 짧은 생애를 마감했다. 급보를 받은 용담은 서울 수도극장(현재 스카라극장) 뒤 상가에 달려가 빈소에 엎드렸으나 '쑥대머리'의 매서운 호통이나 자애스런 스승의 목소리는 다시 들을 수 없었다. 영정을 바라보는 순간, 젊은 혈기에 문하생의 도리를 못 지킨 죄과가 떠올라 눈물이 앞을 가렸다. 그때 그의 가슴에 새겨진 스승의 얼굴은 뺨을 때리며 제자를 닦달하던 모습이 아니라 차분하게 인생을 가르치던 자상한 모습이었다.

여기서 짚고 넘어가야 할 것이 있다. 용담이 과연 임방울의 수제자였느냐하는 점이다. 국악계에서는 이용배를 임방울의 수제자로 보지 않는 시각이 만만찮다. 수제자로 보기엔 그의 문하에 있었던 오 년이라는 기간이 너무 짧았기 때문이다. 더구나 용담은 막판에 스승을 등지고 떠나는 배은망덕을 저질렀다. 그런 연유인지 임방울은 생전에 "나는 제자 복이 없다"고 입버릇처럼 말했다고 한다. 천이두(千二斗)가 쓴 『천하명창 임방울』을 보면 임명창에겐 변변한 제자가 하나도 없었다고 쓰고 있다. 이와 관련하여 그를 그림자처럼 따르며 임종까지 지켰던 고수 주봉신(朱奉信)은 임방울의 소리는 제대로 받기가 힘들다고 술회한다. 이 말은 임방울이 후계자로 지목할 만한 탁월한 재

이용배 명창의 판소리에서 가톨릭 신앙은 정신적 기둥이며, 판소리는 그의 신앙의 연장선상에 있다.

목을 못 만났다는 의미와 함께 제자를 가르치고 수용할 만큼 그가 너그럽지 못했다는 뜻도 담겨 있다. 그 두 가지 의미 중 용담이 해당되는 사항은 어느 것인지 아는 사람은 임방울뿐이다.

여하튼 용담은 임방울의 문하를 나와 독자적인 길을 걷는다. 박녹주국극단에 들어간 지 일 년반 만에 열녀화(花) 주역을 맡는다. 그후 「만리장성 도원장수」로 스타덤에 오르고 「더벅머리 원앙성」 등 삼십여 편의 화제작에서 주연을 맡아 전국적인 명성을 얻는다. 만일 그가 임방울 문하에 계속 머물러 있었다면 스승의 화려한 명성에 가려 제 빛을 발휘하지 못했을지도 모른다. 용담이 임방울 캠프를 뛰쳐나온 것은 그런 계산이 작용했을 것이라는 추측이 가능하다. 그런 측면에서 본다면 용담은 예가(藝家)의 전통적인 사제관계를 지키지는 못했어도 인기를 관리해야 할 예술인으로선 매우 현실적이고 진취적이었다고 할 수 있다.

공연무대에서 어느 정도 성공을 거둔 용담은 그 즈음 국악 보급에 관심을

갖는다. 유랑극단 생활도 신물이 날 뿐더러 창극이나 국극에 대한 일반인들의
관심이 영화나 방송연예로 옮겨지면서 새로운 변화를 모색한 것이 1968년부
터 1985년까지 십칠 년간의 부산 생활이다. 사십대 장년이 된 그는 이곳에서
아내를 맞아 가정을 이룬 다음, 국악의 불모지인 영남에 판소리의 혼을 불어
넣는 일에 앞장선다. 그는 자신의 그런 활동상황에 대해 전라도 판소리로 경
상도 때긴다로 표현한다. 언론사의 도움을 받아 무료 국악강좌를 개설하는 한
편, 방송 출연과 대학 강좌에 열성을 보인다. 단골로 출연한 부산MBC의 협조
를 받아 국악사랑운동을 일으켜 동호인 단체를 경주·창원·산청 등 지방도

공연을 앞두고 분장실에서. 그는
국내외에서 국악 인구 저변 확대
를 위해 많은 공연과 강좌를 개최
하였다.

시로 확산시켜 나간다. 국악 발전을 위해선 젊은이들의 호응이 필요하다고 판단한 그는 부산대학·한성여대·부산여대 등 여러 대학에 출강하여 국악인구의 저변확대에 힘쓴다.

부산의 객지생활이 뿌리를 내리면서 용담은 눈을 다시 해외로 돌린다. 1993년 12월부터 이듬해 2월까지 일본 백제문화제에 참가하여 국악강좌를 하고, 이듬해 4월부터 6월까지는 미국과 캐나다를 돌며 뉴욕, 워싱턴, 토론토, 몬트리올 등에서 교포를 상대로 공연을 갖는다. 특히 6월 23일 앵커리지에서 열린 한인성당 건립기념 공연 때는 많은 외국인 신도들로부터 갈채를 받는다. 용담은 판소리의 독특한 음악성이 해외에서 인정받는 것에 큰 보람을 느낀다. 1997년 6월엔 도쿄 노가쿠 국립극장에서 한국의 전통가락을 보여주고, 대만에서 개최된 중화민국 건국 71주년 기념행사에 한국 예술단 단장으로 참석하여 국악을 통한 예술 외교를 펼친다.

용담의 이러한 화려한 대외활동은 임방울과 매우 대조적이다. 물론 시대적인 배경이 다르긴 하지만 고지식하게 전통적인 판소리만으로 민중의 가슴속을 파고 들었던 임방울의 예술세계에 비하면 용담의 활동상은 매우 적극적이고 진취적이었다고 말할 수 있다. 특히 그는 창작에도 전념하여 국극 형태의 새로운 창극을 개발했다. 「김대건 신부전」「이누갈다전」 등 독특한 가톨릭 계열의 판소리가 그것이다. 학계의 도움을 받아 하회탈극의 원형을 보존한 것이나 제주도의 농요를 발굴한 것도 그의 공로에 속한다. 최근 그는 충북 진천에 국악전문학교를 세우는 준비작업에 바쁘다. 부산에서 사귄 사업가의 도움으로 학교 부지를 마련하고 교수 진용까지 거의 짜 놓았다.

"판소리는 제대로 된 선생한테 배워야 해요. 명창 몇 사람이 후계자를 양성하는 식의 사(私) 교육으로는 올바른 국악인을 키울 수 없지요, 국립 국악학교가 있지만 궁중 제례악(祭禮樂)에 치우치고 있으니 한심합니다. 내가 세우는 학교에선 민중의 가슴에 와 닿는 살아 있는 국악을 가르칠 것입니다."

용담의 판소리 기량에 대해선 보는 눈이 제각각이다. 한양대 권오성 교수는 소리의 이면에 맞게 색다른 바디로 판소리의 눈대목을 잘 부르는 국악인으로 평가한다. 한국국악협회 김성림 이사장은 감정 처리가 풍부하고 소리세계의 폭이 깊은 것으로 용담의 특징을 말한다. 대부분의 국악인들은 그가 자기 소리의 완성을 위하여 스스로 채찍질을 하고 자기만의 소리세계를 개척한 집념의 소리꾼으로 인정하고 있다. 그러나 일부의 곱지 않은 시선도 있다. 문학과 음악이 만나는 판소리의 특성을 도외시하고 소리꾼이 사설을 창작하는 것은 미덥지 않다는 것이다. 그런 시각 때문인지 정부는 아직 그에게 인간문화재의 타이틀을 주지 않고 있다.

용담도 명창 소리를 듣긴 하지만 스승인 임방울에 못 미치는 것은 사실이다. 기량에서 그렇고 명성에서 또한 그렇다. 그러나 투철한 예술혼이나 국악 발전을 위한 공로로 본다면 임명창에게 뒤질 것이 없다. 그 점이 바로 오늘의 용담이 있도록 하는 밑바탕이 되고 있다. 지금도 그는 평생 학습꾼을 자처하며 이른 아침이면 정능 계곡을 찾아 목풀이를 한다. 이른바 발성연습을 하는 것이다. 연령을 초월한 그러한 집념이 없다면 판소리 명창 이용배의 스토리가 글로써 나타나기 어려웠을지도 모른다.

용담의 예술가적 기질은 임방울과 닮은 데가 많다. 정통 국악인으로서 자긍심이 대단했던 임명창은 공연사례비를 받는 것을 매우 마땅찮게 생각했다고 한다. 용담의 회고에 따르면 그는 사례금을 전달하는 자세가 조금이라도 정중하지 못하면 내가 돈에 팔려 왔느냐고 일갈하며 돈봉투를 땅바닥에 내동댕이치는 꼬장꼬장한 기질을 보였다는 것이다. 그런 임방울의 영향 때문인지 용담도 돈문제에 대해선 매우 초연하다. 그는 소리의 재능이 있다면 천하를 얻은 것과 다를 것이 없는데 돈까지 갖고 있다면 다른 사람은 무얼 먹고 사느냐고 청빈론을 펼쳤던 스승의 이야기를 자주 떠올린다.

용담은 환갑이 넘어서 처음으로 미아리에 열다섯 평짜리 연립주택을 마련했다. 그것도 부인이 성당에서 사귄 친구의 언니가 싼값으로 넘겨 줘 오천만 원 융자를 받아 사들인 집이다. 이 집안 마루엔 플래스틱 쌀통이 하나 있는데

이용배 명창은 아침마다 정능 계곡에 올라 소리연습을 하곤 한다. 그의 매력과 장점은 재야 국악계에 머물며 독야청청하려는 데에서 나오는 것인지도 모른다.

용담은 오래 전부터 그것을 손으로 두드려 보는 습성이 있다. 쌀통에서 빈 소리가 나면 그것은 어디로 소리를 하러 나가야 한다는 신호를 의미한다. 가장으로서 쌀통을 채워 줄 돈을 벌기 위해 소리판을 차려야 한다는 것이다. 소리값이라야 기껏 몇 십만원 정도지만 일단 쌀통을 채울 수 있는 값으면 더 이상 바라지 않는다. 그에겐 필요한 것은 정능 뒷산에 올라가 소리연습을 할 수 있는 마음의 여유일 뿐이다.

용담의 직설적인 독설도 임방울과 많이 닮았다. 임명창은 입버릇처럼 배가 부르면 소리가 안 나와라고 말했다는데 용담은 한술 더 뜬다. 스님과 성직자와 예술가는 배가 고파야 한다는 것이다. 그러면서 엉뚱한 놈들이 돈을 번다고 알듯 모를 듯한 분노를 터뜨린다. 사이다만 좋아한 임방울과 달리 그는 술과 담배를 매우 즐긴다. 목소리가 생명인 소리꾼에게 문제가 없겠느냐고 물으면 "득음한 다음엔 괜찮아"라고 일소에 붙인다.

내친 김에 박동진(판소리 인간문화재)이 밝힌 수련 기간중의 똥효험론을 들어 그것을 복용해 봤는지 체험 여부를 묻자 미쳤나? 그 더러운 것을 왜 먹어 라고 일갈한다. 소리를 배우는 어린 딸을 장님으로 만드는 「서편제」의 잔인한 부정(父情)에 대해서도 펄쩍 뛴다. 창극을 제대로 하기 위해선 표정이나 움직임을 봐야 하는데 눈이 멀어서야 어떻게 제 소리를 내겠느냐는 것이다.

명창 이용배에겐 아픈 데가 하나 있다. 그의 관록에 걸맞지 않게 판소리 인간문화재로 아직 지정받지 못한 것이다. 좀 아픈 곳을 건드렸는가 싶어 조심스러워하는 상대에게 보내는 그의 답변은 매우 단호하다. 한마디로 싫다는 것이다. 진심 여부를 재확인하려 하면 신경질적인 반응을 보이며 문화정책 비판론으로 답변 내용이 비약한다.

"정부당국의 전통예술 보호정책에 문제가 많아요. 인간문화재 지정 요건 중 이 년 안에 후계자 두 명을 양성해야 한다는 의무규정이 있는데 말도 안 됩니다. 판소리를 제대로 익히려면 십 년도 모자라는데 이 년 안에 무슨 수로 후계자를 키우겠어요. 전주대사습 등 명창대회도 겉치레에 흐르고 있습니다. 국악을 망치는 것은 바로 명창대회입니다."

용담은 판소리의 여성화에 대해서도 불만이 많다. 그의 지론에 따르면 판소리는 여성에겐 맞지 않는다는 것이다. 기라성 같은 여성 명창들이 들고일어날 주장이지만 그는 조금도 물러설 기색이 없다. 소리엔 음(陰)과 양(陽)이 있는데 남자는 두 소리 모두 가능하지만 여성은 음만 가능하다는 것. 과거 8대 명창이나 5대 명창에 여성이 들어 있었느냐고 반문하며, 문화정책 당국자들이 판소리의 기본을 망각하고 있다고 개탄한다. 용담의 지론이 정당한지 여부는 문외한으로서 판단이 안 서지만 상당한 설득력을 갖는 것은 사실이다.

용담의 주장에 의미를 부여하기에는 불행히도 그에게 껄끄러운 몇 가지가 있다. 판소리 입문 후의 행적이 뚜렷하지 않고 국악계에서 그를 인정하는 사람도 많지 않은 것이다. 어려서 명창 임방울의 문하를 뛰쳐나온 것도 그렇고, 그가 작사 작곡한 몇 개의 창극이 아직 국악계에서 공인을 못 받고 있는 것도 그렇다. 자신은 상당량의 민요를 채집한 것으로 주장하고 있지만 체계있게 정리된 결과물이 학계에 아직 보고되지 않고 있다. 그러나 당사자는 그것을 의식하지도 않으며 그런 국악계의 태도를 문제 삼으려 하지도 않는다. 제도권 국악인으로 활약하기 위해선 아무래도 국악계의 협조가 필요한데 그는 타협할 생각이 조금도 없다.

용담의 매력과 장점은 재야 국악계에 머물러 독야청청하려는 의지다. 누가 뭐라 하든 자기의 길을 가고 있으며, 또 그것을 굳이 내세우려 하지도 않는다. 남들이 알아주기를 바라지 않고 자기만의 길을 꿋꿋이 걸어가고 있는 것이다. 임방울의 수제자라면 어떻고 또 그것이 아니라 한들 무슨 대수인가 하는 것이 그의 기본 생각이다. 그는 어려서 임방울을 흠모하여 그 문하에 들어갔고 하릴없이 오래 머물다 보니 지루해서 그 문하를 뛰쳐나왔는지 모른다. 명창 임방울을 큰스님의 상좌처럼 임종 때까지 모셨으면 그의 전기에 이름 석자라도 남겠지만 그가 택한 길은 그보다 넓은 자신만의 길이었다. 좋아하는 소리를 마음껏 부르며 천하를 주유하는 것이 인간 이용배에겐 더욱 살맛나는 일이었을 것이다.

용담은 소리꾼으로는 드물게 창작활동을 한다. 서양음악으로 치면 작사와 작곡뿐만 아니라 연주(가창)까지 맡는다. 그의 작품세계는 「김대건 신부전」 등 천주교뿐만 아니라 「사명대사전」 등 불교계도 아우른다. 1인3역을 하는 것이 전문화 시대의 역할분담 원칙에 어긋나지 않느냐는 회의론을 그는 받아들이지 않는다. 그것은 능력의 문제라면서 자신은 소리와 창극을 함께하는 특이한 국악인임을 강조한다. 세상 사람들이 그 점을 알아주지 않아도 아직은 자신의 소리를 듣고 싶어하는 사람이 많기 때문에 칠순이 가까워도 목풀기 연습을 게을리하지 않는다. 이제 두 자녀가 장성하고 아내는 직장에서 돈벌이를 하니 쌀통을 두드려 보지 않아도 되는 여유가 그에겐 즐겁기만 하다.

취재사진을 찍기 위해 평창동 계곡을 찾은 용담은 굴러다니는 막대기를 하나 줍더니 그것으로 바위를 치며 장단 맞춰 한 곡조 읊는다. 그가 좋아하는 「적벽가」에 나오는 '장판대교전' 대목이다.

이윽고 삼경 지나 풍세가 일어난다
때때때 나팔소리 쿠쿵쿵쿵 뇌고치며
번개같이 달려들어 적벽에 불이야
고함쳐 외친 소리 천지가 진동한다.

말을 아끼는 용담이지만 소주 몇 잔 들어가 거나해지면 끝없는 인생역정을 펼친다. 특히 유랑극단 시절을 즐겨 이야기하는데 로맨스에 대해선 좀처럼 입을 떼지 않는다. 텔레비전를 자주 보는 듯 나는 육십년대의 서태지였다라는 시쳇말을 쓰며 은근히 왕년의 인기를 자랑하면서도 그 이상은 함구다. 젊은이들과 어울려 술잔을 기울이는 것이 즐겁다는 그는 미아리 연립주택 마루에서 가끔 소리판을 펼친다. 그러다가도 지방에서 공연 요청이 오면 언제 온단 말도 없이 훌쩍 떠난다. 용담이야말로 뜬구름처럼 떠돌던 유랑극단을 몸소 겪었던 이 시대의 마지막 소리꾼인지 모른다. 그에겐 은퇴란 없다. 소리판의 만년 현역인 그는 오늘도 날이 밝으면 목소리를 가다듬기 위해 미아리 뒷산에 오른다. 저녁엔 소주잔을 기울이며 창극의 한마당을 종이 위에 펼칠 것이다.(글·**임준수**/사진·**류기성**)

여성국극 배우
이등우

이등우

이도령은 단오날 광한루에 바람쐬러 나갔다가 춘향의 그네 타는 모습을 보고 한눈에 반해서 그날밤 춘향을 찾아간다. 이도령은 '사랑가'를 부르며 춘향의 마음을 사로잡는다.

"사랑 사랑 내 사랑이야 / 어화둥둥 니가 내 사랑이지야 / 이리 보아도 내 사랑 저리 보아도 내 사랑 / 우리 둘이 사랑타가 / 생사가 한이 있어 / 아차 한 번 죽어지면 / 너의 혼은 꽃이 되고 나의 넋은 나비되어 / 이삼월 춘풍시에 니 꽃송이를 내가 안어 / 두 날개를 쩍 벌리고 너울너울 춤추거든 / 니가 날인 줄 알려므나."

여성국극 「춘향전」에서 이도령 역으로 분해 열연하고 있는 이등우. 그는 남성 역을 훌륭히 소화해 내는 국극배우로서 주목받고 있다.

이렇게 애절한 사랑노래를 불렀는데, 오늘 같이 좋은 날 불길하게 죽는 이야기를 꺼낸다고 춘향으로부터 타박을 듣는다. 그러면서도 두 사람의 사랑은 깊어만 간다.

2000년 6월 9일부터 7월 2일까지 '한국여성국극예술협회'가 호암아트홀에서 여성국극 「춘향전」을 공연했다. 그런데 이 「춘향전」에서 이몽룡 역을 맡은 이등우(李登祐, 구명 옥천)가 사십여 년간 갈고 닦은 박력 넘치는 동편제 소리를 바탕으로 남성인 이도령 역을 완벽하게 소화해내 화제가 됐다.

여성국극 「춘향전」에서의 이도령은 그 동안의 「춘향전」에 나오는 점잖고 자신의 감정을 감추는 어른스런 이도령이 아니라, 우렁찬 목소리로 휘하 사람들을 호령하며 무대를 종횡무진 활보하기도 하지만, 현대화한 춘향이의 사랑을 차지하기 위해 가슴졸이며 상사병을 앓는 등 적극적인 춘향에게 이끌려 다니는 어린 도령이다. 아버지가 영전하여 한양으로 갈 때 따라가면서도 춘향을 못 잊어서 눈물을 찔끔거린다.

여성국극의 흥행성패는 대체로 남성역을 맡은 배우가 좌우하게 된다. 여성이 남성역을 맡을 경우에는 목소리나 동작 등 여러가지 제약을 받게 되므로 맡은 배역을 매끈하게 연기해 내기가 쉽지 않다. 이등우는 우리 국극 초기의 임춘앵처럼 남성역을 훌륭히 연기해서 남성역에 적합한 국극 배우로서 주목받고 있다.

「춘향전」을 관람한 김윤덕 전 정무장관은 이도령 역을 맡은 이등우 씨를 다음과 같이 평했다.

"박력있는 목소리와 멋진 춤사위, 걸음걸이까지도 완벽하게 남자 역할을 잘했다. 서릿발 같은 목소리로 서리와 역졸을 부르고 호령할 때라든가, 구곡간장을 녹이는 듯한 그 장엄하고도 우렁차며 또 한편으로 애끓는 판소리를 할 때면 등줄기가 서늘해졌고 객석 여기저기서 감탄사가 터져 나왔다. 이등우의 탁월한 판소리와 뛰어난 연기력은 관객을 압도하였으며, 무대를 장악했다. 그 옛날 임춘앵을 다시 본 듯하여 감회가 새로웠다. 이토록 탁월하고 보석 같

짙은 화장과 화려한 의상으로 치장한 여배우들이 애절한 판소리로 사랑을 노래하던 여성국극은 1950-60년대 많은 관객의 심금을 울렸다. 사진은 분장실에서.

은 배우가 있음으로 해서 여성국극은 크게 발전할 것이라는 믿음을 얻었다. 그 동안 침체되었던 여성국극에 생명수 같은 역할을 해준 이등우에게 아낌없는 찬사와 뜨거운 박수를 보내고 싶다."

짙은 화장과 화려한 의상으로 치장한 여배우들이 애절한 판소리로 사랑을 노래하며 1950-60년대에 관객의 심금을 울렸던 여성국극은 중장년층들에게는 지금도 아련한 향수를 느끼게 한다. 여성국극이 태동을 시작한 것은 1947년으로, 임춘앵·박귀희·김소희 등 당대의 여성 명창들이 모여「춘향전」을 공연하면서부터를 대충 그 시점으로 잡고 있다. 잘생긴 남자 명창이 있어야 이몽룡 역을 맡길텐데 마땅한 사람이 없어, 할수없이 여성이 남성역으로 분장하기로 하고 이몽룡 역을 임춘앵이 맡게 되었다. 연극이나 활동사진이 본격화하지 못했던 시절이라 이 공연은 뜻밖에 관객으로부터 호평을 받는다. 이에 힘입어 48년 5월에 임춘앵·박귀희·김소희·신숙 등이 주축이 된 '여성국악동우회'가 조직됐고, 그 다음해에 공연한 「햇님 달님」은 공연하는 곳마다 발디딜 틈이 없을 정도로 관객이 몰렸다. 여성국극이 대중예술의 총아로 발돋움한 것이다.

그전 1900년대초에는 배역들이 교대로 나가서 창을 하는 입체창이 시도되다가 창극이 시작된다. 판소리는 고수의 장단에 맞춰 창하는 사람이 혼자인데 비해 입체창은 일부분씩 맡아 하는 릴레이식 창법이다. 창극은 남녀 창자가 각각 역할을 나누어 맡으므로 훨씬 힘이 덜 들게 된다. 여성들만 출연하는 여성국극은 연극의 한 형태이면서 주고받는 대사가 판소리적 형태를 띠기 때문에 배우의 판소리 숙달은 필수적이며 가장 중요한 것이라고 볼 수 있다.

오십년대에 여성국극이 한 시대를 풍미할 수 있었던 것은 시대상황과도 무관치 않은 것 같다. 환상적이면서도 센티멘털한 사랑이야기는 6·25전쟁을 거치면서 황폐해진 대중들의 가슴속을 파고드는 달콤한 이야기임에 틀림없었다. 한을 품고 있는 애련한 판소리 가락과 멋들어진 춤사위도 서민의 정서와 일맥상통했을 것이다.

이같은 시대적 분위기와 인기를 바탕으로 여성국악동우회는 그후 몇 개의 작품을 더 공연하게 되고, 대도시의 극장에서 공연하는 작품들마다 흥행에 성공을 거둔다. 이렇게 되자 역량이 모자라는 배우들까지 너도 나도 국극단에 뛰어들어 여러 개의 국극단이 우후죽순처럼 창단되었다. 그 동안 합심하여 잘 운영되던 여성국악동우회도 유명배우를 중심으로 낭자국악단, 여성국극협회, 삼성창극단 등 여러 개의 국극단으로 분열되었다.

오십년대 국극의 레퍼토리는 야사·설화·전설을 사랑과 이별을 중심으로 재구성한 것들이 대부분이었고, 결말은 인과응보에 따른 권선징악이 주를 이루었다. 유명한 작품들은 모두 국극의 소재가 돼서 공연되었으며 나중에는 비슷한 내용으로 제목만 바꿔서 다시 공연하기까지 했다. 게다가 단체의 난립으로 적재적소의 인물찾기가 어려워 극이 부실해졌고 인기도 급락, 대중들의 관심에서 멀어져 갔다. 여성국극은 오랜 공백기를 거치다가 1990년대에 이르러 여성국극을 우리나라의 고유 공연물로 발전시켜야 한다는데 뜻을 모은 사람들이 재기를 다짐하고 일 년에 한두 편씩 공연함으로써 그 명맥을 이어가게 된다.

국극 배우가 되기 위해서는 판소리·춤·연기력 등 다양한 재능을 고루 갖추어야 한다. 그러므로 한 사람의 유능한 국극 배우가 길러지려면 많은 노력과 시간이 필요하다. 따라서 재능뿐만 아니라 탄탄한 재정적 뒷받침도 따라야 한 사람의 배우가 탄생되는 것이다. 특히 판소리를 제대로 배워서 소화해 내려면 재능이 있더라도 오랜 수련기간이 필요하다. 이 모든 것이 골고루 갖추어지기가 쉽지 않기 때문에 능력있는 국극 배우는 많지 않다. 국가 차원의 재정적인 뒷받침이 절실한 까닭도 바로 이런 점 때문이라고 국극관계자들은 입을 모은다.

이등우가 능력있는 남성역의 국극 배우로 성장하기까지는 그의 재능을 일찌감치 발견하여 적극적으로 밀어 주었던 어머니가 있었기 때문이다. 거기에다 훌륭한 스승을 만나 꾸준히 노력하면서 배운 판소리를 완벽히 소화해 낼 수 있게 된 본인의 열성이 덧붙여졌기에 가능한 일이었다.

이등우는 아홉 살 때부터 무려 이십오 년간 정통 국악인들을 스승으로 모시고 판소리를 전수받았으며, 「춘향가」「흥보가」「심청가」「적벽가」「수궁가」 등 판소리 다섯 마당을 보존·전승하는 외길만을 걸어왔다. 경상북도 경주의 비교적 넉넉한 집안에서 태어난 옥천(옛이름)은 어릴 때부터 피아노도 배우고 무용도 배우게 된다. 옥천이 아홉 살이 되자 국악을 좋아했던 어머니는 소리를 가르치는 김향란 선생에게 딸을 데리고 간다. 선생은 어린 옥천이 소리에 소질이 있다고 칭찬을 했고, 본인도 소리 배우는 것이 너무 재미있어 그 동안 열심히 했던 피아노나 무용에는 취미를 잃고 판소리만 열심히 하겠다고 결심하게 된다. 선생에게서 「심청가」「춘향가」를 배우는 한편, 따로 선생을 모시고 가야금도 배웠다.

고등학교 때는 좀더 체계적으로 판소리를 공부하기 위해 서울의 국악예술고등학교에 입학하게 된다. 그런데 여기서 일주일에 두 번씩 출강하던 중요무형문화재 박녹주 명창을 만나게 되었고, 더욱 많은 공부를 하고 싶어 하는 옥천의 열의와 뛰어난 재능을 알아본 박명창은 그를 전수생으로 받아들이게 된다. 그때부터 스승의 집으로 찾아다니며 십이 년 동안 박명창으로부터 「춘향가」「홍보가」「심청가」 등을 배웠다. 당시에 박명창은 건강이 안 좋은 편이어서 다른 제자들은 잘 지도하지 않았지만 이씨만은 항상 곁에 두고 열심히 지도하였기에 다른 제자들의 부러움과 시샘을 받기도 했다.

이등우가 오랜 침묵을 깨고 1989년에 이어 1990년에 두번째로 판소리 발표회를 갖게 됐을 때 이보형 문화재위원이 옛날을 회상하면서 격려한 글을 보면, 이씨가 어려운 환경에서도 소리공부에 전념했던 모습이 눈앞에 선하게 다가온다.

"박녹주의 소리와 이념을 이어받은 많지 않은 명창 가운데 이옥천이 있다. 이옥천이 박녹주 문하에 들어간 것은 육십년대초이다. 육십년대까지만 해도 내노라 하는 명창들이 어렵게 살던 때였지만, 박녹주 명창이 육십년대초에 고생하던 일은 우리들의 상상을 훨씬 넘고 있다. 그때 몇 안 되는 제자 가운데 한 사람이 이옥천이었다. 스승이 어렵게 살던 때라 학습환경이 좋을 리 없었다. 심지어는 셋방 이웃들의 시끄럽다는 성화에 박녹주 스승이 이옥천과 더불어 이불을 뒤집어쓰고 소리를 가르치던 일까지 있었으니 말이다. 육십년대에 관훈동·운니동·신촌 등을 전전하던 스승을 따라 이옥천이 학습하던 광경을 필자가 직접 보아서 알거니와 그때부터 이옥천은 박녹주의 소리와 이념을 정교하게 이어받을 명창으로 촉망되고 있었다."

박녹주 명창은 이등우를 얼마나 아꼈던지 자신이 못 가르치는 부분까지도 가르쳐야 되겠다는 욕심으로, 어려웠던 형편임에도 불구하고 부산에 살고 있던 박봉술 선생을 서울로 초청하였다. 이때부터 이씨는 박봉술 선생으로부터 칠 년 동안 「적벽가」와 「수궁가」를 배우게 된다.

판소리계의 내노라 하는 선생들을 모시고 배우는데다 개인적인 재능도 뛰어난 이등우는 일찍부터 국악계의 주목을 받기 시작했다. 1965년 11월 서라벌 예술대학 주최의 전국학생예술경연대회에서 성악부 1등을 차지했고, 74년 4월 문화재관리국이 주최한 제2회 전수자 평가발표회에서 2등을 차지했다. 전수자 평가발표회는 전국의 수많은 기성 국악인들도 참가한 대회였는데도 잘 알려지지 않았던 신인이 치열한 경쟁을 뚫고 2등상을 받은 것이다. 대회장에 같이 참석했던 박녹주 명창은 아끼던 제자인 이등우의 차례가 가까워지자 긴장이 되었던지 머리가 무겁다면서 갑자기 주저앉았다. 이등우는 자신의 차례가 끝나자마자 박녹주 명창을 댁으로 모시고 가느라 2등상을 수상하는 시상식에는 참여하지 못했다고 했다.

창은 박녹주 명창으로부터 배웠다. 스승의 기대를 저버리지 않기 위해서라도 그는 요즘도 야외에 나가 창 연습을 하곤 한다.

젊은 사람이 이처럼 거의 스승의 반열에까지 실력이 향상되는 등 눈에 띄게 앞서나가자 이씨에 대한 주변의 시선들이 곱지 않았다. 특히 선배들의 눈길은 부담스럽기까지 했고, 관계마저 소원해지기 시작했다. 이같은 분위기는 시간이 흐르면서 더욱 깊어갔으며 그 때문에 이씨는 외부활동을 중단한다.

스승의 기대를 한몸에 받으며 승승장구하던 이등우가 70년대 후반부터 외부활동을 자제하고 거의 칩거(?)상태로 들어가자 그의 재능을 아끼는 주변사람들이 우려감 속에 안타까움을 금치 못했다. 그들은 이등우를 설득하였다. 하지만 그는 고집을 피우며 꿈쩍도 안 했다. 인간관계의 어려움 등 세상살이가 그를 너무 옥죄었던 탓이었겠지만 주변사람들은 기회있을 때마다 그에게 다시 활동할 것을 권유했다. 그 중에서도 인간문화재인 고수 김득수 선생, 고수 김동준 선생, 대학 선배인 원한기 씨 등이 적극적으로 나섰다. 그들은 "이런 식으로 재능을 사장하는 것은 스승에 대한 보답이 아니다. 스승님은 편찮은데도 몸을 돌보지 않고 정성껏 지도해 주시지 않았던가. 선생님의 숨은 뜻이 무엇인지 잘 되새겨 봐야 한다"고 일깨우면서 "스승님이 너만을 믿고 있었는데 네가 이러는 것은 스승님을 배반하는 것"이라고 따끔하게 충고했다. 이등우는 이 충고에 퍼뜩 정신이 들었다고 한다. 지금의 자포자기 행동은 정성을 다해 가르쳐 주셨던 스승님께 보답하는 길이 아니라는 생각이 들자, 새로이 힘을 얻어 외부활동을 시작하게 된다. 그리고 판소리 공부에 더욱 열중하여 89년에는 「흥부가」를 90년에는 「춘향가」를 발표하였다.

이등우가 국극을 시작하게 된 것은 우연한 기회가 인연이 됐다. 93년 여성국극단에서 「춘향전」을 공연할 때 방자역으로 출연해 달라는 요청을 수락한 것이 그것이다. 그 동안에도 국극에 출연해 달라는 요청은 자주 있었지만 가르치는 학생들의 수업에 지장을 주면서 국극을 할 수는 없었기 때문에 번번이 거절하던 터였다. 방자역을 제의받았을 때는 마침 방학중이었으므로 수락을 했다. 연습기간은 얼마 안 되었지만 판소리에서 이미 다 익힌 것이므로 대사만 연습한 후 공연에 들어갔는데, 이 공연에서 방자역이 잘되었다고 관객으로부터 호평을 받았고, 「춘향전」도 성공리에 막을 내렸다.

이등우는 방자역과 인연이 깊다. 고등학교 시절에도 방자역을 맡았던 경험이 있기 때문이다. 국악고 시절에 학교에서 창극으로 「춘향전」을 공연한 적이 있었다. 당시에는 자기가 맡은 배역의 창만을 하는 창극은 드물었으므로 선생님들도 학생들의 창극에 별로 기대를 걸지 않았었다. 하지만 이등우가 주축이 되어 몇몇 학생들이 배역을 정해 창극 「춘향가」를 성공리에 마쳤고, 그때 방자역을 훌륭히 소화해 낸 이등우가 선생님들로부터 칭찬을 들었던 것이다.

이등우가 사실 국극을 해보고 싶다는 생각을 가졌던 것은 중학생 시절로 거슬러올라간다. 중학교에 다닐 때 우연히 임춘앵이 출연했던 국극을 보게 되었고, 남자역을 멋지게 연기하는 임씨가 너무 멋있어 '나도 크면 저렇게 멋지게 남자 역할을 해봐야지' 하고 결심을 하게 된다. 왜 하필이면 남자역을 하고 싶었을까? 이에 대해 이등우는 "위로 오빠가 둘이 있었는데 어릴 때부터 그들의 영향을 받아서인지 내 성격이 좀 남자다운 면이 있다"고 소개하고 "배운 소리가 힘찬 동편제이므로 남성 배역에 더 적합하지 않나 생각된다"고 했다. 판소리는 동편제·서편제로 구분되는데, 서편제가 소리를 아련하게 이끌어가는 여성다운 소리라고 한다면, 동편제는 우람하고 박력이 있어 남성다운 소리이다. 소리를 처음 배울 때는 구분이 필요치 않지만, 어느 정도 수련을 거친 후에는 자신에게 맞는 소리를 찾아야 한다.

방자로 성공을 거두자 이번에는 주연 남자역을 맡아 달라는 제의가 들어온다. 국극은 이등우가 원래 하고 싶었던 것이었으므로 제의를 받아들였고, 그것을 시작으로 여러 편의 국극에 출연하게 된다. 「안평대군」에서는 김진사역을 맡았었고, 윤동주 일대기인 「별헤는 밤」에서는 윤동주 역을 맡았다. 「황진이」에서는 황진이의 연인 벽계수 역을 훌륭히 해냈으며, 젊은이들이 많이 모이는 대학로에서 공연돼 인기를 끌었던 임춘앵의 일대기 「진진의 사랑」에서는 주인공 임춘앵 역을 열연했다.

공연을 마치고 단원들과 함께.

맡은 배역마다 혼신의 열정으로 임하기 때문에 이등우는 팬이 많다. 열성팬들은 같은 공연을 한 번만 보는 게 아니라 너댓 번씩 관람하는 사람들이 늘어나고 있으며, 이등우의 호를 따서 남당회 혹은 옥당회로 불리는 팬클럽도 결성돼 있고 정기적으로 모임도 갖는다고 한다. 재미있는 것은 이씨가 극중에서 남성역을 맡기 때문에 아주머니, 여학생 등 여성들이 팬이란 점이다.

이등우가 남성역을 얼마나 충실하게 했는가를 말해 주는 에피소드가 있다. 어떤 여대생이 「춘향전」 공연을 보러 왔는데, 그녀는 극중의 이몽룡에게 반해서 여러번 국극을 관람하게 된다. 그러는 중에 그녀는 그만 극중의 이몽룡

이등우는 단원들이나 지망생들에게 부단한 연습만이 여성국극의 발전을 가져온다고 강조하고 있다. 사진은 연습중인 이등우와 단원들.

을 사모하게 되었고 드디어 상사병을 앓게 되었다. 이 여학생은 마음으로만 그리워하다가 병이 깊어지자 몸까지 축나게 된 어느 날, 드디어 용기를 내서 전화를 걸었고 이등우의 연구실로 찾아와 이씨를 만났다. 그녀로부터 자초지종을 들은 이등우는 그를 제자로 받아들였고, 일주일에 한 번씩 만나 열심히 소리공부를 하면서 이제는 제자리를 찾아가고 있다고 한다. 또 한번은 몇 년 전 부산에서 「별 헤는 밤」을 공연할 때였었는데, 사각진 대학모에 망토를 걸친 멋쟁이 미남 대학생 윤동주에게 매료된 여학생들이 집단으로 분장실로 몰려와서 소동을 피운 적도 있다고 한다. 분명히 여성배우인데도 이등우가 분장한 남성 배역에 관객들이 푹 빠진 것이다.

후진 양성에 힘을 쏟고 있는 이등우는 국극의 길을 가면서 여러 어려움이 있다고 고충을 토로한다. 국극은 종합예술이라는 점에서 판소리와 연기, 춤 등 다양한 분야를 섭렵한 국극 배우 한 사람을 길러내려면 시간도 많이 걸리고 돈도 많이 드는 등 어려움이 이만저만이 아니라는 것이다. 특히 판소리를 소화해 내려면 소질이 있는 인재를 찾아내서 많은 시간과 노력을 들여야 하는데, 지망생들이 오랜 세월 동안 이를 견뎌내기는 쉽지 않다고 했다. 그러므로 문화정책지원 차원에서 수련생들이 생활하는데 어려움 없이 공부할 수 있도록 국가적 차원에서의 지원이 절실하다고 강조한다. 국극 분야에 관심있는 젊은이들에게 일정한 급료를 주면서 배우를 양성한다면 틀림없이 유능한 인재들이 모여들 것이라고 말한다. 이등우는 후진을 양성하면서 능력도 있고 열의도 있었지만 재정적으로 뒷받침이 안 돼 떠나야만 했던 제자들을 붙잡을 수 없어 무척 가슴아팠다고 했다.

여성국극이 발전하려면 이와 함께 언제든지 연습할 수 있고 공연도 할 수 있는 국극 전용의 상설극장이 반드시 필요하다고 이씨는 강조했다. 지금은 상설무대가 없어서 배우들이 설자리가 없다. 배우에게 일거리가 없는 것도 문제지만 일할 장소가 마땅치 않다는 것도 문제다. 모처럼 공연을 하게 되더라도 상설무대가 아니므로 공연 때마다 무대장치를 설치하고 뜯어내고를 반복해야 하는 번거로움에다가 그 비용도 만만치 않게 들어간다. 무대장치비·의상비 등 공연을 하기 위해 드는 비용도 엄청나다. 한 번 공연을 하게 되면 오십여 명의 배우가 필요하고 스태프까지 합치면 칠십 명이 넘는다. 상설극장이 없는 상황에서는 인적 자원 및 재정적 문제 때문에 공연을 쉽게 엄두내지 못한다는 것이다. 여러 곳으로 나뉘어 인적 자원이 분산된 국극 단체들도 하나로 합쳐 국극인들의 역량이 모아져야 국극 발전에 도움이 될 것이라는 말도 덧붙인다.

이즈음 가장 하고싶은 것이 무엇이냐는 질문에, 이등우는 본업이랄 수 있는 판소리꾼으로 돌아가고는 싶은데 남성역을 무리없이 소화해 낼 수 있는 후배가 없는 것이 안타깝다고 했다. 앞서 말했듯이 한 사람의 예술인이 길러지려면 많은 시간과 재정적 뒷받침이 필요하고 종합예술인 여성국극의 배우는 판소리·춤·연기 등을 무리없이 소화해 낼 수 있어야 한다.

판소리를 지도하고 있는 남당국악실 홍현숙 원장은 이와 관련해 "여성국극에서의 주인공은 남자역을 맡은 배우라고 생각한다. 여자가 여자역을 맡아 연기하는 것은 여자가 남자역을 하는 것에 비하면 훨씬 쉬운 일이 아니겠는가. 여성이 행동과 목소리까지 똑같게 남성 역할을 해낸다는 것은 대단히 어려운 일"이라면서 남성 역할을 무난하게 연기하는 젊은 배우들이 없는 게 여성국극 발전을 더디게 하고 있다고 아쉬워했다.(글·박인환/사진·류기성)

영원한 마임이스트

유진규

유진규

"나는 빛과 고요를 사랑합니다. 그것들을 공손하게 받아 내 몸으로 표현하고 싶습니다."

마임이스트 유진규(李登祐, 1952년생)는 어느 글에서 이렇게 썼다.

침묵 속에서 혀의 말 대신 몸짓의 말로 연기하는 마임(黙劇)을 이야기하면서 유진규를 빼놓을 수 없다. 우리네 척박한 문화계 풍토에서, 더구나 시쳇말로 별달리 알아주지도 않고 돈도 되지 않는 마임의 세계에 혼자 줄창 빠져 있는 유진규의 마임이스트로서의 철학적 자세는 그의 이 말 속에서 압축되어 있다.

춘천에서 생활하고 활동하는 유진규를 만나기 위해 서울서 경춘선 열차를

공연중인 마임이스트 유진규. 그의 연기의 화두는 언제나 '빛과 고요'이다.

타고 가는 한 시간여 동안 줄곧 따라붙는 생각. 왜 서울에서 활동하지 않고 춘천에서 살고 있을까. 문화예술을 하는 사람이라면 대부분 성취감이나 과시감이 없을 수 없다. 그것은 곧 자신의 예술적 발전과도 연결된다고 보는 측면이 있기 때문이다. 그래서 이름께나 있는 문화예술인들은 대부분 모든 문화적 시설이 집중돼 있고 사람들도 많은 서울에서 산다. 그런데 서울토박이인 그는 왜 서울을 버리고 춘천에다 자리를 잡았을까. 이런 의문이 들었던 것은, 말하자면 마임의 본질에 대한 짧은 지식과 함께 그에 대한 선입견이 너무 피상적이었기 때문이었을 것이다.

사실 유진규를 만나기 전에 가졌던, 그에 대한 지식은 피상적인 것이었음을 고백하지 않을 수 없다. 그가 '한국적 특성을 살린 마임의 개척자'라는, 어줍잖은 선입견만 있었지, 사실 그가 어떤 퍼스낼리티를 가졌는지, 또 그가 자신의 분야에서 얼마나 업적을 쌓은 인물인지를 잘 알지 못했다. 그러나 몇 차례의 만남과 그가 건네준, 그의 작품이 수록된 시디롬과 비디오 테이프 등 각종 자료들을 여러번 보고난 후 그의 모습이 다가왔다. 또 나름대로 그의 예술관을 중심으로 한 작품세계도 정리되는 듯했다.

한 가지 사실은 분명해 보였다. 유진규의 마임이스트로서의 예술관은 세속의 잇속과는 거리가 멀어도 한참 멀다는 것이었다. 뒤집어 말하면 순수성을 바탕으로 한 것이라는 것과 그에 걸맞은 순수한 인간미를 지니고 있는 사람이라는 느낌이었다.

그래서일 것이다. 그의 주변에 포진하고 있는 많은 문화예술인들도 유진규의 이러한 순수성에 이끌려 그와 오랜 친분관계를 유지하지 않는가 싶다.

유진규를 알기 위해서는 그의 성장과정에 대한 일별이 필요하다는 생각이 들었다. 작품이라는 것이 인간 내면세계 혹은 세계관이나 가치관의 표출과 일정정도 함수관계를 맺고 있기 때문이다.

그는 한마디로 서울토박이다. 초등학교-중(동성중)-고등학교(대광고)-대학(건국대 수의과 중퇴)까지를 줄곧 대한민국 수도에서 보냈다. 그의 학창생활은 겉으로 보기에는 평범했으나 내면적으로는 남다른 면이 있었다. 그의 얘기를 들어 보자.

"중학교 시절까지는 다른 학생들과 별로 다를 바 없이 생활했다고 생각합니다. 그러나 고등학교에 들어오고 나서부터는 무언가 '내 나름대로의 삶을 살고 싶다'는 강한 욕구가 생겨나기 시작했어요. 특히 자유로운 분위기에 대한 동경심이 컸구요. 이걸 지금 생각하면 연극에 대한 동경이 아니었던가 봐요. 막연하나마 연극을 해보고 싶다는 생각이 든 것은 아마 그때부터인 것 같습니다."

이렇게 상황이 변한 데 대해 유진규는 많은 이유를 들고 있으나 그 중에서도 고등학교가 자유로운 분위기를 강조하는 미션 계통의 학교라는 점을 강조하는데 인색하지 않았다.

고 3이 되자 자유로운 분위기를 강조해 온 유진규도 여느 학생들처럼 진학

문제로 갈등을 겪게 된다. 어느 학과로 갈 것인지에 대해 많은 고민을 하게 된 것이다. 본래 유진규는 창경원 근처에서 살아왔기 때문에 동물에 대해 평소 간직해 왔던 애정을 실행해 보겠다던 소박한 생각에서 수의학과로 진학하기로 잠정적으로 결정하게 된다.

마침내 유진규는 바라던 학과로 진학한 대학생이 되었고, 그는 수의사가 될 것이라는 꿈에 부풀어 있었다. 대학이라는 것이 낭만과 자유의 상징으로 익히 들어온 유진규였다. 그러나 얼마 되지 않아 대학생활도 고3생활과 별로 다를 바 없다는 결론을 유진규는 내리게 된다. 당연히 그는 갈등과 번민으로 여러 날을 보내게 된다. 수의학을 계속할 것이냐, 아니면 해보고 싶었던 연극을 해 볼 것인가.

수의학 공부를 제대로 하면 그런 대로 장래가 보장되는 듯했다. 그러나 자신이 해보고 싶었던 연극을 하는 경우는 그렇지 못한 듯했다. 그러나 자유로운 분위기 속에서 자기가 표현하고자 하는 세계를 진솔하게 묘사하는 데는 연극만한 장르가 없을 것이라는 생각이 들었다.

다니던 학교를 포기할 수밖에 없었다. 학교를 그만두고 내친김에 실험극단 '에저또'에 입단했다. 1971년말이었다. 그러나 유진규는 다시 연극과 마임 중 어느 분야가 자신의 생각이나 세계를 보다 더 잘 표현해 줄 수 있는지에 대해 며칠 밤을 뜬눈으로 고민을 하며 보내야만 했다. 연극을 하는 경우는 상대적으로 마임에 비해 세속적인 측면에서의 성공이 어느 정도 보장된다는 점도 유진규를 갈등 속에 사로잡게 했다.

그러나 세속의 잇속만으로는 그를 사로잡기에는 역부족이었을까. 그는 결심하게 된다. 자신의 생각이나 체질에 보다 잘 맞는 분야는 마임이라는 것을 …. 이후 그는 마임에 전념한다. 그 기간 그는 마임이스트가 되기 위한 기초적인 공부를 열심히 했다. 혀의 말 대신 몸짓의 말로 연기를 하는 마임의 세계에 유진규는 푹 빠져들었다.

극단 '에저또'에 입단해 약 일 년여를 보낸 뒤 유진규는 군에 입대하게 되면서 약 삼 년여의 공백기간을 가지게 된다.

　제대와 함께 유진규는 마임이스트로서의 본격적인 준비를 한다. 군 제대후 얼마 안 된 76년 5월 유진규의 첫 공연이 있었다. '육체 표현'이라는 마임이었다. 마임이스트로의 첫 데뷔 작품이었던 것이다. 이후 유진규는 80년대 초반까지 한 해도 거르지 않고 마임공연을 가지게 된다.

　몇 가지 공연 작품을 일별해 보면 다음과 같다.

　「발가벗은 광대」(77), 「동물원 구경가자」(78), 「아름다운 사람」(79), 「아름다운 사람 2」(80), 「아름다운 사람 3」(81), 「아름다운 사람 4」(82),

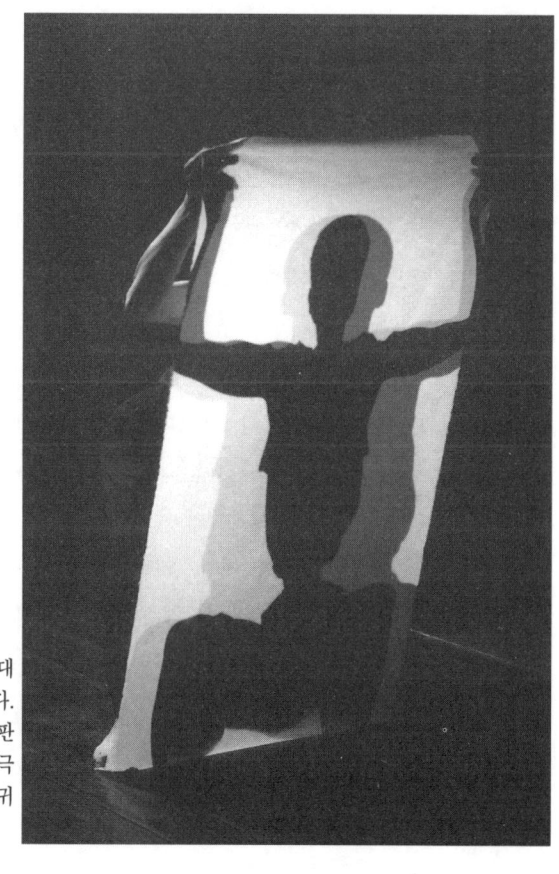

유진규는 1970년대말부터 80년대 초까지 매년 마임공연을 가졌다. 한때 회의에 빠져 낙향했다가 판토마임이 사라질 위기에 처하자 극적으로 1988년 무대에 다시 복귀했다.

「아름다운 사람 연작」(83)… 등.

유진규는 70년대말부터 80년대초까지 이처럼 매년 한 해도 거르지 않고 마임 공연을 가졌으나 항상 가슴 한편에서는 공연에 대해 깊은 회의가 일었다. 왜 그러한지 그의 얘기를 다시 들어 보자.

"무대에서 공연하는 것이 실제로 무슨 의미가 있는지 깊은 반성을 하게 됐습니다. 오히려 진솔한 모습을 표현한다는 미명하에 거짓된 행위를 관객들에게 보여주고 있는 것은 아닌지 많은 회의가 들었습니다. 자연스런 생활 속에서 진실을 찾는 게 더욱 중요하다는 생각이 저를 공연무대에서 현실세계로 돌아가게끔 했습니다."

유진규는 이때부터 약 오 년 동안 강원도 춘천시 외곽지역(강원도 신남)의 시골로 들어가 마임과는 담을 쌓는 생활에 들어가게 된다. 사실 서울토박이인 진규에게는 이러한 시골생활이 낯설고 어설프기만 했다. 그렇지만 진규는 자연에 파묻혀 소를 키우며 지내는 소박한 생활 속에서 자연의 순수함을 몸으로 배울 수 있었다. 이른바 산교육을 체험하게 된 것이다. 유진규의 '춘천행'과 관련해서는 또다른 이유가 있다. 유진규는 춘천으로 떠나기 전 서울 신촌에서 연출가이자 배우인 기국서·기주봉 형제가 운영하는 '76소극장'이라는 극단에 관계하고 있었다. 그곳에서 유진규는 또 하나의 걸출한 마임이스트인 김성구와 함께 공연을 하고 있었다. 그러나 그 극단은 심각한 재정난으로 집세를 내지 못하는 지경에 이르게 된다. 그래서 극단 가족들은 뿔뿔이 흩어져야 했다. 유진규는 아마도 이때쯤 자신의 연기에 대한 회의와 함께 서울이라는 도시에 염증을 느꼈을 것이다. 그래서 택한 곳이 춘천이었다.

그러나 춘천 부근에서 소를 키우는 축산업에 종사하고 있었지만 유진규가 마임을 완전히 버린 것은 아니었다. 그는 그곳에서 자연을 벗삼아 마임을 공부했다. 그 무렵 유진규가 그와 절친한 사이인 서울대 미대 김병종 교수에게 보낸 사신에서 그의 이러한 의지가 잘 나타난다. "서울은 나를 쫓았지만 춘천에서 나는 일어설 것입니다." 유진규는 소를 키우면서 소의 눈과 말을 맞추는 연습을 하고 있다고도 쓰고 있다. 소가 그의 동료 배우라는 것이었다. 그러다가 유진규는 다시 마임계로 돌아온다. 유진규가 없는 국내 마임계의 풍토가 너무 척박했기 때문이다.

"87년말로 기억됩니다. 공연기획을 맡고 있는 친분있는 한 인사가 찾아왔습니다. 그는 이렇게 말하더군요. '이제 쉴 만큼 쉬었고 마임 분야도 자칫 사라질 위기에 처해 있으니 다시 무대로 복귀해 마임을 살려내는 일이 무엇보다도 급선무'라구요. 그분의 말씀을 듣고 역시 많은 고민을 해야 했습니다. 작품을 위해 별로 준비된 것도 없었던 상황이었고 그렇다고, 마냥 그 제안을 거부하기에는 너무 사치스럽다는 생각이 들었습니다. 그러나 어찌됐든 마임을 하려고 마음먹었고 이왕 할 바에는 매듭을 짓는 게 중요하다는 생각에서 다시 무대 복귀를 결심하게 되었습니다."

유진규는 무대로 복귀했다. 1988년 5월이었다. 복귀와 함께 서울 세종문화회관에서 '유진규 판토마임 공연'을 가졌다. 그러나 그의 공연에 대한 평판은 좋지 않았다. 서울을 떠나기 전 마지막으로 가졌던 「아름다운 사람 연작」을 한 단계 뛰어넘는 작품 수준을 보여주지 못했다는 평가였다. 유진규는 이를 겸허히 수용해야만 했다.

88년 무대 복귀 공연에 대해 진규는 자신의 '작업수첩'에서 다음과 같이 적고 있다.

"나를 아껴주는 많은 분들이 찾아와 격려를 해주었다. 그리고 무언의 질책도 해주었다. 이것은 지난 오 년동안의 공백기간에 대한 기대감과 함께 실망감의 표시이기도 했다. (…) 나는 그 동안 해왔던 실험적인 나의 스타일을 잃어버리고, 다시 원위치인 판토마임의 기본 테크닉으로 다시 복귀하고 말았던 것이다. 십육 년전 데뷔할 때나 지금이나 변한 것이 무엇이란 말인가. 변한 것은 아무것도 없다. (…) 또다시 새롭게 시작해야 한다."

유진규는 무대 복귀 후 심정을 절절하게 위와 같이 묘사하고 있다. 세월은 지났으나 별로 작품상 더 나은 점이 없다는 점을 솔직한 심정으로 독백 형식

유진규는 90년대에 들어와 서서히 마임세계의 변화를 보여주기 시작했다. 한국의 전통적인 영혼의 세계를 작품 속에 담아내려는 노력을 하고 있다.

을 빌어 표현하고 있는 것이다.

유진규는 88년 무대 복귀 후 세 편의 신작을 보여주는데 「망령」(88)과 「머리카락」(90), 「밤의 기행」(91) 등이 주요 작품이라 할 수 있다. 이 가운데 「망령」과 「머리카락」은 자아를 잃어가거나 정신이 파멸되어 가는 인간의 모습을 잘, 그리고 구체적으로 그리고 있다는 평가를 받았다.

그러나 88년 복귀 후 유진규의 작품세계를 가장 잘 표현했다는 평을 듣고 있는 작품은 94년도에 발표된 「허재비굿」이라고 할 수 있다. 이 작품은 생명 경시 풍조와 왜곡된 성문화를 상징적으로 보여주고 있는 데 일인극 형식의 종전 마임의 틀을 깼다는 평가를 받고 있다. 특히 이 작품은 94년 유진규가 마임 전문 극단인 '유진규네 몸짓'을 창단한 후 가진 공연작이라는데 큰 의의가 있다는 데 많은 전문가들은 동의하고 있다.

유진규의 표현을 빌어 그의 작품세계의 기본적인 얼개를 알아보자. 그의 작품세계의 특징을 보면 팔십년대까지는 한국에서 살고 있는 자신을 포함한 사람들, 특히 일반 서민들의 현실적인 모습을 그려내었다고 할 수 있다. 때문에 정치적인 현실을 작품에 많이 투영시키고 있다는 평을 듣고 있다. 예컨대 「동물원 구경가자」(78), 「낚시터」(80) 등이 그러한 예의 작품에 속한다고 할 수 있다. 전자는 우리에 갇혀 생활하는 동물과 당시의 한국적 현실에서 살고 있는 서민들의 모습 혹은 힘 없는 자들의 모습이 너무나 흡사하다는 점에 착안했고, 후자는 80년 5월 광주에서의 계엄군인들의 포악한 행태를 담은 작품이라고 할 수 있다.

유진규는 당시 작품의 공연 배경에 대해 다음과 같이 설명한다.

"무엇을 이 시대를 살아가는 사람들에게 보여주며 이를 어떻게 표현할 것인지에 대해 많은 고민을 해왔습니다. 따라서 제 작품의 경우 팔십년대까지는 시대적인 상황을 그린 작품이 많이 나옵니다. 암울했던 시대, 표현에 여러가지 제약이 많았던 시대의 어두운 모습들을 작품 속에 담아내려고 많은 노력을 했습니다."

이 말 속에 내포되어 있는 것처럼 유진규는 항시 암울했던 시대의 어두운 측면들을 작품 속에 용해해 이 시대를 살아가는 사람들에게 하나의 메시지를 주려고 했던 것 같다.

그러나 유진규의 공연 작품의 근간이 되는 틀은 구십년대 들어와 서서히 변모하는 모습을 보여주고 있다. 한국의 전통적인 것을 소재로 하되 형이상학적인 세계(예컨대 영혼에 관한 것 등)를 작품 속에 담아내는 데 많은 노력을 기울이고 있다는 점이다. 요컨대 한국인의 뿌리에 초점을 맞추어 작품을 기획하고 있다는 얘기이다. 왜 이렇게 변화하고 있을까. 그에게 물음을 던져 보았다.

"국제교류 프로그램 축제 참가 및 인도·파리·뉴욕 등지에서의 길지 않은 해외연수 기간 동안 많은 것을 배우고 느낄 수 있었습니다. 특히 제가 크게 반성한 점은 지금까지 마임이라고 제가 해오던 것들이 특수한 성격을 지닌 것이 아닌 각 나라에서 해오고 있던 보편적인 것이었다는 사실에 커다란 충격을 받았습니다. 이러한 기본적인 인식에서 출발해 그렇다면 우리의 마임이 진정으로 국제경쟁력을 가지면서 살아 남을 수 있는 길은 무엇인지에 대해 진지하게 생각하는 기회를 가지게 되었습니다. 결론은 하나로 압축되었습니다. 한국적인 뿌리를 찾아내자는 것이었지요. 말하자면 한국적인 것이 세계적인 것이요 세계적인 것이 한국적인 것이라는 사실을 깨닫게 되었습니다."

유진규는 이러한 특징을 지닌 작품으로 세 가지를 들고 있다. 「허재비굿」(94)과 「몸짓여행」(97) 그리고 2000년에 공연된 「빈손」이다. 이 가운데 「빈손」은 한국의 무속적 신앙모습을 한지라든가 사물놀이·정화수향 등과 어우러지게 해 한국 서민들의 내면세계를 상징적으로 담아내고 있다는 평가를 받고 있는 작품이기도 하다.

그래서일까. 이 작품은 마임의 본고장으로 일컬어지는 프랑스(미모스 마임축제)와 독일(하노버 엑스포기념 종교연극축제) 등에서 초청을 받아 2000년 8월 공연을 가진 바 있다. 이들 두 나라가 한국의 '유진규네 몸짓'이 만든 작품을 초청한 이유는 한국적인 색채(컬러 혹은 스타일)가 물씬 묻어 있기 때문

그의 마임은 한국인의 내면세계를
상징적으로 표현하고 있다는 평가
를 받고 있다.

이라는 후문이다.

한국의 마임이스트 유진규. 우리네 문화풍토에서 아직까지는 마임이스트
로서 활발한 활동을 하기에는 너무나 환경적 제반 여건이 열악하다. 이러한
조악한 풍토에서 유진규는 묵묵히 자신의 길을 한 걸음 한 걸음 내딛고 있다.

현재 국내 마임 배우는 십여 명 선으로 알려지고 있다. 몇 안 되는 이들 마
임이스트들은 그러나 어렵고 힘든 생활을 하고 있다. 마임을 하기에는 세속적
인 어려움이 너무 많기 때문이다. 물론 유진규도 어렵다. 그러나 유진규의 얼
굴을 보면 조금도 어둡거나 구겨진 모습이라고는 찾아볼 수 없다. 왜 그럴까.

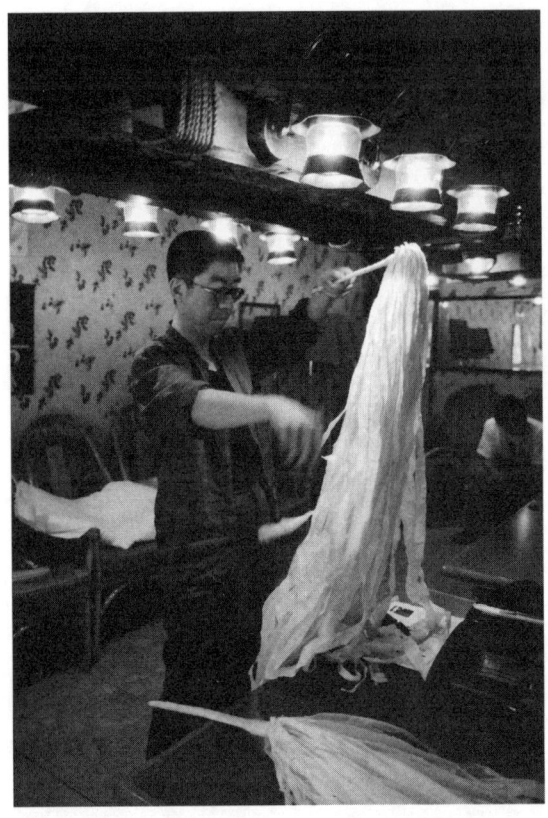

공연에 사용할 소도구들을 정리하고 있다.

그의 변을 들어 보자.

"인간의 내면에 있는 진실된 세계를 온몸을 통한 동작으로 보여주는 것은 백마디 말로 표현하는 것보다 강렬하며 호소력 또한 크다고 생각합니다. 비록 소외되고 남이 알아주지 않는 측면이 없다고 할 수 없겠습니다. 그렇다 해도 진실을 전달하는 침묵의 언어(몸짓)의 힘은 순수하며 사람들의 정신을 맑게 해주는 청량제와 같은 역할을 하리라고 확신합니다. 혼탁한 환경에서 살고 있는 현대인에게 진실되고 순수한 인간의 모습을 보여준다는 것, 그것은 돈이나 물질로 환산할 수 없는 엄청난 영향력을 사람들에게 가져다 주지 않을까요."

유진규가 연극과 함께 마임 분야에 발을 들여놓은 지도 얼추 삼십 년이 조금 지났다. 그는 83년 춘천으로 들어간 이래 아직까지 춘천에서 활동하고 생활하고 있다. 그는 춘천을 정말 끔찍이 아끼고 사랑한다. 안개와 물의 도시 춘천은 그의 마임 세계에 지대한 영향을 미쳤다. 춘천은 유진규에게 마임의 핵심인 침묵의 의미를 가르쳐 주고 있는 하나의 또다른 침묵의 도시이다.

그는 이 분야에서는 나름대로 확고한 위치를 쌓았다. 마임이스트하면 유진규라는 이름이 연상될 정도가 됐다. 그러나 아직 완료형은 아니다. 현재 진행형이다. 유진규의 마임이스트로서의 명성은 국내뿐만 아니라 국제적으로도 나름대로 인지도를 높여 가고 있다. 특히 그가 춘천에서 지난 89년부터 주관해 오고 있는 '춘천 국제 마임 페스티벌'은 유진규의 마임이스트로서의 국제적 명성이 낳은 산물이다. 그는 매년 세계 일급의 마임이스트들을 안개와 물의 도시인 춘천으로 불러들여 춘천을 국제적 마임의 도시로 가꿔 가고 있다.

그의 작품에 대한 총체적인 평가는 아직은 이르다고 할 수 있다. 그러나 현 단계에서 지금까지 그가 해온 작업의 핵심적 내용에 대해서는 이야기가 가능하지 않을까 싶다.

순수한 인간 내면세계의 표출 혹은 인간성의 회복이라는 단어로 요약될 수 있다는 생각이 들었다. 특히 근자에 들어서서는 한국적인 것이 세계적인 것이요, 세계적인 것이 한국적이라는 그 나름대로의 판단에 입각해 한국적 원형의 회복쪽으로 약간은 표현방식이 바뀌고 있다는 느낌은 들고 있지만.

유진규는 한국적인 마임의 원형을 찾기 위해 오늘도 나선다. 한국인의 뿌리와 관련되는 곳이라면 어디든지 말이다. 그러면서 한국적인 마임의 모습을 국제화시키는 데도 많은 노력을 쏟아붓고 있다.

일에 대한 그의 프로적 집념이 한국적 마임의 원형이라는 결실로 이어질 수 있는 날도 그리 멀지 않을 것이라는 기대를 유진규에게 걸어 본다.(글·김호균/사진·윤명남)

투명한 삶의 장승조각가

신명덕

신명덕

    서울 인사동은 예나 지금이나 사람들이 붐비는 장안의 명소로 이름나 있다. 지금은 주머니가 좀 넉넉한 골동품 애호가나 옛 풍류에 젖고 싶은 젊은 세대들이 많이 들락거리고, 서울에 온 외국인 관광객들이 즐겨 찾는 관광명소로 탈바꿈했지만 1980년대만 해도 이곳은 그런 여유있는 사람들의 거리는 아니었다. 한마디로 돈냄새가 풍기지 않는 소박한 곳이었다. 오히려 돈과 인연이 먼 가난한 문인이나 예술가들이 진을 치고 있는 곳이었다. 땅거미가 지면 갈 곳 없는 행려자들이 어디 몸을 뉠 자리가 없나 찾는 곳 또한 이 거리였다.

    86년 어느 날 오후. 좁은 공방에서 하루종일 나무를 깎고 쪼으는 일에 지친 몸을 이끌고 요기를 위해 인사동 거리를 나서는 깡마른 청년을 불러세우는 목소리가 꽤나 은근했다.

"야! 명덕아, 이리 좀 와 봐."

청년은 목소리의 주인공을 이내 알아보고 순간 찔끔했다. 자신을 부르는 이유를 알 만했기 때문이다. 그러나 평소에 따르고 존경하는 선배님의 말을 거역할 수 없는 일. 분부대로 다가가 인사를 하려는데 늘상 듣는 주문이 곧장 날아왔다.

"어디 가서 천원만 얻어 와라."

말이 얻어 오라는 것이지 실제는 자신의 주머니를 털라는 주문과 다름없다. 저녁밥값이 간단히 날아갈 판이라서 난감해 하는 청년에게 지폐 한 장을 슬쩍 건네주는 사람이 있었다. 평소에 낯이 익은 그는 자기 대신 그 돈을 주라는 눈짓을 보인다. 떠돌이 행색의, 돈을 넘겨받은 그 사람은 횡재라도 한 듯 만면에 득의의 미소를 지으며 선술집 골목으로 유유히 사라졌다. 늙으막한 나이에도 소년처럼 천진한 그 노상털이(?)는 당시 인사동의 명물로 통하던 시인 천상병(千祥炳)이었다. 그는 아내(문순옥)가 인사동 거리에 차린 '귀천'이라는 찻집을 둥지로 삼아 세상을 소풍 온 듯이 살다 간 유랑자였다.

인사동 거리에서 심심찮게 일어나는 천상병의 이같은 애교있는 구걸은 알 만한 사람은 다 알았다. 그래서 그의 해맑은 인간미를 사랑하는 인사동 단골 중엔 푼돈을 털어 술값을 보태 주는 독지가들이 가끔 있었다. 신경림(시인), 변종하(화가), 박이엽(작가), 임재경(언론인), 문용직(바둑인) 등이 그들이다. 촌지라야 기껏 천원짜리 한두 장이다 보니, 따라서 옹색해 보이는 자신을 드러내는 것이 싫고, 한편으론 시인의 체면도 세워 줘야겠기에 대개는 간접적으로 건네주는 경우가 많았다. 그 만만한 중계역이 바로 이제부터 이야기하려는 장승조각가 신명덕(申明德, 1958년생)이다. 1986년부터 십오 년 동안 인사동을 동네마을처럼 살아온 신명덕은 천상병과 흡사한 면이 많다. 인사동을 오래 지켜온 것도 그렇고 세상사에 얽매이지 않고 유유자적하게 사는 삶이 또한 그렇다. 자신의 일에 집착은 하면서도 그것에 특별한 의미를 부여하지도 않는

전시중인 나무조각품들. 신명덕은 용접공에 머물지 않고 나무조각가로 자신의 운명을 개척해 온 인물이다.

점도 서로 비슷했다. 당시 천상병은 꽤 알려진 시인이었지만 신명덕은 이름없는 풋내기 조각가였다. 그러나 두 사람은 모두 명성을 탐하지 않는다는 점에서도 공통점이 있었다. 신명덕도 그후 일부 매스컴을 타 세상에 좀 알려지긴 했다. 그러나 그는 자신이 세상에 알려지는 것을 꺼려 한다. 그래서 의도적으로 그를 만나 그의 살아온 긴 이야기를 나누기란 쉽지 않았다.

신명덕을 천상병과 비교하는 것은 여러모로 봐서 적절하지 않다. 우선 연배 차이가 큰데다 살아가는 길들이 각각 달랐다. 세속의 때가 안 묻었다는 점에서 공통점일 수 있을 뿐, 사는 방식까지 같은 것은 아니다. 천상병은 평생을 빈

곤과 병마 속에 살았던 남루한 시인이었던 것에 비해, 신명덕은 고집스레 나무만 깎으며 예도(藝道)을 걷는 착실한 생활인이다. 술 한 잔의 유혹을 못 이겨 남의 신세를 질 만큼 천진하지도 않으며, 마누라에 생계를 떠맡길 만큼 집안 살림에 무관심한 것도 아니다. 시인의 감성엔 못 미치더라도 사물에 대한 따뜻한 시선을 갖고 있다. 자신이 하는 일에 기쁨과 보람을 느끼며 가난한 이웃을 사랑하고 어려운 동료를 돕는 일에 몸을 사리지 않는다.

그가 세들어 사는 가회동 한옥을 가 보면 어느 하나도 흐트러진 것이 없다. 조각가의 작업장은 산만하고 어지럽혀 있다는 것이 상식인데 세 평도 안 되는 그의 가회동집 목각실은 언제나 깔끔하게 정돈돼 있다. 끌은 끌대로, 톱은 톱대로 정위치에 항상 가지런히 놓여 있다. 망치는 크기 순서대로 나란히 걸려 있으며, 목재는 재질별 또는 용도별로 진열돼 있다. 수많은 작품들은 유형별로 분류돼 있고 제작중인 미완성 작품들은 "빨리 나를 완성해 주세요"라고 조르듯 주인의 손길이 닿기 쉬운 곳에 놓여 있다. 정리 정돈을 잘하는 신명덕의 깔끔함은 그의 장승방 시대도 예외가 아니었다. 인사동의 대표적인 전통 음식점인 영빈관의 맞은편 건물이 층에 자리 잡았던 두 평 크기의 장승방은 그가 십 년 정열을 불태운 작업실이자 생활 터전이었다. 그곳은 체구가 작은 주인도 운신하기 어려운 좁은 공간이었지만 작업실과 전시실이면서 때로는 응접실로도 손색 없는 역할을 했다. 벽을 끼고 진열된 크고 작은 장승들 사이에 길다랗게 눕혀 놓은 통나무 작품 하나는 가끔 응접용 탁자 구실을 하기도 했다. 어떤 때는 십여 명이 이곳에 비좁게 앉아 주인이 따라 주는 녹차를 들며 인생과 예술을 담론하는 사랑방 역할도 했다.

장승방은 1987년 봄에 문을 연 뒤부터 십여 년간 가난한 예술가나 예술애호가들이 모이는 작은 공간이었다. 단골 중엔 인사동의 옛 정취를 즐기는 샐러리맨들도 끼어 있었다. 그들 중엔 잡지사 기자, 건강관리사, 학원 강사, 투자분석가 등 특수직이 있는가 하면 건축가, 디자이너 등 전문직과 문필가, 산악인, 서예가 등 자유직업인도 끼어 있다. 이곳의 저녁모임은 대개 근처 음식점 토방에서 각자부담의 식사를 마친 뒤 이루어진다. 어쩌다가 주흥이 거나해지면 주인이 송수화기를 마이크 삼아 구성지게 유행가를 불러 분위기를 잡기도 했다.

이들 단골들은 1997년 가을 인사동의 정든 사랑방을 잃었다. 장승방이 십 년 만에 문을 닫게 된 것이다. 신명덕이 87년 3월 보증금 50만원에 월세 10만원씩 내기로 하고 시작한 공방은 보증금 250만원, 월세 26만원으로 올라 그만큼 수입이 오르지 않은 주인으로선 경제적으로 감당하기 어려웠다. 끝내는 간판을 내리고 손때가 묻은 수많은 작품들은 가회동의 한옥 전세집으로 옮겨야 했다. 인사동의 근거지를 잃는 명덕의 착잡함은 말할 것도 없었고, 이사를 거들어 주던 장승방 단골들의 마음도 편치 않았음은 물론이다.

인사동의 장승방은 신명덕에게 마음의 고향과 다를 것이 없었다. 이곳에서 본격적으로 조각수업을 시작했고 수많은 인물들을 사귀었기 때문이다. 특히 그가 잊을 수 없는 추억은 마음속으로 존경하던 선배를 만나 직접 가르침을 받은 것이다. 천상병도 그 중의 한 사람이지만 그에게 가장 큰 영향력을 끼친 사람은 인사동의 터줏대감이자 번역문학가인 고(故) 민병산(閔丙山)이다. 청구자(靑丘子)라는 호를 썼던 그는 천시인처럼 세상에 널리 알려진 문인은 아니지만 인사동의 문화예술인들 사이에 디오게네스로 불리며 숱한 화제를 뿌렸던 인물이다. 명덕은 청구자를 인생의 스승으로 모셨고, 한때는 벽 하나를 사이에 두고 셋방살이를 하면서 세속에 초연한 삶의 지혜를 배웠다.

나무조각가 신명덕과 청구자 선생과의 인연은 인사동에 들어오기 육 년 전으로 거슬러올라간다. 그가 제대 후 1981년 울산 현대중공업에 입사하여 용접공으로 일할 때 읽은 책이 민병산의 번역서였다. 고교 때부터 공부보다 독서를 좋아했던 그는 조선소에 취직하여 뜨거운 철판과 씨름을 하는 고된 작업을 하면서도 쉬는 시간만 되면 책을 놓지 않았다. 그때 우연히 읽은 책이 『공예문화』였는데 명덕은 원저자인 일본의 이나기 무네요시보다 역자후기를 쓴 번역자에게 더 마음이 끌렸다. 그때부터 마음 한 구석에 간직해 왔던 청구자를 인

산판에서 조각재료로 쓸 나무를 고르고 있다. 강원도 산간지역에서 만났던 수많은 장승들은 그를 뒷날 장
승조각가로 입신하는 데 소중한 뒷받침이 되었다.

사동에서 만나게 된 것이다

"인사동에 자주 나오시던 그분이 청구자 선생님이라는 것을 알았을 때 가슴이 두근거렸습니다. 어떻게 하면 저분에게 인사를 드릴 수 있을까 하고 며칠동안 망설이다가 하루는 용기를 내어 다가갔지요. 무척 뵙고 싶었다는 말씀을 드렸더니 반갑게 제 손을 잡으며 자상하게 대해 주셨습니다."

그로부터 삼 년간 민병산과 신명덕 사이의 세대차이를 뛰어넘은 인간관계가 시작된다. 명문 집안에서 자라 학력으로 보나 재력으로 보나 부러울 것이 없던 청구자는 장년의 나이에 홀연히 가정을 등지고 집을 나와 인사동에 정착한다. 그가 톨스토이를 흠모하여 그의 생애에 관한 책까지 낸 것을 보면 그의 가출은 톨스토이의 가출과 일맥상통한 것 같다. 그러나 당사자는 자신의 과거사를 숨긴 채 인사동과 관철동을 오가며 저술과 담론으로 소일했다. 바둑과 서예에도 조예가 깊었던 그는 한국기원과 화랑가에서 살다시피 했다. 그의 별명이 고대 아테네 거리의 철학자 이름으로 붙여진 것은 뜬구름처럼 유유자적하는 삶 때문이었다. 그런 인사동의 디오게네스가 순박하고 해맑은 청년 신명덕에게 마음이 끌렸을 것은 당연하다. 신명덕은 청구자를 따르며 그의 사상과 예술에 심취했다. 안빈낙도(安貧樂道)하는 삶도 그에게서 배운 것인지도 모른다. 그가 서울 불광동에서 일 년간 신혼생활을 할 때는 아예 한 집에 세를 들어 같은 집에서 살았다. 그토록 따르며 존경했던 인생의 스승은 환갑을 겨우 넘기고 1988년 홀연히 세상을 떠났다. 돌봐주는 가족도 없이 셋방에서 외롭게 병마와 싸우던 청구자는 문병간 인사동 친구들에게 다시 태어나면 목수가 되고 싶다는 말을 남기고 사연 많은 생애를 마감했다.

"그분이 돌아가시니 저 개인의 슬픔은 말할 것 없고 인사동의 단골 문화인들이 모두 가슴아파했습니다. 그가 없는 인사동이 텅 빈 것 같더니 천상병 선생님마저 1993년 세상을 떠나 전통의 문화거리는 더더욱 쓸쓸해졌습니다. 김은호·김동리·박두진 등 거목처럼 버티고 있던 큰어른들이 거의 사라진 인사동은 사실상 전설의 시대가 끝난 셈이지요."

신명덕의 인사동시대도 장승방을 문닫으며 사실상 끝났다. 지금도 인사동에 가끔 들르지만 전시회를 보러 가거나 친구들 모임에 나가는 정도일 뿐이다. 그가 즐겨 주선하는 전시회의 뒷풀이는 주로 인사동 골목에 있는 단골집 '울력'에서 이루어진다. 그는 친구나 후배의 전시회를 자기 일처럼 도와주는 의리의 조각가로 인사동에서 알려져 있다. 언론사를 찾아다니며 전시 팜플렛을 돌리는가 하면 전시가 끝나면 뒷풀이까지 마련해 준다. 그가 돕는 미술인들은 대부분 왕년의 장승방 단골이다. 인사동은 아직도 그에게 마음의 고향이지만 시간이 흐를수록 그의 마음에서 멀어져 가고 있다. 요란한 현대화 치장에 밀려 옛 정취가 사라지는 것도 그에겐 아쉽기만 하다.

신명덕의 조각인생에선 장승방이라는 옥호에서 알 수 있듯 장승을 빼 놓을 수 없다. 어떻게 보면 그의 모습도 장승을 많이 닮았다. 큰 키는 아니지만 호리호리한 체격이 그렇고, 큰 눈은 아니지만 껌뻑이는 눈매가 또한 그렇다. 숱이 적은 머리칼이 착 붙어 있어 머리결이 없는 장승과 흡사하다. 명덕이 장승을 좋아하게 된 것은 자신의 모습을 닮은 때문은 아니겠지만 그의 심성은 장승처럼 꾸밈이 없고 순박하다. 그의 말대로 어떤 장승은 눈을 부릅떠 험상궂어 보이기도 하나 기본적으로 풍기는 인상은 이질감이 없는 것이다.

명덕의 출생지는 마산이지만 자란 곳은 서울이다. 그래서 그가 처음 본 장승은 실물이 아닌 사진이었다. 어린 마음에도 어디서 많이 본 듯한 친밀감이 들었다. 그런 매력 때문에 고교생 때는 방학만 되면 장승을 보기 위해 서울 근교의 시골마을을 많이 다녔다. 그리고 보면 그에겐 조각수업에 들어가기 전부터 장승과의 인연이 있었다. 그로부터 이십여 년이 흐른 이제, 장승 하면 신명덕을 떠올릴 만큼 그는 자타가 공인하는 장승조각가의 위치를 굳혔다.

신명덕은 애초부터 조각에 뜻이 없었다. 용산공고 금속과에 재학중이던 그는 졸업 후 자기 앞날은 물렁한 나무보다는 단단한 쇠와 관련된 것이 더 많을 거라고 생각했다. 미술반에 들어가긴 했지만 그림이나 조각에 관심이 있어서

가 아니라 공부하기가 싫어서 지원한 것이었다. 미술실에 가 있게 되면 그림을 그릴 생각은 안하고 소설책을 읽는 것으로 시간을 보냈다. 그는 중학생 때부터 독서광이었는데 에드가 알란 포와 헤르만 헤세의 작품을 즐겨 읽었다. 원래는 시(詩)를 좋아해 중학생 때부터 시인의 꿈을 키웠으나 운명의 신이 그에게 안겨준 인생행로는 조각가의 길이었다.

그가 조각인생을 걷게 된 시초는 아주 우연한 계기로 이루어졌다. 공고생 때 미술교사로부터 들은 칭찬과 조언이 그에게 인생의 갈림길을 만든 것이다. 집안이 어려워 애초부터 대학 진학을 포기했던 그는 학교에 가면 교실보다 미술실에서 보내는 시간이 더 많았다. 그곳은 학생들에게 인기가 없는 곳이라서 조용히 책을 읽기엔 안성맞춤의 장소였기 때문이다. 어느 날 그는 이곳에서 평소에 하지 않던 나무깎기 장난을 하다가 예기치 않게 자신에게 숨겨진 특별한 재능을 발견하게 된다. 때마침 자신의 담당교실을 들른 미술교사가 명덕의 심심풀이 목각 작품을 유심히 보고 그에게 본격적으로 조각을 공부해 보도록 권유한 것이다.

"공부와 담을 쌓고 학교에서 겉돌기만 하던 내가 미술 선생님으로부터 들은 칭찬은 나의 목각 재능에 대한 자신감을 심어 주었습니다. 그 말씀을 듣고 보니 내 잠재의식의 한구석에 조각가의 꿈이 있었음을 알게 됐지요. 그때부터 장승을 처음 보았을 때 느낀 친밀감과 선생님의 격려로 생긴 용기가 상승작용을 일으켜 내가 가야 할 길이 무엇인지를 마음속에 새겨 두게 됐습니다. 그래서 오늘에 이르렀지요."

그러나 이때 명덕의 가슴에 새겨진 꿈이 현실화하기까지는 팔 년을 더 기다려야 했다. 홀어머니 밑에서 어렵게 자라 미술대학에 진학할 형편이 못 되었던 그가 고등학교 졸업 후 갈 곳은 군대밖에 없었다. 원주에서 보병 소총수로 보낸 이 년 반은 그에게 탄광의 막장인생처럼 고달팠다. 고난의 졸병생활을 마치고 1981년 7월 사회로 나왔으나 살 길이 막막하여 한때는 막노동까지 했다. 조각 수업의 꿈을 접고 취업의 문을 두드린 곳은 울산에 있는 현대중공업. 공고 금속과 졸업학력이 용접공으로 취업하는 데 큰 도움이 됐다. 직업훈련 과정을 마친 그에겐 용접기를 들고 육중한 철판과 씨름을 해야 하는 일과가 기다리고 있었다.

고된 용접공 생활을 하는 중에도 명덕은 책을 놓지 않았다. 작업 현장에서도 휴식시간이 되면 책 읽는 재미로 피로를 풀었다. 그때 틈틈이 읽은 책 중의 하나가 바로 민병산이 번역한 『공예문화』였다. 그의 몸은 조선소에 묶여 있어도 마음은 항상 조각가가 되고 싶은 꿈에 매어 있던 것이다. 1983년 10월까지 조선소에서 보낸 이 년간의 용접공 생활은 그에게 덧없기만 했다.

거대한 조선 도크에 갇힌 신명덕의 심경은 매우 착잡했다. 내 인생이 여기서 끝나는 것인가. 용접기의 섬광이 내게 무슨 의미가 있는가. 그는 끝없이 자문자답하면서 오랜 갈등 끝에 울산을 떠나기로 결심한다. 잠시 거두었던 조각가의 꿈을 다시 안고 1983년 가을 서울로 올라왔으나 여전히 빵문제 해결이 시급했다. 그래서 다시 찾은 곳이 지하철 공사장. 그의 고달픈 용접공 생활은 울산에서 끝나지 않았던 것이다. 4호선 혜화동 공구에 배치된 그는 다시 용접기를 잡고 그해 겨울을 땅속에서 보냈다. 자기 인생이 영원히 땅속에 묻힐 것 같은 질식감에 사로잡혀 있던 명덕은 이듬해 봄 개구리처럼 땅속을 벗어났다. 공고를 나온 명덕의 용접공 생활은 그것으로 끝났다.

땅속을 박차고 나온 개구리는 갈 곳이 지천이지만 명덕에겐 당장 몸을 의탁할 곳이 없었다. 그렇다고 다시 용접기를 잡을 수는 없는 일. 조각분야의 일터를 백방으로 수소문한 끝에 들어간 곳이 강원도 양양의 목기 공방이었다. 이곳은 친구의 부친이자 옻칠의 명인이었던 홍순태(서울지방 무형문화재)의 작업장으로서 그가 맡은 일이 조각과는 거리가 있었지만 철판이 아닌 나무를 다루는 것이라서 천만다행이었다. 명덕으로선 철기(鐵器) 시대에서 목기(木器) 시대로 돌아간 셈으로, 그것은 그에게 인생의 행로를 결정할 하나의 계기가 된다. 그때 나이 스물여섯. 용산공고 미술실에서 다짐한 조각의 길로 들어서기 까지 인고의 칠 년 세월이 걸린 셈이다.

신명덕의 나래는 양양의 홍순태 공방에서 서서히 펴지기 시작했다. 본격적인 조각수업은 아니더라도 설악산 기슭의 자연과 정기는 그가 나무조각의 세계로 들어가는 데 더 없이 좋은 환경을 마련해 줬다. 특히 강원지역에서 갖게된 수많은 장승과의 만남은 그가 뒷날 장승조각가로 입신하는 데 귀중한 뒷받침이 됐다. 양양에 머무는 동안 틈만 나면 장승 고을을 찾아 강원도 일대를 헤맸다. 이 시기가 그에게는 두번째의 장승탐험시대로, 이때도 고교생 때 그랬던 것처럼 도보로 강행군했다. 장승은 눈이 아닌 다리로 봐야 한다는 그의 지

작업중인 나무조각가 신명덕. 그는 한 번 작품에 손을 댔다 하면 날이 저무는 줄도 모르고 작업에 몰두한다.

론은 이래서 생긴 것이다.

꿈에 그리던 조각가의 길로 궤도 진입에 성공한 신명덕은 시간이 흐를수록 강원도 산골짜기가 좁아 보였다. 일단 입문을 하고 보니 더 넓고 확실한 무대가 필요했던 것이다. 그래서 서울의 전통문화 명소인 인사동으로 들어오고 싶은 생각이 간절했다. 그의 전력이 그렇듯이 남의 밑에서 오랫동안 일하는 성미가 못 되다 보니 그가 양양 공방에서 머무른 기간은 일 년을 넘지 못했다. 다시 서울로 돌아온 것은 1985년 봄. 다시 서울로 돌아왔다는 사실은 명덕에게 일종의 성취감으로 작용해 그를 즐겁게 했다.

바라던 대로 인사동에 오긴 왔지만 갈 곳이 막막하기는 예나 다름 없었다. 궁리 끝에 목각 작품 몇 개를 들고 탈 조각가 정성암을 찾아갔다. 명덕과 동갑나기인 그는 일찍부터 하회탈의 조각 솜씨를 발휘하여 인사동에 '탈방'이라는 가게 겸 작업장을 갖고 있었다. 그는 명덕이 조각한 탈을 보고 함께 일하자고 제의했다. 이때부터 명덕은 탈방 일을 거들며 양양에 이은 제2기의 조각수업에 들어간다. 그가 탈방에서 보낸 이 년은 그 다음으로 이어지는 제3기의 장승방 시대를 예비한 것이었다. 그는 이곳에서 조각가 등 수많은 인사동 단골 예술인들과 접촉하며 자신의 예술세계를 넓혀 나갔다. 이때 그가 존경하며 따른 원로들은 조각가가 아니라 민병산, 천상병 같은 문인이었다.

신명덕이 명실상부한 조각가로 독립한 시기는 장승방을 차린 1987년 3월이다. 고교 미술실에서 싹튼 꿈을 십 년 만에 성취한 것이다. 당시 서른 살 노총각이던 그는 장승방 덕택에 이듬해 조각가 아내를 맞았다. 중학교 미술교사로서 가끔 장승방에 들르던 나중의 영희엄마는 명덕의 순박한 인품에 끌려 만난 지 3개월 만에 청혼을 받아들인다. 충북대학 미술교육과를 나와 교사가 된 그녀는 제자들에게 납입금 독촉하는 것이 싫어서 교직을 떠나 홍익대학에서 대학원과정을 마치고 남편과 함께 조각가의 길을 걷고 있다. 용산공고생 때부터 신명덕의 인생에선 미술교사와의 인연이 이래저래 많았던 것이다.

"장승방은 내가 소유한 최초의 작업장이자 나의 오랜 꿈이 실현된 마음의 고향이었습니다. 비록 두 평밖에 안 되는 좁은 공간이지만 내 작품세계와 인간관계의 폭을 넓혀 준 곳이기도 합니다. 그곳에서 조각의 새로운 세계를 알았고 수많은 친구와 선배를 사귀었으니까요. 제대로 앉을 자리가 없는데도 많은 사람들이 찾아와 격의없는 대화를 나눈 것은 더없는 큰 즐거움이었습니다. 젊은 날의 내 영혼을 불사르며 장승방에서 보낸 십 년 세월을 결코 잊을 수 없습니다."

장승방시대 때 명덕을 아는 사람들이 그를 낮에 만나보기는 쉽지 않았다. 다락방 같은 2층의 좁은 방에서 꼼짝 않고 작업에 열중했기 때문이다. 작품에 한번 손을 댔다 하면 날이 저무는 줄 모르고 일에 몰두했다. 하루 열 시간을 제작에 매달리는 것은 예사였다. 오늘의 조각가 신명덕은 그의 남다른 집념과 집착의 결과라고 해도 과언이 아니다. 반면에 그는 포기도 빠르다. 자신의 분신처럼 십 년 애정을 쏟은 장승방이었지만 운영난에 빠지자 미련 없이 문을 닫았다. 작은 규모라서 도움받을 길이 아주 없지 않았는 데도 말이다. 그런 점에서도 맺고 끊음이 분명한 그의 개성이 보인다.

신명덕의 그 같은 성미는 그의 작업장에서도 심심찮게 볼 수 있다. 2000년 여름 그의 후배가 축사를 개조하여 쓰고 있는 원주 작업장에서의 일이다. 한 시간 가까이 공들여 가다듬던 목재를 갑자기 쪼개 버리는 것이 아닌가. 그 이유인즉, 재질에 문제가 있음을 뒤늦게 발견하고 다른 사람이 모르고 쓸까봐 아예 폐기처분한 것이다. 값비싼 작품용 원목이 일순간에 땔감으로 전락해 버렸다. 그런 칼 같은 기질은 그의 인간관계에서도 나타난다. 그의 눈에서 한 번 벗어났다 하면 거들떠보지도 않는 성미가 그것이다.

신명덕의 장승방은 1997년 가을 인사동에서 자취를 감추었다. 십 년 터전을 잃은 주인은 가슴이 아팠지만 좌절하지 않고 그 아픔을 더 넓은 세계로 나가는 도약의 계기로 삼았다. 작품활동 무대를 두 평의 좁은 공방에서 강원도 산판으로 옮긴 것이다. 그 결실 중의 하나가 인제군 진동계곡에 세운 한 쌍의 거대한 장승이다. 원주에서 사는 동료 조각가 김진성과 함께 틈틈이 현장을 찾

원주 작업장에서 동료들과 함께 작품에 사용할 재목을 고르고 있다. 그는 전시용보다는 마을을 지키는 실물 장승을 만드는 것을 더 좋아했다.

아 완성한 것인데 1999년 정월 대보름을 맞아 마을 사람들과 흥겨운 장승제를 지냈다. 만들기 시작한 지 삼 년이나 된 이 장승을 마무리하기 위해 두 사람은 강원산골의 혹독한 추위와 싸우며 일주일 동안 마무리 작업을 강행했다. 주민들은 동네 명물이 생겼다고 즐거워하며 무료로 장승을 깎아 준 두 조각가를 위하여 성대한 잔치를 베풀었다.

명덕은 장승방시대 이후 전국을 돌아다니며 장승을 세워 줬다. 강원도 영월 입구, 경기도 포천 휴게소 앞, 북한산 상원사 입구에 서 있는 3.5미터 높이의 거대한 장승들은 그의 작품이다. 싱가포르 민족공원에도 그의 장승이 서 있다. 이들 장승은 대부분 노력의 대가를 받지 않고 만들어 준 것이다. 그는 장승방 시절인 1990년 12월 인사동에서 첫 전시회를 가진 이후 여러 차례 작품전을 열었지만 전시용보다는 마을을 지키는 실물 장승을 만드는 것을 더 좋아한다.

조각가로서 원숙기에 들어선 신명덕은 장승에 대한 생각이 크게 달라져 있다. 장승은 본래 서민들이 지켜온 오랜 전통문화의 유산인데 그 전통이 싫어진 것이다. 전통이라는 말 자체가 일종의 자기비하라고 보고 있는 그는 작품 테마에서 새로운 모티브를 찾고 있다. 실제로 장승방시대 이후의 장승 작품을 보면 장승 같은 장승이 별로 없다. 극도로 단순화됐거나 추상화된 것이 대부분이다. 마을입구에 세운다면 동네 사람들이 싫어할 형상이다.

"이제 나에게서 장승시대는 사실상 끝났습니다. 앞으로 장승을 조각하더라도 세상 사람들이 흔히 생각하는 장승은 만들지 않을 겁니다. 창작에서 옛모습의 재현은 있을 수 없어요. 장승의 모습을 획일적으로 생각하는 세상 사람들의 인식에도 문제가 있습니다. 전국에 수많은 장승이 있지만 모습은 모두 제 각각입니다. 자세히 보면 그 동네 사람들의 얼굴을 닮았어요. 현대의 장승은 현대를 닮아야 한다고 생각합니다."

근래 들어 신명덕은 큰 나무를 통째로 깎아야 하는 대형 장승을 만들지 않으려고 한다. 몇 십 년 동안 풍상을 겪으며 자란 나무를 무자비하게 깎는 것에 가책을 느끼기 때문이다. 애써 만든 작품이 주인을 못 찾고 작업장에서 천덕꾸러기로 뒹구는 것도 보기 싫다. 그러나 그는 어쩔 수 없이 오늘도 나무를 깎으면서 자신과의 싸움을 계속한다. 그것은 고달픈 삶이 안겨준 번뇌를 터는 참선이기도 하며, 못 다 이룬 꿈에 대한 불만과 분노를 삭이는 살풀이이기도 하다. 인간 신명덕에게는 여전히 괴로움이 많다. 그 첫째는 먹고 살기 힘든 것이라고 스스럼 없이 털어놓는다. 조각이 좋아서 용접기술 자격증을 버렸지만 그의 주머니 사정은 십 년 전과 다를 것이 없다. 문화센터의 조각 강좌로 가계를 꾸리는 아내에게 미안하고, 티 없이 자라는 딸이 중학교에 들어가서 학비에 쪼들릴까 걱정이다. 그러나 그에겐 지칠 줄 모르는 창작의욕이 있고 그를 아끼고 사랑하는 선배·동료들이 많다. 그런 작가정신과 인간관계는 어떤 것과도 바꿀 수 없는 값진 재산임을 그는 잘 안다.

장승방을 폐업한 후 신명덕은 틈만 나면 원주의 치악산 기슭으로 떠난다.

그곳엔 그가 자유롭게 조각 작품을 만들 수 있는 넓직한 작업장이 있고 유쾌하게 어울릴 수 있는 친구와 후배들이 많기 때문이다. 자주 들르는 작업장은 조각가 김진성이 차린 치악공방과 목공예가 박종선이 경영하는 나무와 끌이다. 두 곳 주인은 모두 삼십대로 왕성한 작품활동을 벌이며 명덕을 친형처럼 따른다. 명덕은 혹한이 몰아친 2000년 겨울에 이곳을 다시 찾았다. 이듬해 봄까지 넉 달 동안 세상사를 모두 잊고 추위와 싸우며 작품을 만드는 일에만 골몰했다. 그에겐 조각에 몰두하는 시간이 가장 행복하다.

1999년 12월말, 함박눈이 내리는 밤, 원주의 치악공방 앞마당에선 세기말을 보내는 뜻깊은 모임이 있었다. 전국에 흩어진 신명덕의 친구와 그의 주변사람들이 모인 자리다. 이 자리에 참석한 사십여 명의 면면을 보면 그의 인간관계 폭이 얼마나 다양한지 알 수 있다. 양양에서 사는 한 농부는 떡시루를 싣고 왔는가 하면, 원주의 한 주부는 족발과 상추를 싸 왔다. 서울의 한 유명극장 주인부부는 금일봉을 가져왔고, 인사동의 한 카페 여주인은 귤 한 상자를 보내

신명덕의 나무조각은 이제 완숙기에 접어들어 그 완성도가 눈에 띄게 높아져 가고 있다.

왔다. 돈이 없는 어떤 대학생은 통기타로 흥을 돋웠다. 전북 모악산에서 은거하고 있는 시인 박남규와 목포대학 교수로 있는 조각가 김창세도 보인다.

신명덕이 만든 이 모임은 뚜렷한 명칭이 없이 막연하게 세미나로 통한다. 2000년 2월엔 설악산 기슭에서 이박삼일 일정의 다른 모임을 가졌다. 모임 장소는 그가 총각시절 종업원으로 일했던 목기공방에서 가까운 곳으로, 그 전해에 장승을 세워 준 곳이기도 하다. 명덕은 이제 왕년의 장승방 단골들을 재규합하여 새로운 문화운동을 벌일 생각인 것 같다. 그러나 정작 당사자는 그에 대한 아무런 설명도 없고 어떤 방향도 제시하지 않는다. 모임 날짜와 장소를 정해 통보만 할 뿐이다. 그래서 형편이 되는 사람만 모이는 데도 항상 삼사십 명 수준을 유지한다. 자유분방하면서도 인간미가 넘치는 그는 민병산과 천상병이 그랬듯이 사람을 끌어당기는 이상한 힘이 있다.

신명덕은 요즘 오른팔이 불편하여 조각 작업에 지장을 받고 있다. 작업 성격상 무거운 철제 연장을 많이 사용했기 때문이다. 그렇다고 조각을 쉴 수 없다. 주어진 여건에서 최선을 다할 뿐이다. 평생의 바람이었던 조각가의 터전을 어느 정도 닦았으나 그의 갈 길은 아직도 멀다. 사십 고개를 넘겼으니 조각가로서 원숙기를 맞은 셈이다. 그래서 하고 싶은 일은 많은데 주변환경이 그를 따라 주지 않으니 마음이 편치 않다. 그러나 그는 어떤 내색도 않고 묵묵히 내일을 준비하고 있다. 장승방시대 이후 그의 조각인생에서 제4기의 모습은 어떤 것일지 궁금하다.(글·임준수/사진·류기성)

책 디자인의 장인
북 디자이너 정병규

정병규

1979년 10월 교토, 정병규(鄭丙圭, 1946년생)는 중대한 기로에 섰다. 잘해 오던 지금까지의 일을 계속할 것인가, 아니면 다 때려치우고 새롭게 시작할 것인가. 가을이었지만 인디언 섬머로 아직 늦더위의 자락에 있던 교토의 거리를 배회하면서 정병규는 고민에 빠진다. 그러나 그 고민은 오래 가지 않았다. 새롭게 시작하자.

당시 그는 국내에서 신생이었지만, 한창 잘 나가던 출판사인 홍성사의 편집주간으로 유네스코 편집자 트레이닝 과정에 참석차 두 달 동안 도쿄에 체류 중, 연수과정 마지막 프로그램인 교토 관광길에 있었다. 정병규의 결심을 듣고 당장 서울에서 사장이 날아와 만류했으나 그의 의지를 꺾지는 못한다. 정병규의 북 디자이너로서의 인생은 그렇게 시작된다.

무엇이 정병규로 하여금 북 디자인의 세계로 이끌어 간 것인가. 그에 대해 그는 이렇게 회고한다. "표지 장정 정도로만 생각해 왔던 북 디자인의 새로운 영역, 처음 접해 본 TM지의 타이포그래피, 일본의 수준과 다양한 개성, 특히 북 디자이너라는 직업이 실제로 있는데, 그것을 단순한 단어적 의미를 떠나 눈으로 그러한 사람을 확인할 수 있었다는 데 대한 놀라움은 지금 생각해도 가슴벅찬 순간들이다." 일본의 북 디자인 현장과 북 디자이너들과의 만남을 통해 정병규는 책의 또다른 세계에 눈을 뜨게 된 것이고, 그것을 계기로 그때까지 해오던 편집·기획·디자인·영업 등 그의 표현대로 '북치고 장구치는' 출판작업에서 디자인만 하는 디자이너로서의 길을 가기로 마음을 다잡은 것이다.

북 디자인과 북 디자이너라는 말은 그때까지만 해도 우리나라에서는 생소한 말이었다. 좀 투박한 표현이지만 '책 껍데기 만들기' '책 껍데기 만드는 사람'으로 인식돼 왔다. 말하자면 책의 표지를 다듬는 것과 좀더 나아간다면 장정하는 일까지를 포함한 작업과 그 일을 하는 사람 정도의 인식에 머물러 있었다. 납활자 출판시대이기도 했었지만, 칠십년대말까지 책에 관련된 디자인이라는 말은 기획·편집과 함께 '편집'이란 카테고리에 용해되어 있었다. 따라서 좋은 편집인이란 당연히 디자인 감각과 함께 그 방면에도 관심을 가졌어야 했다. 그 시대 탁월한 편집자로 회자되던 이중한, 권영빈, 백승철, 오규원, 김승옥, 김영태 등은 우수한 디자인 감각을 가진 편집자였다. 정병규도 그들 중의 한 사람이었다. 출판선진국에 비하면 말 그대로 '우물안의 개구리'였다고나 할까. 우리나라 출판은 그 수준에 머물러 있었다.

선진출판 개념으로 보자면 북 디자인은 훨씬 광범위한 것이다. 책의 내용이나 목적에 어울리는 글자꼴과 크기를 고르는 것부터 자간, 행간, 텍스트와 여백의 균형, 사진이나 그림과 본문의 관계를 결정하고, 나아가 종이, 인쇄, 제책에 이르기까지 책의 모든 요소를 설계하는 작업으로, 책을 쓴 저자와는 또

다른 영역에서 저자 구실을 하는 일이다. 정병규가 이 분야에 눈을 뜨고 본격적으로 달려들면서 우리나라에도 비로소 북 디자인이 정격(正格)적인 전문직으로 자리잡게 된다. 이런 점에서 정병규를 우리나라 북 디자인의 개척자로 부르는 데 이의를 달 만한 사람은 없을 것이다.

귀국과 함께 정병규는 당시 흔히들 '여러가지 문제 연구소'라 부르곤 했던 북 디자인실을 겸한 편집회사를 연다. 북 디자인의 개념을 구체화시키기 위한 시동의 일환이다. 하지만 공부쪽에 더 관심을 둔다. 그는 출판협회가 운영하는 편집인대학에 북 디자인 강좌를 개설해 강의도 하는 한편으로 북 디자인에 관한 광범위한 자료수집에 매달린다. 그의 고교(대구 경북고) 후배이면서도 지우처럼 지내는 소설가 이윤기와 그 당시 잘 어울렸던 모양이다. 둘은 같은 연립주택 아래윗층에서 살면서 함께 외국책 서점을 뒤져 자료를 찾았다. "낮에는 (정병규와) 함께 외서점을 돌아다니면서 자료를 찾았고, 밤에는 홍은동 연립주택 아래윗층을 오르내렸다. 영어 자료는 함께 읽을 수 있었고, 프랑스어 자료는 그의 몫이었고, 일본어 자료는 나의 몫이었다." (이윤기 회고)

그러나 그 분야에 관한 자료가 많을 리 만무했다. 그리고 있다 해도 디자인 이론서적이 갖는 그 자체로서의 공허감. 북 디자인에 대한 열정은 갈증으로 변해 왔다. 1983년초 그는 지체없이 짐을 꾸려 떠난다. 프랑스 파리의 에스티엔느 디자인학교. 현대 프랑스 북 디자인의 문을 연 대표적인 디자이너인 피에르 포쉐가 다녔던 학교로 '디자인 사관학교'로 불리는 곳이다. 에스티엔느에서 정병규가 배운 것은 현대적 의미의 타이포그라피(글꼴과 그 응용) 현장답사이다. 책·잡지·신문·카탈로그·포스터 등 인쇄된 모든 것을 다루는 시각(비주얼) 커뮤니케이션을 공부한다.

디자인 공부와 함께 그가 그곳에서 바랐던 것은 무엇이었을까. 정병규는 활자를 한 나라 문화의 공기라고 믿고 있다. 한 문화권에 있어서 활자매체는 그 문화의 생존과 직결되는 그러한 것으로 여기고 있다. 프랑스 유학을 택한 것은 알파벳 문화권의 공기를 마셔 보고 싶어서이기도 했다. 후진국 출판인으로

그는 현재까지 3천여 권의 도서를 디자인해 왔다. '북 디자인전'을 열기도 했던 그는 디자인실을 운영하고 있다. 사진은 그의 사무실 '정병규 디자인'의 기획회의 모습.

서 어쩌지 못했던 선진국에 대한 문화적 열등감을 이겨내고 싶기도 했다. 그는 열심히 공부했다. "상상하던 것보다 더 어마어마한 책의 세계에 압도당했지요. 구라파 문화의 중량감이 그곳의 책으로 다가왔습니다. 당시는 독립운동을 하듯이 공부했다고 할까요." 프랑스에서 돌아와 1984년 서울 마포 출판단지 열화당 한쪽에서 '정병규 디자인실'을 시작한다. 국내 최초의 북 디자인 전문회사이다. 그로부터 이십여 년. 사무실만 신촌 서교동으로 옮겼을 뿐, 정병규는 아직까지 자기 이름을 단 북 디자인 회사를 지키고 있다.

"단순한 정보의 집적체로서의 책과, 인간과의 만남을 기다리며 책상 위에 놓인 책과의 차이는 우리로 하여금 북 디자인이라는 문제를 생각하게 한다. 한 권의 책을 디자인할 때에는, 음식을 요리할 때 인간의 미각을 전제로 하는 것처럼, 책이란 인간화할 수 있는 상상과 논리와 감동의 공간을 포함한 대상이라는 사실을 전제해야 한다. 책을 디자인한다는 것은, 이제는 책이라는 존재의 본질적인 측면을 밝히고 책과 인간과의 관계를 고려하는 입장이지 않을 수 없다."

정병규가 자신의 이름을 단 북 디자인실을 연 전후에 어느 잡지에 기고한 글 중의 일부이다. 정병규의 북 디자인에 관한 견해는 어찌 보면 좀 난해한 점이 없잖아 있다. 그런 점에서 좀 독특하다. 그가 하는 북 디자인 작업의 요체랄까, 그가 가장 중점을 두는 부분은 '보다 넓은 문화적 창조성의 매개체로서의 책'을 독자에게 다가가도록 한다는 것이다. 북 디자인이 하나의 책만의 디자인이 아니라 문화부분으로서의 창조를 통해 전체 문화에 보탬이 되고 때로는 그 문화의 흐름과 느낌에 영향을 줄 수도 있게 한다는 것이다. 이것이 그가 입에 달고 다니는 '책의 문화'이다.

이와 관련해 정병규가 북 디자인에서 강조하는 부분은 책을 인간화한다는 것이다. 말하자면 사람에게 인격이 있듯이 책에게도 '책격'을 넣어 주는 것이다. '책격'이 잘되어야 독자들이 '책맛'을 느낄 수가 있다는 것이 정병규의 지론이다. 그는 책격을 만들어내는 것이야말로 일차적인 책을 구체화·가시화·대상화하는 과정이라고 말한다. 격이 만들어지지 못했을 시에는 상대적으로 장식성과 맹목적인 상업성밖에는 없다는 것이다. 따라서 정병규는 바람직한 북 디자이너가 되기 위한 가장 중요한 요건으로 디자이너 자신이 책을 사랑하는 것이며, 그 맛을 알아야 한다는 점을 강조한다. 이런 맥락에서 정병규는 북 디자이너는 책을 만들 때 작가의 마음을 그대로 전하는 송신자에서 작가의 의도를 해석해 전하는 발신자로서의 역할이 중요하다는 것이다.

책과 디자인은 이를테면 북 디자인 작업의 핵심을 이루는 양면의 축이다. 정병규가 항상 하는 말이 있다. "나는 책에서 디자인으로 온 사람이다. 어쩌면 디자인으로부터 시작해서 책 쪽으로 온 사람과는 같은 디자인이라도 구별이 되었으면 한다." 이 말은 북 디자이너로서의 정병규의 이력이 좀 유별나다는 점을 느끼게 한다. 그의 말마따나 그는 원래 디자인을 전공하지 않았다.

그는 대학에서 불문학(고려대)을 전공했다. 그러나 그는 어렸을 때부터 그림 그리기에 재능이 있었다. 미술대학을 갈 실력도 충분했다. 하지만 그는 미대로 안 갔다. 미대로 가면 어쩐지 자신이 좁아질 것이라는 느낌에서였다는 것이 그의 설명이다. 어쨌든 남다른 시각적인 요소가 강한 정병규의 북 디자인이 돋보이는 것은 그의 미술에 대한 재능이 그만큼 뛰어나다는 점에 다름 아니다.

정병규는 책하고의 인연을 특히 강조한다. 정병규는 "나는 책을 참 좋아했고, 지금도 제일 좋아하는 것이 책"이라고 말한다. 정병규의 북 디자이너라는, 또는 거슬러올라가 출판기획자라는 직업이 의미하는 바가 아니더라도, 어떤 형태로든 그가 문학지망생으로서 책하고 강한 인연을 맺어 왔다는 점을 짐작하게 하는 대목이다. 정병규는 이미 대학시절 책 만드는 일에는 자신감을 갖고 있었다. 대학에 다닐 때부터 아르바이트로 출판사를 다녔으며, 육십년대 후반 이미 『어린왕자』『에로스와 문명』이라는 책의 편집기획으로 이름을 날리고 있었다.

대구에서 태어난 정병규는 유소년 시절, 아버지가 군인인 관계로 가족들과 떨어져 지낸 시기가 길었다. 학교 때문에 아버지의 임지에 함께 못 따라가고 친척집에 있었기 때문이다. 그런 처지이고 보면 보통 그 나이 또래에 비해 좀 조숙해지기 마련이고, 또 친구들과도 잘 어울리지 않는다. 자연스럽게 책을 보는 시간이 많았고, 그의 말마따나 '즐거움의 공간이 모두 책'이 되면서 책에 빠져들게 된다. "외로운 소년에게 책은 유일한 도피처였습니다. 책을 너무 사랑했기 때문에 마치 연인처럼 손으로 만지고 품에 안고 밤새 이야기를 나누기도 했지요." 많은 독서량이 정병규의 정신세계를 풍요롭게 했고, 사물을 보는 안목을 넓혔다. 나이에 비해 더더욱 조숙해져 갔다.

그때나 지금이나 정병규의 책사랑과 책탐(책욕심)은 대단하다. 그가 책을 만드는 이즈음에 하는 말. "책은 만드는 것보다는 사는 게 좋고, 사는 것보다

뒤늦게 북 디자인에 대한 관심이 높아지면서 국내 대학에서도 이와 관련된 강의가 속속 개설되고 있다. 사
진은 홍익대에서 타이포그래피와 북 디자인을 강의하고 있는 정병규.

는 읽는 게 좋다. 사실 책만큼 좋은 게 어디 있느냐. 책을 읽는 세계야말로 인간만이 만들어낸 또다른 세계가 아니냐." 정병규의 작업실에도 물론 많은 책들이 있지만, 그의 응암동 집에는 그가 삼십여 년을 모아 온 책들이 겹겹이 쌓여 있다.

정병규의 책탐과 관련한 일화 하나. 그가 북 디자인을 하면서 십수 년 넘게 갖고 싶어했던 책이 있었다. 육십년대말부터 칠십년대 초반까지 발행된, 독일의 『TWEN』이라는 여성지였다. 현대 편집 디자인의 보석이라고 일컬어지는 책이다. 그는 이 책을 구하기 위해 별의별 방법을 다 시도했다. 독일로 가는 아는 사람마다 염치 불구하고 간절히 이 책을 구해 줄 것을 부탁한 적도 수없이 많았다. 그러다가 지난 92년 일본 도쿄에 갈 기회가 있어 헌책방을 뒤지던 중 거기서 그 책을 만날 수가 있었다. 흥분 속에 도둑질(?)하듯 그 책을 사서는 다른 일 다 팽개치고 귀국길에 오른다. 그 책에 대한 열망과 그것을 손에 넣은 희열이 얼마나 컸던지 그는 모 사보잡지에 글을 썼다. 이름하여 'TWEN을 찾아, 살 맛을 찾아'라는 제목으로…

상급학교로 진학하면서 정병규는 책을 읽는 즐거움과 함께 책을 만드는 일도 즐겨 하게 된다. 중학교와 고등학교에서 교지의 편집과 제작, 그리고 표지, 삽화 등의 도안을 도맡아 했다. 정병규가 고등학교에서 교지를 만들고 있을 때, 이윤기는 같은 계열의 중학교에서 교지를 만들고 있었다는 얘기를 정병규는 덧붙인다. 고등학교 시절에 정병규는 미술부장도 한다. 그 무렵 선과 색, 조형과 구성에 대한 감수성과 함께 책에 대한 이해를 익혔을 터인즉, 이미 그때부터 그는 북 디자이너가 될 싹을 키우고 있었던 것이 아니었을까.

그 당시 정병규의 꿈은 문학이었다. 책을 좋아해 많이 읽고 그를 통해 문학적 상상력의 날개를 키우고 했으니 당연한 귀결점이라고 할 수 있다. 정병규는 1965년 서라벌예술대학 문예창작과에 진학한다. 이 사실은 그의 이력과 관련해 잘 알려지지 않은 부분이다. 잘 알려지지 않은 이유는 다니다가 그만두었기 때문이다. 그에 대한 정병규의 변은 다녀 보니까 학교도 그렇고 문학도 그렇고 적성에 맞지 않더라는 것. 소설을 쓰고 싶어하는 그에게 미당 서정주나 김동리 선생의 교수법은 그를 실망시켰다는 것이다. 그 선생들의 수업은 이를테면 "오늘 날씨가 좋구먼" 하는 식이었다라는 것. 그는 그 대학을 이 년 동안 다녔다. 지금은 중견시인·작가가 된 이시영, 박양호, 감태준, 송기원 등과 함께 다녔다. 이들을 포함해 정병규의 주변에 문인들이 많은 것도 이 때문이다. 이들은 문학을 동경했던 정병규의 삶과 생활에 때로는 자극제로, 때로는 기름과 같다. 시인 이문재의 표현대로라면 '인간부동산' 들이다.

서라벌예대를 중퇴한 후 정병규는 다시 고려대 불문학과로 들어간다. 소설 창작보다는 문학이론을 공부하는 것이 낫지 않을까 해서였다. 그의 어릴 적 외톨박이 심성이 다시 도진 것일까. 그는 거기서도 잘 적응을 해내지 못한다. 그의 말로는 종합대학교가 풍기는 경직된 분위기가 싫었다는 것이다. 그를 다시 한 번 바라본다. 까탈스러운가, 아닌가. 당연히 학과수업에 흥미를 갖지 못하고 있을 때 다시 그에게 다가온 것은 학교신문과 책 만드는 일. 그는 학교신문의 편집국장으로 있으면서 신문과 함께 교지의 편집과 제작도 거의 도맡아 했다.

정병규가 졸업 후 갈 곳은 이미 정해져 있었다. 해본 일이 그것이었고, 또 자신있는 일 또한 그것이었으며, 덧붙여 『어린왕자』의 편집기획으로 인한 명성(?)이 있었기에 자연스럽게 책 만드는 곳으로 뽑혀서 간다. 처음 간 곳은 『소설문예』를 발행하는 잡지사. 그곳에서 정병규는 편집부장을 맡는다. 그곳 편집부에는 당시 이청준, 이제하, 송영, 강호무 등이 편집위원으로 있었다. 첫 직장이 갖는 의미랄까, 상당한 애착을 갖고 열심히 일했지만, 그 잡지사를 여섯 달 만에 떠나고 만다. 이후 정병규는 대한기원의 바둑잡지 창간 작업에 참여한 후 '신구문화사'로 들어간다.

정병규의 출판편집 기획인으로서의 항해에 돛이 달려지기 시작한 것은 1976년 민음사 박맹호 사장을 만나면서부터. 박사장의 제의로 그와 축을 이룬 정병규에게 민음사 시절은 각별한 의미를 갖는다. 우선 책에 대한 안목이 그

『경주 남산』(열화당, 1987). 이 사진집은
사진가와 북 디자이너가 취재 과정을 함께
하는 등 기획과 제작에서 화제를 불러일으
킨 책이다.

정병규가 디자인한 한수산의
『부초』(민음사, 1977).

정병규 북 디자인의 『한국의 탈』
『한국의 탈춤』(행림, 1988).

와 비슷한 박맹호를 만났다는 사실이고, 또 하나는 그의 북 디자이너로서의 첫 공식적인 표지 디자인을 그곳에서 했다는 점이다. 정병규는 민음사 편집장으로 있을 때 한수산의 『부초』를 펴냈는데, 그 책의 표지를 그가 만들었다. 당시 알록달록하던 소설 표지의 관행을 버리고 단색류의 모노톤으로 처리한 단순한 표지였는데, 그 책이 그야말로 공전의 히트를 친 것이다. 박맹호가 갖고 있는 책과 출판에 대한 파격적인 안목과 정병규의 편집·디자인 개념이 맞아 이뤄낸 걸작이었다. 지금도 기억에 남는 책, 마음에 드는 책의 하나로 정병규는 『부초』를 주저없이 꼽고 있다. 78년 그의 친구인 이재철(지금은 목사)과 '홍성사'라는 출판사를 차리며 민음사를 떠나기까지 정병규는 민음사에서 독자들의 기억 속에 아직도 강한 톤으로 남아 있는 많은 책들을 만들어낸다. '오늘의 작가총서'도 그들 중의 하나다. 이런 인연으로 그는 십오 년여 동안 민음사의 디자인 일을 계속하게 된다. 그로서는 '민음사 시대'라 할 만하다. 민음사에 있을 때도 그랬었지만, 홍성사에서 책을 만들어내면서부터 정병규는 우리 출판계의 뛰어난 출판기획자 중의 한 사람으로서의 명성을 더욱 확고하게 쌓아 간다. 칠십년대말 그가 주도해 기획하고 출판한 '홍성신서'는 엄청난 반응을 몰고 온다. 에리히 프롬의 『소유냐 삶이냐』 가스통 바슐라르의 『몽상의 시학』 라이트 밀즈의 『사회학적 상상력』 앨빈 토플러의 『제3의 물결』 등은 과감한 기획의도와 편집, 맛깔스런 번역, 그기에 독특한 북 디자인으로 시대적 상황과 맞물려 공전의 베스트셀러를 기록한 책들이다.

책이 잘 팔리면서 정병규는 돈도 벌고 명성도 얻는다. 홍성사의 이재철 사장과 관련사업으로 활판인쇄소를 인수했고, 이어 광고회사도 차린다. 편집/인쇄/광고를 아우르는 토탈 개념의 지적 인프라 작업을 해보려는 생각이었다는 것. 그런데, 운명이었을까. 79년 도쿄의 유네스코 주최 편집자 연수과정에서 공부하면서 모든 것을 접어 버린다. 다른 모든 것 다 집어치우고 북 디자인만 하겠다고 선언해 버린 것이다. "이재철 사장이 부랴부랴 도쿄로 날아올 만 하기도 했지요."

정병규는 출판편집 기획과 북 디자인 일을 이십여 년간 해오면서 삼천여 권 이상의 책에 손을 댔다. 우리나라 책들 중 내로라 하는 책들의 대부분이 그의 손을 거쳤다 해도 과언이 아니다. 그들 가운데 사진가 김수남, 강운구와 함께 작업한 사진집 『한국의 탈춤』과 『경주남산』은 탄탄한 기획과 예술성 등으로 특히 호평을 받았던 책이다. 그는 지난 96년 8월 그때까지 그가 만든 책들 중 북 디자인에 중점을 둔 책들을 집대성해 '정병규 북 디자인전'을 연다. 그것을 결심한 것은 그의 나이 오십줄에 들어선 그해 신정연휴 도쿄에서였다. 77년에 만든 『부초』를 기점으로 해 이십여 년이라는 세월이 흘렀고, 또 그 때까지 살아오면서 책 빼고 나니 아무것도 한 것이 없다는 자괴감이 그를 그렇게 끌고갔다. 디자이너로 환갑인 나이에 뭔가 살아온 흔적이라도 남겨야겠다는 개인적인 생각과 함께 북 디자인에 대한 관심을 일으켜야겠다는 생각도 앞섰다는 것. 자료수집과 경비 등 수많은 난제가 많았다. 그러나 민음사 박맹호 사장을 비롯한 그의 출판계 지우들과 이윤기 등의 헌신적인 도움으로 우리나라에서는 초유인 특정인의 이름을 단 그래픽 디자인전인 북 디자인 전시회를 개최한 것이다. 디자인전에 맞춰 출간한 『정병규 북 디자인』이란 자료집은 그 책 나름의 독특한 이미지와 함께 북 디자인의 교과서로, 북 디자인을 배우려는 후배들로부터 상찬되고 있다.

서교동 서교호텔 뒷골목. 일층에 삼겹살구이 등을 파는 한식당이 있는 허름한 빌딩 5층에 그의 사무실이 있다. 그 한쪽, 창호지로 바른 창문이 있는 대여섯 평 공간이 그의 작업실이다. 벽면을 삥돌아 온통 책과 자료들만 있다. 소파도 그가 앉는 자리와 그 상대편 자리 조그만 공간을 제하고는 온통 책들이다. 그 안에 들어서서 느껴져 온 것은 책만 있고 정병규는 없구나 하는 느낌. 들리는 얘기로, 그는 일을 집에서 한다. 그것도 텔레비전이 끝나는 무렵부터 시작해 밤을 꼬박 새워서 하는. 그리고 새벽녘에 잠과 휴식을 취한다. 사무실에서는 주로 일상적인 단순작업만 하는 셈이다. 좀 독특하다고 했더니 '살아 남기 위한 방편'이라고 말한다. 갸우뚱한 표정을 보이자 화제를 돌린다.

　그는 이제나저제나, 장소를 불문하고 책에 관해 할 말이 많은 사람이다. 디지털시대 책의 변화를 얘기한다. 그는 새롭게 탄생되고 있는 책에 주목해야 한다고 강조한다. 책에는 세 종류가 있다. 옛날 구텐베르크 이후 활자라는 개념으로 된 기존의 책과 디지털 요소를 가진, 예컨대 CD 타이틀과 전자책(e-book) 종류, 그리고 디지털시대 문명적인 변화로 생기는 새로운 개념의 책 다시 말해 디지털이 할 수 없는, 디지털 결핍현상으로 새롭게 발견된 아날로그의 장점으로 결합된 책이다. 그는 이 새롭게 탄생되고 있는 책의 핵심적인 요소가 북 디자인에 있음을 강조한다. 즉 편집자와 디자이너의 언어가 소통이

타이포그래피와 북 디자인 관련 국제행사를 주관하는 것도 대부분 그의 몫이다. 서울에서 열린 '세계 디자인 회의 2000'에 참가한 일본의 세계적인 북 디자이너인 스기우라 고헤이 씨와 함께.

되고, 디자인은 저자로서의 기능을 하게 되며, 송신자에서 발신자의 역할을 하는 책이라는 것. 정병규는 그러나 이들 세 종류의 책이 서로를 배척하는 상극적인 관계는 아니라고 말한다. 말하자면 서로 대체되는 것이 아니고 상생할 수밖에 없는 요소들을 갖고 있다는 것이다. 이런 점에서 이들 서로간의 배척과 대체를 조장하는 상업주의 논리에 대한 경계와 주의를 역설한다.

디지털시대 책과 관련해 정병규는 이즈음(2000년 봄) 인터넷 서점에 관한 일을 구상중이다. 디지털 정보의 디자인화라는 관점에서 인터넷 서점을 운영하는 쪽하고 콘텐츠 개발과 사이트 디자인을 총괄적으로 컨설팅하는 작업을 진행중이다. 그는 우리 출판산업의 미래와 관련해 현실적인 문제점을 고려할 때 인터넷 서점은 절대적 대안임을 강조한다. 그러나 현재 우리 인터넷 서점은 분류와 차례 등 콘텐츠에 많은 문제를 갖고 있다는 것이 그의 진단이다. 이것을 개발해 독자들이 서점에 가지 않고도 주어진 공간에서 서점에 가는 정보에 근접할 수 있도록 해주자는 것이 그가 이 작업을 하고 있는 목적이다. 이와 함께 사이트를 어떻게 우리 환경과 문화수준에 맞게 디자인할 것인가에도 힘을 쏟고 있는데, 이 작업은 곧 가시화할 수 있을 것이라고 전망한다. 그를 마지막으로 인터뷰하는 날, 그는 한 장의 새로운 명함을 내밀었다. 인터넷 서점 '리브로'의 고문이라는 직책의 명함이었다. '리브로'는 '시공사'를 운영중인 전두환 전대통령의 장남 전재국 씨가 을지서점을 인수, 온라인 서점을 하기 위해 설립한 회사로, 이런저런 관점에서 출판계의 주목을 받고 있다. 정병규의 책과 관련한 또다른 변신이 기대되고 있다.(글·김영철/사진·김동현)

고산등반가

엄홍길

엄홍길

   '선택받은 산악인' 엄홍길(嚴弘吉, 1960년생, 파고다외국어학원 홍보이사). 그는 불혹의 나이에 히말라야 8,000미터급 고봉 열네 좌를 모두 오르는 쾌거를 이뤄냈다. 고봉 열네 개를 완등한 첫번째 아시아인이자 여덟번째 세계인이 됐다.

   그는 여러 차례 실패를 하면서도 좌절하지 않고 다시 일어나 자신의 목표를 이뤘다. 십오 년 동안 자그마치 스물여덟 차례 히말라야의 고봉 등반을 시도했다가 그 중 절반인 열네 번 정상에 섰다. 실패한 등반 회수가 유난히 많은 것은 그가 위기에 처해 물러나는 현명한 판단을 했다는 것으로 평가된다. 그래서 그는 어려운 시기를 힘겹게 사는 수많은 사람들에게 주목받고 있다.

눈빛이 유난히 초롱초롱한 엄홍길을 2000년 10월 하순 서울 태평로의 모 호텔 커피숍에서 만났다. 만나는 사람들마다 하는 "대단하다. 나이가 적지만 존경할 만하다"는 찬사가 쑥스럽다는 그는 "내가 좋아서 미쳐서 하다가 목표를 달성한 것이지 잘나서 된 것이라고는 전혀 생각하지 않는다"는 겸손한 말로 순수한 산악인의 모습을 보여준다.

지구상에는 8,000미터급 고봉이 열네 개 있다. 이들은 모두 네팔과 파키스탄을 잇는 히말라야 산맥과 카라코람 산맥에 몰려 있다. 프랑스의 모리스 에르조그가 1951년 안나푸르나 등정에 처음으로 성공하자 세계 각국이 앞다투어 고봉의 초등 경쟁에 나섰다. 여기에는 국력의 과시라는 잣대도 개입한다. 중국 원정대가 1964년 시샤팡마에 오르면서 초등 경쟁은 끝났다. 그리고 8,000미터급 고봉 열네 좌 완등과 에베레스트 무산소 등정 경쟁이 이어졌다.

과거 히말라야는 제일 앞서 이곳에 진출한 유럽 산악인들의 독무대나 마찬가지였다. 유럽인들은 고봉이 마치 자기네 산인 양 행동했다. 이들은 뒤늦게 진출한 동양인들을 곱지 않은 시선으로 보거나 깔보기도 했다. 이런 관점에서 동양인인 엄홍길의 고봉 열네 좌 완등은 유럽인들의 콧대를 무참히 꺾은 하나의 '사변'일 수도 있다.

그는 1985년 세계 최고봉인 에베레스트 원정대의 일원으로 히말라야에 처음 진출한 이래 원정 등반을 꾸준히 했으나 원래는 고봉 열네 좌 완등에는 관심이 없었다. 그러다 십 년 뒤 스페인 원정대와 함께 마칼루 봉을 오르면서 고산 등반가 후와니토 오아라사발의 고봉 열네 좌 완등 계획을 알고 "한번 해보자. 못할 것이 뭐 있나"하는 가벼운 심정으로 결심을 했다. 그리고 어렵사리 성공했다.

완등에 이르는 긴 행진은 그의 몸과 마음에 지울 수 없는 상흔을 남겼다. 1998년 안나푸르나에서 다친 오른쪽 발목은 완전하지 않다. 정상적으로 구부러지지 않아 쪼그리고 앉을 수 없으며 의자에 오래 앉았다가 일어나도 시큰거려 고통스럽다. 또한 등반을 함께 했던 국내 산악인 네 명과 셰르파 네 명 등 모두 여덟 명이 희생됐다. 이들은 그의 마음에 채 아물지 않은 깊은 상처로 남아 있다.

2000년 6월 국립공원관리공단이 도봉산 중턱의 가게들을 철거하는 바람에 엄씨 가족들은 삼십여 년 이상 살았던 도봉산 기슭을 떠나 의정부의 한 아파트에서 살고 있다. 그의 표현대로 '감옥 같은' 아파트에 살면서 그는 정신적으로 육체적으로 점차 황폐해지고 있다는 것을 절감하고 있다. 어서 빨리 산자락에 작은 초가집이라도 짓고 살 수 있게 되기를 간절히 바라고 있다.

'빛 좋은 개살구'라고 스스로 부르는 그의 쾌거는 그가 어려서부터 산에서 살았기에 가능했다고 할 수 있다. 그는 1960년 경남 고성의 자그마한 갯마을에서 태어났다. 세 살 때 부모가 도봉산 중턱으로 이사해 가게를 열자 가겟집에서 살았다. 산에서 나무 하고 토끼 잡고 개울가에서 밥지어 먹으면서 자랐다.

부모를 도와 가게에서 팔 물건을 이삼십 분 거리에 있는 주차장에서 등짐을 져 날랐다. 바쁜 주말이면 하루 몇 차례나 다녀와야 했다. 이런 과정에 몸이 단련돼 또래 친구들보다 체격이 좋았다. 장난이 심했던 그는 친구들과 어울려 술·라면 등을 등산객과 야영객들에게 팔아 용돈을 벌기도 했다.

중학교 이학년 때 처음으로 그토록 멋져 보이던 암벽에 붙었다. 로프를 처음 잡은 것이었다. 두렵기는 했으나 부러워했던 바위를 타니까 뿌듯하고 좋았던 기억이 있다. 고등학교 이학년 때부터 본격적으로 바위를 탔다. 수학여행 가서 본 설악산이 마음에 들어 기회가 닿으면 그곳에서 살겠다는 결심을 하기도 했다.

경기도 의정부 양주고등학교를 졸업하고 본격적인 산악활동에 나섰다. 설악산 대청봉 바로 밑에 있는 희운각 산장에서 한 해를 지냈다. 암벽·빙벽 등반기술을 터득하면서 가이드와 구조원으로 활동했다. 울산바위, 공룡능선, 용아장성 등 설악산 곳곳의 계곡과 암릉에 자신의 발자취를 남겼다. 그리고 훈련차 설악산을 찾은 산악인들과 교분을 넓혀 나갔다. 홍영길(록 & 아이스벨트 대표), 장재순(써미트 대표), 임창일(스포츠용품점) 씨 등 선배들과 1980년 거봉산악회를 조직했다.

이듬해 여름 그는 장마철 급류에 떠내려 가던 신흥사 스님 등 세 명을 구조했다. 폭우로 천불동 계곡에 물이 불어 있었다. 마침 신흥사 부근을 지나다가 "사람 살려"라는 외침을 들었다. 지프를 타고 개울을 건너다 물에 쓸려 내려가는 사람들을 로프로 몸을 묶은 뒤 급류를 헤치고 안전한 장소로 피신시켰다.

가을이 되자 그는 산을 떠나 물에서 살아 보겠다며 해병대에 지원입대했다. 그러나 폐선을 지키는 따분한 보직을 받았다. 부대 내에서 '가장 기합 빠진 엄수병'이라는 별명으로 불릴 정도였다. 아주 답답했다. 지겨워 견디다 못해 수중폭파대(UDT)에 지원했다. "너처럼 기합 빠진 놈은 있을 곳이 못돼" "하루도 못 가서 죽음이다" "대한민국 특수부대 물 버릴 일 있어" 등 여러 이유로 두세 차례 거절당했다. "후회도 원망도 하지 않겠다"며 마구 우겼다. 체력 시험을 통과하고 훈련이 시작되자 곧 후회했다. 그러나 포기하면 장차 인생을 제대로 살지 못할 것이라는 자기최면을 걸면서 버텼다. 공수낙하, 수중폭파, 유격 잠입 등 혹독한 훈련을 받았다. 6개월 교육과정을 무사히 마친 사람은 지원자 1백50명 중 3분의 1에 불과했다.

그후 수영과 마라톤을 꾸준히 하면서 군생활을 보냈다. 사람의 잠재능력을 최대한 끌어내는 유디티 훈련은 산악활동에 많은 도움이 됐다. 제대를 하고 자유로워진 그는 다시 산으로 돌아왔다.

그는 산에서 자라 자연스럽게 산악인이 됐다. 산이 그에게 와 닿은 것 같다고 말한다. 168센티미터, 65킬로그램으로 작은 체구지만 고산 등반에 필요한 체력과 폐활량이 뛰어나다. 심폐기능은 바르셀로나 올림픽에서 마라톤의 금메달을 딴 황영조 선수보다 더 나은 것으로 알려져 있다.

국내 산악인들 사이에 그는 '엄탱크' 또는 '작은 탱크'로 통한다. 원정 훈련에서 강한 체력과 미련할 정도의 집념을 과시해 얻은 별명이다. 그는 등반중 예상치 못했던 어떤 난관도 불사하는 성격이다. 다른 대원들의 컨디션을 무시하기도 하면서 정상 공격을 저돌적으로 밀어붙이는 돌격형 산악인이다. "나중에 생각하면 내가 어떻게 그랬나 싶을 정도로 황당한 경우가 많았다"고 그는 인정한다.

고산 등반가의 길로 들어선 것은 히말라야 에베레스트 원정이 계기가 됐다. 1984년 에베레스트 원정대를 결성해 합숙훈련중이던 산악인 박영배(크로니 산악회) 씨를 만났다. 박씨는 "엄홍길의 반짝반짝 빛나는 눈빛이 마음에 들어 대원으로 뽑았다"고 말한다. 출발 일 년 전에 대원으로 선발된 것은 엄청난 행운이었다.

누구도 살아온다고 장담하지 못하는 히말라야 원정 등반. 처음 에베레스트 원정을 갈 당시 스물여섯 살의 이 젊은이는 출발 전날 부모에게 그 사실을 알리는 불효를 저질렀다. 즉각적인 반대 반응이 나왔다. "거기 간다고 밥이 나오느냐, 돈이 나오느냐. 장남이니까 집안 일을 도와야 한다. 가지 말라면 가지

고산등반가 엄홍길. 그는 히말라야 8,000미터급 고봉 열네 좌를 완등한 아시아 첫번째의 산악인이다.

마라." 부모의 뜻을 거스르는 자식이 들을 수 있는 말들이 나왔다. 그는 고집을 꺾지 않고 "그래도 다녀오겠습니다."라는 말을 남기고 에베레스트로 갔다.

그때는 누구도 예상하지 못했지만, 엄홍길의 이 1985년 에베레스트 원정은 그의 8,000미터급 고봉 등반의 첫걸음이었다. 원정대는 가는 김에 가장 힘들다는 겨울 시즌에, 그리고 가장 어렵다고 알려진 남서벽 루트를 택했다. 그러나 7,700미터 지점에서 철수해야만 했다. 강풍으로 숨을 쉴 수 없을 지경이었고 낙석들이 총알소리를 내면서 이곳저곳에서 어지럽게 날아와 몹시 위험했기 때문이었다.

에베레스트에서 그는 지금도 뇌리에 생생하게 남아 있는 끔찍한 시련을 겪었다. 캠프 II에서 잠을 자다가 거센 바람에 날려 텐트와 함께 오십여 미터 추락했으나 고정 로프에 걸려 간신히 살아났다. 애써 올라갔던 산을 내려오는 것도 쉽지 않았다. 발을 잘못 내딛어 구르기도 했다. "꼼짝없이 죽었구나"하며 한참 굴러 내려가다가 가까스로 멈출 수 있었다. 아찔한 순간들의 연속이었다. 처음이자 마지막이 될 수 있었던 세계 최고봉을 뒤돌아보지도 않고 묵묵히 내려왔다. 그는 첫 에베레스트 원정에서 자신감이 크게 손상됐다. 많은 위험이 있다는 것도 체험했다. 그러나 그는 그 원정을 계기로 에베레스트에 점점 빠져들었다.

"찬바람에 정신이 번쩍 들고 너무너무 좋았다. 멀리서 볼 때는 자신만만했으나 가도 가도 정상에 가까이 갈 수가 없었다. 크레바스(설원 밑에 숨어 있는 깊이 수십, 수백 미터의 갈라진 틈)가 간담을 서늘하게 만들었다."

귀국한 박씨는 에베레스트 원정대를 재조직했다. 대원으로 다시 뽑힌 엄씨는 해병대에서 닦은 기량으로 피조개 배를 타서 자기 몫의 원정 경비를 마련했다. 당시 기업들의 후원이 활발하지 않아 산악인들은 원정 경비 마련에 어려움을 겪었다.

다음해 같은 시즌 같은 루트로 다시 올랐다. 그러나 원정대는 정상을 눈앞에 둔 8,400미터 지점에서 아깝게 돌아서야 했다. 캠프 Ⅲ에서 산소통을 운반하던 셰르파 한 명이 추락사하자 나머지 셰르파들이 등반을 거부해 하산이 불가피했던 것이다. 숨진 셰르파는 엄씨의 히말라야 8,000미터급 고봉 열네 좌 완등에 바쳐진 첫번째 희생이었다.

"하얀 설산에 퍼져 있는 붉은 피와 바위틈에 끼어 있는 셰르파의 장갑을 보자 섬뜩했다. 과연 등반을 계속해야 하나 하는 회의마저 갖게 됐다."

그러나 그것도 잠시였다. 그는 다시 에베레스트에 오를 기회를 갈망했다. 그리고 1988년 9월 서울올림픽을 기념해 대한산악연맹이 주관한 에베레스트·로체 원정대의 일원으로 꿈에서도 그리던 정상(8,848미터), 지상에서 하늘이 가장 가까운 곳에 우뚝 섰다.

"정상은 황량하고 메마른 고원지대였다. 봉우리 아래 구름이 쫙 깔려 있어 아주 멋있었다. 아름답기조차 했다. 그곳에서 나는 자신을 찾았다."

히말라야의 매력에 빠진 그는 진이 다 빠지는 원정 준비 과정을 생략하고 자주 등반을 할 수 있겠다는 욕심에 1989년 선배 산악인과 함께 네팔 카투만두에서 식당이 딸린 게스트 하우스 '빌라 에베레스트'를 운영했다.

"생활은 아주 편했다. 인건비가 싸 하인을 대여섯 명이나 두고 상전으로 살았다. 그러나 남산 밑에 사는 사람들이 정작 남산에 올라가지 못하는 것처럼 트래킹조차 할 수 없었다. 낮에는 운동하고 수영하고, 밤에는 외국 산악인들과 만나 술 마시고 놀다 보니 하루하루가 화살처럼 지나갔다. 혈기왕성한 젊은 놈이 계속 그렇게 살 수 없다는 판단이 서자 십 개월 만에 선배에게 다 넘기고 돌아왔다."

카투만두에 머물 때 그는 완전히 네팔 사람이 됐다. 그곳을 찾는 산악인들 사이에 '셰르파'라고 불릴 정도였다. 네팔 문화에 흠뻑 젖어 지냈다. 그의 생각과 등반 자세에는 그 영향이 묻어 있다.

"고봉에는 신이 있다. 산에 오르기 전 무사고와 성공적인 등정을 기원하며 신에게 정성껏 제를 지낸다. 등반중 셰르파들이 지키는 금기는 가급적 지킨

산악인 엄홍길. 중학생 시절부터 산에 매료되어 온 그의 인생길은 마치 산으로 나 있는 것 같았다.

다."

히말라야 고봉을 향한 그의 일방적 사랑은 점차 깊어갔다. 그러나 산들은 그에게 무자비했다. 수년 동안 그는 실패를 거듭했다. 안나푸르나에서 시샤팡마, 에베레스트, 초오유, 낭가파르바트, 그리고 낭가파르바트 재등반까지 여섯 번의 원정에서 모두 실패했다.

"실패가 연속되자 참담한 심정이었다. '나만 가면 실패하나' 하는 어리석은 생각을 한때 하기도 했다."

설상가상 낭가파르바트 재등반에서 심한 동상에 걸려 오른쪽 발가락 두 개를 자르는 수술을 받고 두달 간 병원 신세를 졌다. 지금도 엄지발가락의 남은 부분이 등산화에 닿을 때마다 동통을 느낀다.

어려움 속을 헤매던 그에게 히말라야를 찾은 스페인 산악인 후와니토 오아라사발을 만나는 행운이 찾아왔다. 오아라사발은 셰르파의 도움없이 소수 정예로 등반하는 알파인 스타일을 추구하는 산악인. 두 사람은 1990년 에베레스트 남서벽 루트를 오르면서 처음 만나 이 년 뒤 낭가파르바트에서 어려움을 함께 헤쳐나가면서 가까워졌다. 훗날 자일 파트너로서 고봉 다섯 개를 올라 서로의 고봉 열네좌 완등에 도움을 나눠 가졌다.

히말라야를 향하는 마음을 달래며 그는 일 년여 상업등반대 사업을 했다. 등반을 원하는 사람들을 모아 장비를 빌려 주고 현지에서 안내하는 일이었다. 남미대륙의 최고봉인 아콩카과(6,959미터)를 찾아 자신의 재기를 시험했다. 선후배 산악인들이 보여주는 끈끈한 정 속에서 그는 자신감을 되찾고 있었다.

그가 회원으로 속해 있던 거봉산악회는 그를 위해 히말라야 원정대를 조직했다. 그렇게 해서 그는 1993년 가을 초오유(8,201미터)와 시샤팡마(8,027미터)를 연속 등정했다. 두 봉우리 모두 재도전에서 성공한 것이었다. 그러나 후배 산악인 박병태를 시샤팡마에 묻어야 했다. 그는 히말라야 고봉의 위험을 새삼 깨달았다.

"정상에 오르기 전 비박(바위틈이나 눈굴에서 밤새우기)을 하고 나서 체력이 급격하게 떨어진 후배를 먼저 내려보냈다. 정상에 올라 잠시 좋아하다가 무사히 베이스 캠프에 내려가 보니 그가 없었다. 그때의 심정은 말로 표현할 수 없다."

등반중 체력이 모자라는 후배를 베이스 캠프로 안전하게 데리고 내려가느냐 정상에 오르느냐의 갈림길에서 그는 후자를 택했던 것이다. 아마 똑같은 상황이 재현된다고 해도 같은 선택을 할 것이다. 정상을 향해 탱크처럼 저돌적으로 밀어붙이는 것이 그의 스타일이기 때문이다.

그는 평소 자상하고 후배들을 사랑하지만 일단 산에 가면 사자로 돌변한다.

또한 세밀하게 작은 것 하나까지 철저히 챙기는 좀스러운 사람이 된다. 경험을 통해 사소한 것이 대형 사고의 요소가 될 수 있다는 것을 잘 알고 있기 때문이다.

그는 당초 8,000미터급 고봉 열네 좌 완등에 그다지 관심이 없었으나 1995년 오아라사발과 마칼루(8,463미터)를 등정하고 완등을 결심했다. 산악 구보와 수영으로 체력을 단련하고 준비를 했다. 그 해 브로드 피크(8,047미터), 로체(8,516미터)을, 다음해 다울라기리(8,167미터), 마나슬루(8,163미터)을, 다음 해 카셔브룸 I (8,068미터), II (8,035미터)을 차례로 올랐다.

다울라기리 등정 때 그는 크레바스에 빠지는 후배 산악인 박영석 씨를 구해 냈다. 박씨는 엄홍길의 뒤를 이어 고봉 열네 좌 완등을 목표로 등반을 계속 하고 있다. K2 등정을 남기고 있는 그는, 정상에 오른 것으로 알려져 있었으나 실제로는 오르지 않았던 로체 봉을 다시 오르겠다는 양심선언을 해 관심을 모았다.

등반중에 만난 등산객들이 엄홍길의 사인을 받고 있다. 그는 그의 등반인생이 젊은이들에게 용기와 도전 정신을 심어 주길 바라고 있었다.

엄씨는 여러 차례 히말라야 원정을 통해 영어·스페인어·포르투칼어·네팔어 등을 조금씩 익혔다. 외국 산악인들은 물론 셰르파들과 등반할 때 의사소통에 그다지 어려움을 겪지 않는 수준이다. 결정적인 순간에 문제가 생기면 바디 랭귀지를 동원해야 하지만.

고봉에는 세락 지대, 눈사태 지대, 낙석 지대, 크레바스 등 위험이 항상 도사리고 있다. 그래서 산에서는 "제발 사고 나지 않게 해달라"고 신에게 계속 빈다. 빙벽에 붙어 있다가 커다란 눈더미가 쏟아지면 피켈을 얼음 깊숙이 박은 채 꼼짝하지 않는 것 외엔 속수무책이기 때문이다.

산악인들은 고소 적응이 되더라도 등반중 긴장으로 깊은 잠을 자지 못한다. 긴장 상태는 하산을 해도 한동안 계속된다. 피로가 잘 풀리지 않고 머리가 빨리빨리 돌아가지 않는 현상도 나타난다. 등반으로 소모한 체력을 원상으로 회복하자면 여섯 달 이상 충분한 휴식을 취해야 한다. 고봉을 무산소로 오르면 기억력이 현저하게 감퇴된다. 엄씨도 기억력 감퇴로 고생하고 있다.

"왜 위험한 고봉을 자주 오르나?"

"해보지 않고 산에 미치지 않은 사람은 모른다. 감정이나 느낌을 도저히 짐작할 수 없을 것이다."

"고봉의 정상에 서면 기분이 어떤가?"

"고봉의 정상에 서면 기쁨은 순간이다. 맥이 확 풀려 가슴이 뻥 뚫린 듯한 허탈감이 찾아온다. 그 순간이 지나면 곧 다시 긴장된다. 내려갈 때 사고가 잦아 베이스 캠프까지 무사히 하산할 수 있을까 하는 염려가 생기기 때문이다. 정신력으로 버티며 내려가 동료 대원들과 셰르파들의 축하를 받아야 진짜 등정의 기쁨을 느낄 수 있다. 위험 속에서 용케 살아났다는 생각을 하면 세상이 새롭게 보인다."

히말라야의 고봉 열 개를 오르고 완등이 머지않았다고 내심 좋아하던 그에게 최대의 위기가 다가왔다. 등반을 계속할 수 있을까 하는 성급한 관측이 나올 만큼 큰 사고가 생겼던 것이다.

"1998년 안나푸르나 등반에서 오른쪽 발목이 1백80도 돌아가는 중상을 입었다. 앞서가던 셰르파가 추락하는 것을 막으려다가 발이 로프에 감긴 사고였다. 갑자기 아래가 이상하다는 느낌이 들어서 내려다보니 발이 돌아가 있었다. 응급처치를 전혀 모르는 셰르파가 발을 당기자 쑥 빠져 제자리에 돌려 맞췄다. 정상에 대한 욕심으로 힘을 주고 일어서려니까 다시 뒤로 돌아가 버렸다. 부랴부랴 등산화를 벗자 이미 발목이 부어 있었다. 길 표시를 하려고 가져갔던 막대를 잘라서 부목으로 대고 손수건과 자일로 발목을 감았다. 터진 혈관이 상하기 전에 베이스 캠프에 닿아야만 했다. 살아야 한다는 생각에 이박삼일 동안 한 발로 또는 양손과 발로 설산을 기었다."

베이스 캠프에서 헬기 편으로 카투만두에 나와 병원에서 X선 사진을 찍었다. 뼈가 두 군데 동강이 나고 인대도 손상돼 곧 수술해야 한다는 진단이 나왔다. 다음날 항공기편으로 귀국해 경희의료원에서 대수술을 받았다. 담당의 정덕환 교수(정형외과)는 "국내의 낮은 산은 몰라도 히말라야의 고산을 오르는 데 무리가 있을 것"이라는 소견을 말했다. 오로지 고봉 열네 좌 완등을 목표로 사는 그에게는 청천벽력이었다.

수술 후 3개월 동안 허벅지까지 깁스를 하고 누워 지냈다. 속이 까맣게 타들어 갔으나 시간이 가면서 자연, 즉 산에 대한 생각을 정리할 수 있었다.

"자연은 인간의 뜻대로 어떻게 되는 것이 아니다. 자연 앞에서 욕심을 부리거나 오만하다던가 경거망동을 하면 반드시 해를 입는다. 자연의 흐름을 볼 수 있어야 한다. 자연 앞에서 마음을 비워야 한다.

산이 받아 주어야 산악인은 정상에 올라설 수 있다. 산이 거부하면 결코 성공하지 못한다. 겸허한 마음과 사랑하는 마음을 갖고 산과 하나가 되겠다는 심정으로 올라야 한다. 순리에 따르고 어떤 상황에서도 오르겠다는 정신과 해낼 수 있다는 자신감을 가지면 좋은 결과가 나온다."

드디어 깁스를 잘라내자 앙상한 다리가 드러났다. 발목은 조금도 구부러지지 않았다. 산악인들 사이에 "엄홍길은 이제 끝났다"는 말이 나돌았다. 그러나 그는 포기하지 않았다. "산이 없는 엄홍길은 존재하지 않는다"는 일념 뿐이었다. 다시 일어나 반드시 등반을 하겠다는 의지로 재활 훈련에 매달렸다. 예의 '탱크' 스타일이 나타났다. 지팡이에 의지해 아침마다 집앞에 있던 산을 오르내렸다. 집에서 가까운 목욕탕에 가 뜨거운 물속에서 다리를 풀고 마사지를 했다. 물리치료도 꾸준히 받았다.

물심양면으로 도우며 재기 노력을 지켜보던 고인경 희말라얀 클럽 회장(파고다외국어학원 원장)이 '산에 인생을 건 가여운 후배 엄홍길을 위해서'라는 명목으로 미국 워싱턴 주 시애틀에 있는 레이니어 봉 등반 기회를 마련했다. 일 년 가까이 돼도 회복이 될까 말까 하다는 의사의 만류를 뿌리치고 그는 다섯 달 만에 산으로 돌아갔다. 산에 오르자 근육이, 전신이 찢어지는 것 같은 고통이 엄습했다. 산의 신에게 자신을 받아달라는 간절한 기도를 하면서 조심스럽게 발을 내딛었다. 정상에 올랐다가 내려오면서 "이제 할 수 있겠다"는 자신감을 찾았다.

다음해 4월, 그는 '99 안나푸르나 한국·스페인 합동원정대의 일원으로 안나푸르나(8,091미터) 정상에 섰다. 4전 5기 어려웠던 순간들이 주마등처럼 뇌리를 스치자 그는 쉰 목소리로 "어이 어이" 소리내며 기쁨의 눈물을 뿌렸다. 그러나 안나푸르나의 신은 그에게 희생을 요구했다. 베이스 캠프에 내려온 그는 정상에서 만났던 후배 여류산악인 지현옥이 셰르파와 함께 하산하다가 실종된 것을 알았다.

충격이 무척 컸다. 그러나 그는 좌절하지 않았다. 그가 올라야 할 고봉이 아직 남아 있었기 때문이다. 그때 함께 정상에 오른 오아라사발은 안나푸르나를 끝으로 히말라야 8,000미터급 고봉 열네 좌를 완등한 산악인의 반열에 들었다. 이것이 그를 자극했다.

3개월 후 그는 낭가파르바트(8,125미터) 정상에 올랐다. 다음 목표는 칸첸중가 봉이었다. 때마침 KBS가 밀레니엄 기획 프로그램의 하나로 산악인들의 등정 과정을 위성으로 생중계하려고 칸첸중가 원정대와 취재팀을 네팔에 보냈다. 그가 원정대장을 맡았다. 그러나 등반 도중 눈사태로 보도제작국 기자 현명근과 산악인 한도규가 사망하고 오동진이 중상을 입는 사고가 발생했다. 남은 대원들이 충격과 슬픔을 딛고 다시 등반에 나섰으나 날씨가 허락하지 않아 정상 등정을 포기하고 철수해야만 했다.

대망의 2000년이 밝자 그는 발목 부상으로 늦어진 열네 좌 완등을 마무리짓겠다는 각오를 다졌다. 지난해 희생자들을 내면서도 오르지 못했던 칸첸중가봉(8,586미터)을 다시 찾았다. 이 원정은 다행히 성공이었다.

그는 세계 최고봉 에베레스트에서 시작된 15년간의 열네 좌 완등 행진을 제2고봉 K2(8,611미터)에서 마무리하기로 했다. K2는 등정 성공률이 50퍼센트를 밑도는 어려운 산이다. K2 한국원정대 등반대장이 된 그는 7월 31일 대원 네 명과 함께 정상에 올랐다. "여기는 정상. 이제는 더 오를 곳이 없다"는 말을 무전기로 베이스 캠프에 전해 등정의 기쁨을 나눴다. 기념 촬영을 하고 곧 하산했다. 캠프 IV에서 밤을 지낸 뒤 8월 1일 베이스 캠프에 건강한 모습을 드러냈다.

그는 히말라야 8,000미터급 고봉 열네 좌를 완등한 아시아의 첫번째 산악인이자 세계의 여덟번째 고산 등반가가 됐다. 그에 앞서 고봉 열네 좌를 완등한 산악인으로는 라인홀트 메스너(이탈리아, 1986년), 예지 쿠쿠츠카(폴란드, 1987년), 에라르 로레탕(스위스, 1995), 카를로스 카르솔리오(멕시코), 크시슈토프 비엘레츠키(폴란드, 1996년), 후아니토 오아라사발(스페인, 1999년), 서지오 마르티니(이탈리아, 2000년 5월)가 있을 뿐이다.

엄홍길은 2000년 8월 10일 귀국했다. 김포공항에서 기자들에게 "나를 도와준 모든 사람들과 먼저 세상을 뜬 동료들에게 모든 공을 돌리겠다"고 소감을 말했다. 그는 "히말라야의 고봉 열네 개 가운데 4전 5기로 정상에 오른 안나푸르나가 가장 힘들었다"고 밝혔다.

이렇듯 그의 성공은 순탄하게 이뤄진 것이 아니라 여러 차례 시련을 겪으며 어렵게 이뤄진 것이어서 더욱 관심을 끈다. 귀국 후 2개월 동안 그는 삼성전

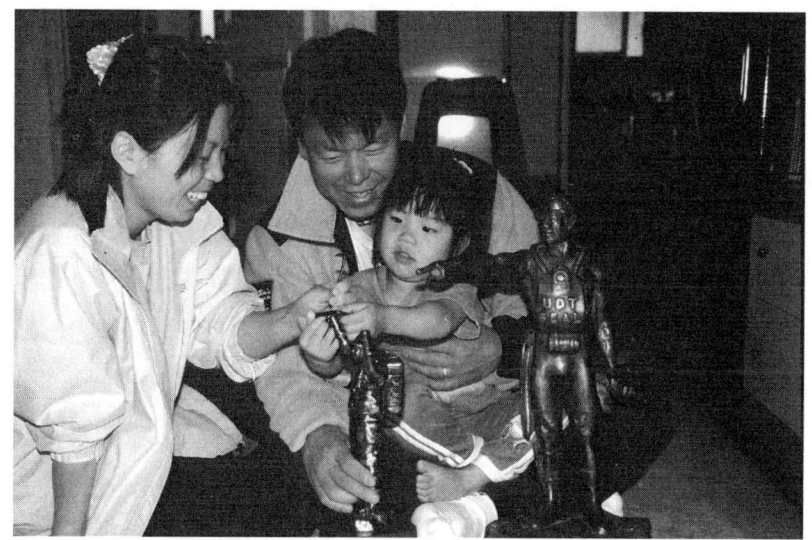

가족과 모처럼 즐거운 시간을 보내고 있는 엄홍길. 그는 다시 인간 한계에 도전할 계획을 가슴에 담고 있었다.

자, 국민은행, 중앙공무원연수원, 금호그룹, 경찰대 등에서 고봉 열네 좌 완등에 얽힌 이야기로 열댓 번 특별 강연을 했다. 강연이 끝나면 청중에게서 "존경스럽다"는 반응이 절로 나온다.

그는 얼마 전 고인경 회장의 주선으로 아내 이순래 씨와 함께 금강산을 다녀왔다. 늘 "갔다 올게"하고 원정을 떠나는 남편을 말리지 못하고 시어머니, 1남1녀의 자녀와 집에 남아 속 태우던 이씨를 위해 마련된 귀한 기회였다. 엄씨와 같이 히말라야를 올랐던 몇몇 관계자들도 부부동반으로 다녀왔다.

그는 문화관광부가 추진한 남북교차관광단의 일원으로 백두산을 다녀왔다. 김포에서 항공기편으로 평양에 가 우리 민족의 영산인 백두산에서 기를 듬뿍 받고 돌아오는 길에 묘향산에도 올랐다. 아주 기분이 좋은 등반이었다고 한다.

국내 산악계에는 그가 엄청나게 많은 돈을 벌었다는 소문이 나돌고 있다. 그는 "자신을 마치 연예계의 스타처럼 생각해서 그런 말을 하는 것으로 짐작되지만 광고 섭외 한 건 들어오지 않았다"고 답답한 심정을 내비친다.

그는 95년부터 고회장이 운영하는 파고다외국어학원 홍보실 부장 명함을 갖고 있다. 8,000미터급 고봉 열네 좌 완등을 계기로 홍보 이사로 승진돼 약간의 보너스를 받았을 뿐이라고 한다.

그는 자신과 등반을 함께 하다가 숨진 셰르파 네 명의 가족이 늘 마음에 걸린다고 한다. 어렵게 사는 이들에게 생활비나 아이들의 학비를 지원하고 싶지만 돈이 문제라는 것이다. "뭔가 될 것 같았으나 막상 뚜껑을 열어 보니 예상과 달라 어렵다"고 털어놓는다. 이는 우리 사회에 개척이나 탐험문화가 정착되어 있지 않은 탓이라고 나름대로 풀이한다. 매우 좋지 않은 경제 사정도 한 몫을 하지만.

산에 강한 집착을 가진 그는 장차 세계 7대륙의 최고봉을 등반하겠다는 개인적인 계획을 갖고 있다. 아시아의 에베레스트, 유럽의 옐브루스, 남미의 아콩카과를 이미 올랐다. 남극의 빈슨매시프, 아프리카의 킬리만자로, 북미의 매킨리, 오세아니아의 칼스텐츠가 남아 있다. 그러나 서두르지는 않을 작정이다. 계속 산을 오를 것이기 때문이다. 그는 후배 산악인 양성에도 힘을 쏟는 한편 정신적으로 나약한 청소년들에게 용기와 도전정신을 심어 주는 역할도 기꺼이 맡을 계획이라고 한다.

그를 만나던 무렵 산에서 자란 산사나이 엄홍길은 히말라야에서도 앓지 않았던 심한 감기 몸살로 고생하고 있었다. 속세에서 사는 것이 체질에 맞지 않는 것 같다며 다시 산에 돌아가 살고 싶다는 말 속에 영원한 산사나이의 체취가 느껴졌다. (글·손진옥/사진·이봉섭)

불꽃 속을 뛰는 인생

이영주 소방관

이영주

　무악재를 넘어 불광동 쪽으로 가다가 은평구로 나가는 왼쪽 커브길을 돌면 곧바로 오른편에 빨간 소방차들이 들어서 있는 소방서가 보인다. 은평소방서의 행정과장을 맡고 있는 이영주(李榮柱, 1943년생) 소방령(경찰의 경정에 해당)은 이 소방서의 두번째 서열로 꽤 높은 지위이지만 은평구는 물론 이웃 서대문구, 종로구 등에서 불만 났다 하면 현장에 뛰어들어 인명을 구해내는 '사람 살리는 소방관'으로 이름난 사람이다. 이소방관은 1971년 그 유명한 대연각호텔 화재 때 끝내 숨지기는 했지만, 중국인 여선영 공사를 구출한 삼인 특공조의 한 사람이었으며, 1972년 12월의 시민회관(현 세종문화회관) 화재 때 삼층 창문에 거꾸로 매달려 있던 여섯살박이 조수아 어린이를 기적적으

219

로 구출해내 세상에 이름이 널리 알려진 사람이다.

소방관 생활 삼십사 년 동안 서울의 주요한 화재현장에는 늘 이소방관이 있었고, 그가 불길 속을 들고날 때마다 생명이 구해진 것으로 유명하다. 그가 구한 생명은 공식화재보고서에 올라간 것만도 1백명이 넘는다. 1985년에는 소방관생활을 글로 엮은 『서울 타워링』이라는 책을 펴내 베스트 셀러가 되기도 했다.

2000년이 저무는 12월 마지막 주에 발생한 스위스 그랜드호텔 화재에도 이소방관은 무궁화 세 개라는 계급에 아랑곳하지 않고 불길을 헤집고 들어갔다. 다행이 화재 현장에 인명이 없어 이소방관은 빈 어깨로 나올 수 있었다. 불길 속을 들어가 보면 불이 붙은 화점(火點)을 곧 알게 된다. 그는 여기저기 물을 숨가쁘게 뿜어대는 소방관들을 향해 "홧점이 여기야"라며 주방연통지점을 가리켰다. 물공격이 연통지점으로 모아져 한쪽으로 일제 공격이 시작되었다. 불은 어렵지 않게 꺼졌다. 새 천년 새해를 마무리짓는 이소방관의 삶의 모습이었다.

소방서 2층의 행정과장실에서 긴 인터뷰를 했다. 밤이 되어 소방서 앞의 음식점으로 자리를 옮겨 하던 얘기를 계속했다. 그러나 끝이 없었다. 이소방관 스스로의 얘기가 끝이 없었던 것이 아니고 도대체 불길 속에서 사람 생명을 1백 명이나 살린 사람이 어떤 사람인가를 좀더 알고 싶어하는 연속적인 질문 때문에 끝이 없이 얘기가 계속되었던 것이다.

이소방관은 약간 가무잡잡한 얼굴과 유달리 작아 보이는 눈, 딱 벌어진 가슴 이런 것에서 전쟁을 많이 치른 백전노장 같은 모습을 하고 있었다.

소방서에서는 전화 왔다는 말도 확성기로 알린다. '아무개 소방관, 어디서 전화니 빨리 와 받으시오'라고 온 소방서가 다 들리게 방송을 한다. 전화 왔다는 말까지 방송을 해대 무슨 직장이 이렇게 시끄러운가 하는 의아심이 들었으나 불이 났다는 신고가 들어오면 온 소방서원이 즉각 전쟁태세로 들어가야 하는 이십사 시간 비상대기체제를 생각할 때 그런 것이 당연해 보이기도 했다. 그러나 방문자들은 시도 때도 없이 울려대는 그 확성기 소리가 대화를 단절시켜 불편했다. 이소방관은 아무렇지도 않은 모양이었다.

어떤 인연으로 소방관이 되었으며, 어떤 불이 가장 어려웠으며, 어떤 현장이 보람있었는가. 또 아직도 기억이 생생한 화재와 관련한 미스테리는 어떤 것이 있는가 등에 대해 거침없이 얘기를 이어갔다. 불길은 아무리 무서워 보여도 뚫고 들어갈 길이 있는 것이며, 그 길이 생명이 있는 곳으로 열려 있으면 인명 피해가 적고 그렇지 않으면 인명 피해가 크다는 것, 사람을 찾아보면 죽은 사람과 산 사람을 금방 구별해 내야 하는데 숨을 안 쉰다고 죽었다고 판단하면 큰 잘못이라는 것, 불난 현장에는 사람이 있을 것 같지 않은 곳에도 사람이 있을 수 있다는 것 등을 사례와 함께 죽 얘기해 갔다.

이소방관은 소방관으로서의 대단한 자부심, 주어진 일은 반드시 성공적으로 해낼 수 있다는 의지 같은 것이 온몸에 배어 있는 인물이었다. 그의 이런 자부심은 고향의 초등학교 시절부터 심어진 것이었다.

이소방관의 고향은 충남 예산군 고덕면. 그는 고덕면의 예덕국민학교를 일학년부터 육학년까지 내리 1등을 했고 육 년 내내 반장을 했다. 그리고 달리기 선수였다. 충남도대회에 나가 1백미터 경주에서 2등을 해 고덕면의 영예를 뽐내기도 했다. 가난한 농가의 칠남매 중 세째로 집안이 넉넉하지 못해 중학교 갈 형편도 안 되었으나 무슨 일이든 시켜만 준다면 누구보다도 앞장서 열심히 할 자신이 있다는 의지는 그때부터 그의 정신세계에 자리잡고 있었다. 이러한 정신자세는 이영주를 일생동안 지킨 자부심이었고 자존심이었다.

육학년 때 담임 고흥필 선생님은 이런 이영주를 사랑했다. 집안이 중학에 갈 형편이 안 되자 동네부자였던 이영주의 큰아버지를 찾아가 공부에 희망이 없는 친자식을 억지로 중학 진학시키려 하지 말고 영주를 중학에 보내면 영화를 얻을 것이라고 설득하기도 했으나, 이것이 실패하자 고선생님 자신이 등록금을 마련하여 영주를 이웃 당진군 합덕면의 합덕중학교에 보냈다. 합덕중학교 입학시험에서 1등을 하면 등록금이 면제되었으나 영주는 2등을 하고 말아 결

소방서 상황실은 늘 긴장이 감도는 곳이다. 화재 진압뿐만 아니라 최근 부쩍 늘어난 인명구조 업무로 눈코뜰 새가 없다.

국 고선생님이 등록금을 내게 되었다. 십오리를 걸어 합덕중학에 다니다가 두 번째 등록금을 내야 할 때쯤 영주는 보따리를 싸들고 장항선을 탔다. 서울로 무작정 상경했다. 더 이상 등록금을 내줄 사람이 없었던 것이다.

이때쯤 서울역에는 덫이 많이 깔려 있었다. 무작정 상경하는 어린 소년 소녀들은 대개 이 덫에 걸려들어 운명의 바람에 이리 밀리고 저리 밀리기 일쑤였다. 소년들은 불량배에게 끌려가 소매치기를 배우거나 폭력배 훈련을 받았다. 당시 일류 중학생 모표를 단 소매치기도 많았다. 일류 중학교 교복을 입은 학생은 잘 의심받지 않았기 때문에 그만큼 수입도 많이 올렸다. 어떤 일류 중학교 모자를 쓰고 다니던 한 꼬마는 미공군 장성의 보따리를 훔친 것이 인연이 되어 미군 양자로 들어갔다가 나중에 미육군 대령이 되어 주한미군사령부에 근무하기도 했다. '대도'로 불려졌던 조세형도 서울역을 헤집던 한 불량배 오야봉의 꼬봉이었다고 한다. 영주도 어떤 오야봉의 꼬마가 되었다. 한 달쯤 훈련예비기간을 보냈다. 그러나 영주는 자존심이 있었다. 적어도 내리 육 년간 1등을 한 반장이었다. 오야봉에게 서울에 온 목적이 공부를 하려 온 것이니 공부하려 갈 길을 가게 해달라고 몇 번이고 정정당당하게 말했다. 얻어터지고 터졌지만 결국 오야봉은 영주를 놔줬다. 영주는 신문팔이 소년으로 들어갔다. 새벽 신문을 돌리는 곳 중의 하나가 조선일보 앞에 있던 중부소방서 종로소방 파출소였다. 빨간 불자동차를 대기시켜 놓고 망대를 지키는 소방원들이 우러러 보였다. 그는 소장을 찾아가 무조건 여기 사환이 필요하면 자기를 좀 써 달라고 말했다. 어떻게 잘 보였던지 소장은 "그래 오늘부터라도 들어와"라는 말을 해 영주는 그날로 바로 종로소방파출소 사환이 된다. 숙직실에서 밥해 먹고 심부름하면서 고등학교 이학년까지 이곳에서 생활했다. 소방서는 그런 대로 영주의 아늑한 피난처였던 것이다.

종로소방파출소의 정덕수 소장은 평소 말이 없는 탓에 각별한 정을 느낄 수 있지는 않았지만 이영주에게는 산교육자였고 믿음의 지주였다. 소장은 전화하러 갈 때 늘 앞장섰다. 부하직원들이 나이도 있으니 뒤에 서시라고 하면 "아니야, 내가 더 경험이 많으니 내가 먼저 들어가는 거야. 너희들은 나를 따라와"라며 불속을 먼저 헤집고 들어갔다. 이영주는 사환생활을 하면서 몰래 불자동차 뒤에 매달려가 정소장이 대원을 이끌고 먼저 화염 속으로 뛰어드는 광경을 목격하곤 했다. 정소장은 넉넉지 않은 월급으로 이영주의 등록금도 가끔 대기도 했다.

소방서에는 정소장 같은 스승만 있는 것이 아니었다. 무정한 사람도 있었다. 이영주가 야간학교를 마치고 숙직실에 돌아오면 이런 저런 일로 핀잔을 주기도 하고 조금은 남아 있어야 할 저녁밥을 모두 먹어 치우기도 했다. 나이 들어 고등학교를 다녔기 때문에 덩치는 커질 만큼 커져 있었다. 이영주는 어느 날 밤 못된 소방원 한명과 결투를 벌이게 되었고, 그길로 사환생활을 청산하고 고향으로 내려가게 되었다. 거기서 일 년간 합덕고등학교를 다녀 졸업장을 얻었다.

고교졸업장을 받는 그날 그는 육군에 지원입대한다. 그리고 아직 국회에서 월남전 파병 결의를 하기 훨씬 전 대통령 권한으로 보낸 파월 첫 부대원으로 지원하여 남국의 전쟁터로 갔다. 제1차 국군파월부대였다. 국회의 월남파병 결정이 있은 것은 1965년 여름이었다. 이보다 일 년 앞선 1964년 여름 1백80명으로 구성된 중대급 전투부대가 미리 파견되었다. 파월부대는 서울 북방에서 삼 개월간 모진 훈련을 마친 후 여의도 비행장을 출발하여 항공편으로 월남으로 갔었다. 이영주는 중대 작전병이었다. 생전 처음 타보는 비행기였고, 생전 처음 가보는 월남이었고 생전 처음 해보는 전쟁이었다. 그러나 그는 하면 될 것이라는 소신 같은 것을 갖고 떠났다.

파월 첫부대는 사이공 외곽 40킬로미터 지점의 벤호아성 시안을 지키는 임무를 부여받았다. 이곳은 베트콩 게릴라들이 사이공으로 들어오는 길목이었고, 과거 남북전쟁 때 프랑스군이 처참하게 함몰된 지역이기도 했다. 중대장 권상집대위를 비롯한 1백80명의 중대원들은 주변에 있는 철길을 뜯어 호를 만들고 열네 개 분대가 중대본부 주변을 밤낮 면밀한 사주경계를 했다. 본부에서 멀지 않은 곳에 미군들이 고엽제를 뿌려 만든 넓은 개활지가 있었다.

목포 출신의 송하사가 이끄는 야간 순찰조가 어느 날 이 개활지에 80여 명의 베트콩 게릴라가 공격준비를 하는 광경을 발견해 즉각 이중 50여 명을 사살하고 공격대대의 지휘관을 생포하는 개가를 올렸다. 한국군 파월부대의 첫 전과였고, 뒤에 월남대통령이 된 구엔 반 티우 육군최고사령관이 전공을 치하하기 위해 현장에 와 "따이한 남버 원"이라는 말을 했다. 이것이 줄곧 주월 한국군의 별명이 되었던 것이다.

파월한국군 옆에는 월남군 통신중대가 있었는데 한 번은 그 통신중대 중대장이 베트콩들의 미군부대 박격포 공격을 무전으로 도와주고 있는 것이 목격되었다. 이런 개판 같은 전쟁이었기 때문에 한국군의 베트콩부대 격파는 엄청난 일이 아닐 수 없었다.

이영주는 이 부대에서 자존심을 지키기도 했고 잃기도 했다. 지킨 것은 월남 여자를 결국 멀리한 것이었다. 부대에는 진지구축 등을 위해 월남 여자들이 많이 들어왔다. 약간의 달러만 주면 이들을 얼마든지 얻을 수 있었다. 그러나 이영주는 한국인의 동정은 한국인에게 바쳐야 한다는 나름대로의 동정에 대한 철학을 갖고 월남 여자를 가까이 하지 않았다. 이런 그의 '개똥철학'을 밀어준 사람은 서울에서 영어선생을 하다가 온 권병장이었다. 권병장은 기혼이었는데 "사랑하는 아내가 있는 한 다른 여자는 없다"는 말을 유행가 가락에 맞춰 부르면서 이영주의 개똥철학에 동참했다. 그런데 바로 그 권병장이 전사한다. 권병장의 죽음은 이영주의 자존심을 사정없이 뒤흔들었다. 권병장과 함께 주간 순찰을 돌고 있는데 한 무리의 소를 몰고오는 목동이 있어 권병장이 영어로 말을 건네게 되었다. 목동은 열서너 살로 보이는 가냘픈 소년이었으나 영어를 잘해 권병장과 얘기를 하게 되었다. 얘기를 주고받고 있던 순간 숲에서 총알이 날아와 권병장의 이마를 뚫었다. 살아도 같이 살고 죽어도 같이 죽자며 형제같이 지내던 권병장이었다. 이영주는 권병장이 피를 흘리며 쓰러지는 바로 그 순간 M1총의 열쇠를 당겨 소년을 사살했다. 그리고 숲의 사방을 향해 M1총을 총알이 있는 대로 갈겼다.

권병장의 시신을 태극기로 덮으면서 이영주는 심한 좌절감을 느꼈다. 도대체 권병장을 지키지 못한 나는 뭔가, 그리고 그 어린 소년을 갈겨 버린 나는 어떤 인간인가에 대한 의문이 자신을 짓눌렀던 것이다.

전쟁을 하면서 또 한번 허망한 사살을 한 일이 있었다. 베트콩 기지로 사용된 어떤 낡은 암자를 포위공격했을 때 이영주가 지키는 쪽문으로 사람이 나타나 무조건 M1으로 벌집을 만들었는데 쓰러진 몰골을 보니 뼈와 가죽만 남은 늙디 늙은 고령의 월남 스님이었던 것이다. 노웅기 상사, 안정태 대위, 조계원 하사 등의 생생한 전사 모습을 보면서 전쟁의 잔인성, 허무함, 분노 같은 것을 잔뜩 가슴에 담은 채 이영주는 험악한 월남전 전초부대원으로서 살아 남아 1966년 9월에 귀국했다. 파견되었던 부대원 1백80명 중 같이 돌아온 사람은 불과 58명이었다.

제대후 소방서를 찾아갔다. 정덕수 소장은 그대로 있었다. 파월 첫 부대원들은 경찰, 시청직원 등으로 무조건 취직이·되었다. 이영주는 험한 월남전에서 살아 남은 강인한 군인이었고, 물불이 두렵지 않은 역전의 용사가 되어 돌아왔다. 그는 소방원으로 자원하였다. 당당한 소방원으로 특채되어 다시 정덕수 소장을 모시게 되었다. 종로소방파출소의 소방원으로 들어간 것은 1967년 1월 1일이었다.

1960년대 말에는 불이 많이 났다. 연탄불이 들어가고 전기난방이 시작되던 시절이었는데 걸핏하면 합선사고를 일으켰고 때로는 합선사고를 위장한 여관·다방·식당업소 등의 고의성 있어 보이는 불도 많이 났다. 충무로, 회현동, 남산기슭 등은 화재가 빈번한 지역이었다.

정덕수 소장은 이영주와 고기종 두 소방원을 특공대라는 이름을 붙여 불만 났다 하면 엉덩이를 차 불길 속으로 밀어넣었다. 사람을 찾으라는 것이었다. 우선 객실을 뒤지고 부엌을 뒤지고 변소를 뒤졌다. 쓰러 넘어진 사람은 머리채를 잡는 것보다 발목을 잡고 끌어내는 것이 더 쉽다는 것, 살이 터질 정도로 타버리면 생명이 떠났다는 것, 매연을 뒤집어쓴 채 숨이 끊겼으면 강한 인공호흡을 하여 일단 호흡기를 뚫은 후 병원에 보내면 소생시킬 수 있다는 것, 객실에 사람이 없더라도 책상 밑, 환기통 쪽을 뒤지면 그곳에 죽어 넘어진 사람이 있을 수 있다는 것, 그리고 불길 속을 뛰어다니다 보면 천장이나 벽이 무너져 언제 자신을 덮어 버릴지 모르기 때문에 항상 사주경계를 해야 된다는 것 등을 하나하나 체험적으로 익혀 갔다. 고기종과 이영주는 정덕수 소장의 철저한 부하였고, 그의 자랑이었다.

불길에도 길이 있다. 불길 속에 들어가 보면 어디를 가면 사는 길이고 어디를 가면 죽는 길이라는 것이 보인다. 그리고 불을 만난 사람들이 필경 이쪽으로 피하려 했을 것이라는 것도 한눈에 알아볼 수 있게 되었다.

1971년 12월의 대연각 호텔화재는 이영주뿐 아니라 온 소방관들에게 낙망을 안겨준 사건이었다. 21층짜리의 당시로서는 초호화 호텔이었던 대연각 호텔은 그날(크리스마스 휴일인 25일), 삼 백개 객실이 꽉 채워진 채로 낮 열 시

1972년 12월 발생한 시민회관(현 세종문화회관) 화재사고 현장. 이영주 소방관은 이날 창틀에 매달려 있는 소녀를 비롯해 서른아홉 명의 생명을 구해냈다. 박태홍 당시 한국일보 사진기자가 촬영한 사진.

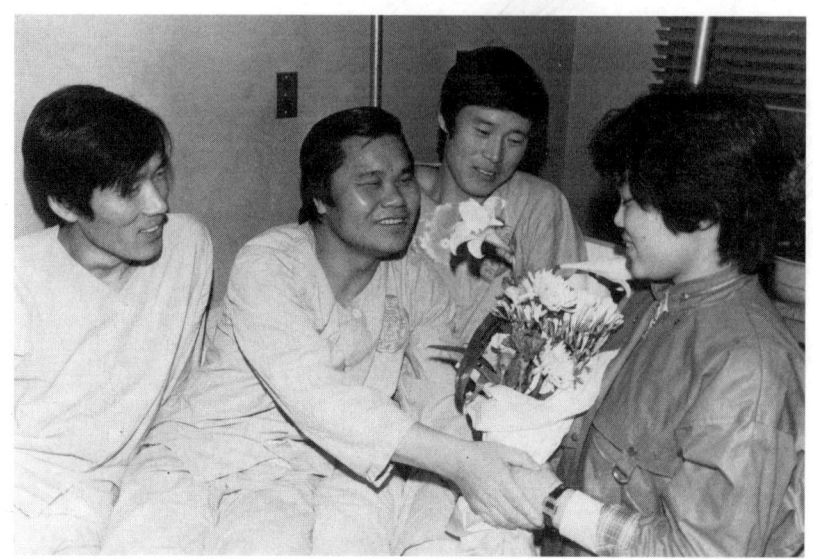

시민회관 화재진압시 구해낸 소녀가 숙녀로 장성하여 업무중 부상을 당해 입원해 있는 이영주 소방관을 병문안 왔다. 이들의 인연은 오래도록 지속되고 있다.

십오 분에 불이 났던 것인데 소방장비가 너무 초라해 도무지 고층건물의 불에 손을 댈 수가 없었던 것이다. 벼르고 별러 겨우 도입한 고가 사다리차가 한 대 있었는데 7층까지밖에 올라가지 않았다. 21층 전층에 사과처럼 매달려 있는 구호요청객들은 고사하고 7층까지의 인명조차 한 대의 사다리차로서는 어림도 없었다. 호텔 내부를 장식한 가연재가 폭발하여 시뻘겋게 타오른 불길은 온 호텔을 삽기산에 삼켜 갔고, 창문에 매달렸던 인명들은 마구 고층에서 뛰어내려 머리가 터지고 가슴이 깨지면서 처참하게 죽어갔다. 소방관들은 도무지 할 일이 없었다. 210명이 죽었고, 수많은 사람들이 부상했다.

그러나 이 대형화재는 소방체계와 소방시설을 현대화하는 계기가 되었다. 소방법도 바뀌어 많은 임시 소방원들이 대거 정식 공무원이 되었다. 고가사다리도 새로 들여오고 화학차, 탱크차 등도 도입됐다.

이영주 소방관의 이름이 날리기 시작한 것은 소방체계가 정비된 후의 첫 대형화재였던 시민회관(현 세종문화회관) 사건에서였다.

1972년 12월 2일 MBC 방송의 연말프로그램인 '10대 가요대전'이 이 날밤 시민회관에서 열렸는데 무대장치의 조명등에서 합선이 돼 삽시간에 무대를 태우면서 극장 전체를 시꺼먼 연기로 뒤덮었던 것이다. 이영주 소방관은 단단한 각오로 시민회관 화재 현장에 갔다.

이번에는 고가사다리도 있고 장비도 현대화되었기 때문에 대연각 호텔에서와 같은 허망한 결과는 결코 일어날 수 없다고 다짐했다. 고기종 소방원과 이영주는 고가사다리가 시민회관 2층 3층으로 오를 때마다 사다리 바구니에 사람을 실어 날랐다. 우선 창문에 매달려 있는 관객들을 향해 절대로 뛰어내리지 말고 기다리고 있으면 모두 구출할 수 있다고 확성기로 고래고래 고함을 지른 후 창문에 매달린 사람들을 사다리 바구니에 타게 하고 아래에서 이들을 조심스럽게 끌어내리게 했다. 이영주는 창문에 매달린 사람들을 사다리로 내리면서 2, 3층의 극장 안으로 뛰어 들어갔다. 질식해 있는 사람들을 찾아 끌어내기 위해서였다. 일차로 복도에 넘어져 있는 아가씨 다섯 명을 잡아 끌어내렸다. 부츠를 질질 끌어 창틀을 통해 고가사다리에 밀어넣고는 조심스럽게 이들을 안고 내려왔다. 숨이 끊어진 사람의 가슴을 엉덩이를 깔고 앉은 후 입으로 강한 인공호흡을 하면 코에서 시꺼먼 검정물이 나오면서 죽은 사람이 숨을 쉬게 된다. 그러면 옆사람을 독려해 함께 병원으로 옮기게 하는데 대개는 이런 경우 살아난다.

시민회관 화재는 밤 여덟 시에 났다. 이소방관은 깜깜한 극장 내부를 랜턴으로 비추면서 이 구석 저 구석에 질식해 있는 사람을 찾아 헤맸다. 다섯번째인가 여섯번째인가 고가사다리를 통해 인명을 구조하고 내려왔을 때 모여든 구경꾼들이 "저 아이를 살리라"라고 고함을 질러댔다. 이소방관은 질식한 사람들을 끌어내느라 지칠 대로 지친 상황이었고 또 매연이 콧구멍에 꽉 막혀 잔디밭에 나뒹굴어져 있었다. 그는 "저 아이를 살리라"는 소리를 희미하게 듣고 일어났다. 시꺼먼 연기 사이로 언뜻 3층 창틀에 거꾸로 매달려 있는 어린

여자아이가 보였다. 다시 고사사다리를 타고 3층 창문으로 올라갔다. 창틀에 머리 부문이 끼인 채 공중에 거꾸로 매달려 있던 어린 소녀를 조심스럽게 가슴에 안아들고 내려왔다. 사람들이 "소방관 만세"를 불러댔다. 그는 시민회관 화재에서 무려 서른아홉 명의 목숨을 구했다. 정말 대단한 일이 아닐 수 없었다. 이소방관은 시민회관 화재 이후에도 큰 불이 났다 하면 언제나 특공대의 일원으로 현장에 뛰어들어 생명을 업어 내렸다. 그는 동대문시장 대화재 때 스물네 시간 매몰되어 죽을 뻔 했고, 청계천상가 화재 때에는 척추가 부러져 두 달간 입원했었다. 이영주 소방관은 여섯 번 죽을 뻔한 공상(공무집행중 부상)을 입었고, 이소방관과 함께 불길 속을 뛰었던 많은 소방동료들이 대형 화재에서 순직했다. 고기종, 전병렬, 최낙균, 이택수 등이다. 이들은 불길 속에서 이소방관과 함께 남의 생명을 구하려다 바로 이소방관의 눈앞에서 장렬하게 숨을 거두었다.

정년을 얼마 앞두고 있지 않은 이영주 소방관은 지난 세월을 돌아보는 감회를 묻자 "열심히 뛰었지요, 뭐…"라고 간단하게 말했다. 그는 문예대학을 나온 소설가이기도 하다. 불을 소재로 글을 쓸 예정이란다. 이영주 소방관, 그는 죽음도 두려워하지 않는 도전의 정신으로 도전의 시대를 살아온 사람이다.

(글·정일화/사진·이봉섭)

필자·사진가 약력(가나다순)

필자

김영철(金永哲)은 1951년생으로 중앙대 신문방송학과를 졸업했으며, 내외통신 기자 및 국제부 차장과 부산매일신문 정치부장을 역임했다.

김예옥(金乂玉)은 1963년생으로 이화여대 행정학과를 졸업했다. 경인일보 문화부 기자와 미디어교육센터 사업팀장을 역임하고, 현재 인터넷 신문 이타임즈넷 편집부에서 근무하고 있다.

김호균은 1961년생으로 서울대 대학원을 졸업하고, 중앙일보 사회부 기자와 서울시정개발연구원 연구원을 역임하고. 현재 서울대 한국행정연구소 특별연구원으로 있다.

심상곤은 국제신문 기자, 편집부국장 역임했다.

박인환(朴仁煥)은 1948년생으로 서울대 사범대 국어교육과를 졸업했으며, 용산고 교사를 거쳐 조선일보 교열부 기자와 세계일보 교열부 부장, 노동일보 편집국장을 역임했다.

손진옥(孫珍玉)은 1952년생으로 고려대 신문방송학과와 미국 텍사스주립대 대학원(오스틴)을 졸업(언론학 박사)했으며, 연합뉴스 문화부 차장을 역임했다.

임원택(林元澤)은 1952년생으로 경북대 법과대를 졸업했다.

임준수(林俊秀)는 1941년생으로 외국어대 영어과를 졸업했으며, 조선일보 편집부장, 중앙일보 편집국장대리, 성균관대 겸임교수를 역임했다. 저서로 『신문은 편집이다』『신문을 아름답게』『한국신문 100년』(공저), 『멋진 편집 좋은 신문』(공저) 등이 있다.

정일화(鄭逸和)는 서울대 정치학과와 미 남가주 대학원 졸업했다(단국대 정치학 박사). 한국일보 북한부장과 워싱턴특파원 역임하고, 현재 논설위원겸 통일문제연구소 소장으로 있다.

한송주(韓松周)는 현재 전남매일 논설위원으로 있다.

사진가

김동현(金東鉉)은 1945년생으로 동국대 식품공학과를 졸업했으며, 조선일보 사진기자 및 사진부장을 역임했다. 저서로 『서대문형무소 ─ 그 옮기던 날의 기록 그리고 그 역사』와 『한국의 전설기행』(공저)이 있다.

류기성(柳基成)은 1946년생으로 서울여대 사회학과와 홍익대 산업미술대학원을 졸업했으며, 서울신문 기자와 중앙일보 출판국 사진부장을 역임했다. 현재 포토아이 갤러리 관장으로 있다.

박태홍(朴泰弘)은 1943년생으로 한양대 공대를 졸업하고, 한국일보 사진기자 및 사진부장, 편집위원을 역임했다.

윤명남(尹明男)은 1942년생으로 코리아헤럴드, UPI 통신사, 동양통신 사진기자 및 연합통신 사진부장, 부국장을 역임했다.

이봉섭(李鳳燮)은 1942년생으로 중앙대 신문방송학과 대학원을 졸업했으며, 경향신문 사진기자 및 부장, 문화일보 사진부장, 부국장을 역임했다. 저서로 『사진작품 분석법과 사진가론』(번역), 『한국의 명목』 등이 있다.

이창성(李昌成)은 1942년생으로 단국대 정치학과를 졸업했으며, 중앙일보 사진기자 및 부장, 편집 부국장을 역임했다.

조명동(趙明東)은 1944년생으로 중앙대 신문방송학과 대학원을 졸업했으며, 경향신문 사진기자 및 부장을 역임했다.